TROPEN

THOMAS PALZER

DIE ZEIT, DIE BLEIBT

KRIMINALROMAN

MIX
Papier aus verantwortungsvollen Quellen
FSC
www.fsc.org
FSC® C083411

Tropen
www.tropen.de

Printed in Germany
Cover: Zero-Media.net, München
unter Verwendung eines Fotos von © Getty Images / Adam Smialy / Eyeem,
Rückseite: © Finepic®
Gesetzt von C.H.Beck.Media.Solutions, Nördlingen
Gedruckt und gebunden von CPI – Clausen & Bosse, Leck
ISBN 978-3-608-50415-6

Jedes Ereignis kann unendlich viele Ursachen haben.

Pierre Daniel Huet

Die laue elysische Luft war erfüllt von angeregtem Stimmengewirr, in das sich leise Musik mischte. Am Himmel tauchte ein Hubschrauber auf, der bald wieder hinter den Dächern verschwand. Und mit ihm das Geknatter.

Es war ein friedlicher und gelassener Sommerabend Ende Juli. Die Isar floss ruhig und glasig durch die Nacht. Unter den Laternen am Ufer sah man Jugendliche mit Surfbrettern, einzelne Personen, die ihren Hund Gassi führten, und auf den Bänken umarmten sich Liebespaare.

Das *Zoozie'z* an der Wittelsbacherbrücke war um diese Zeit noch gut besucht. Man saß im blaugrünen Licht auf der Terrasse, plauderte, lachte, amüsierte sich. Man hörte den Verkehr, dann schaltete die Ampel um – und für ein paar Sekunden war es ganz ruhig, als hätte jemand wie ein Dirigent die nach außen gekehrte Handfläche erhoben, um rätselhafterweise mit apotropäischer Geste eine Art Waffenruhe zu verkünden. Irgendwo schrie eine Katze oder ein Vogel, oder es weinte ein Baby. Es war kurz nach Mitternacht.

Nur wenige Hundert Meter weiter eine Tankstelle, die unter dem Signet eines stilisierten Diamanten für sich warb – der edelsten Erscheinungsform von Kohlenstoff. Die Tankstelle war bekannt dafür, dass sie rund um die Uhr offen hatte, doch an diesem Donnerstagabend brannte nirgends Licht. Weder an der Kasse noch im Shop. Vor dem Ladenfenster trat man in Unmengen von Scherben. Das Glas der Automatiktür war ebenfalls geborsten. Auch auf dem Asphalt, vorne bei der Einfahrt, schimmerte unterhalb der Leuchtreklame neben Lachen von Regenwasser zersplittertes Glas.

Neugierig geworden, entdeckt man an den Zapfsäulen zwei Wagen. Bei einem stehen Fahrertür und Kofferraum weit offen, der Motor läuft. Drehte man sich jetzt um, weil man glaubt, ein Geräusch gehört zu haben, würde man direkt in das Mündungsfeuer einer Faustfeuerwaffe starren. Wendete man sich aber erschrocken zur entgegengesetzten Seite, erlebte man die gleiche unerfreuliche Begegnung.

Was gleich passiert, kommt so unerwartet, dass für eine halbe Sekunde oder eine Ewigkeit die Zeit gefriert.

ERSTER TEIL

EINS

Schatten hinter dem Glas der Deckenlampe hypnotisierten seinen Blick, der immer wieder nach oben wanderte. Nach einer Weile fühlte er sich ermüdet und ließ davon ab.

Lauter tote Insekten.

Er wusste, dass er so nicht weiterkam. So drehte sich alles immer nur im Kreis.

Wenn er herausfinden wollte, was das Motiv für den Mordversuch war, brauchte er ein paar neue Ideen.

Die Lider gesenkt, ließ er den Unterarm vom Bauch hoch zur Brust rutschen, spürte unter den Fingern das gestärkte Halbleinen, was ihm Unbehagen verursachte. Schon als Kind hatte er es nicht gemocht, wenn das Bett frisch bezogen war. Erst wenn er die Bettwäsche eingelegen hatte, fühlte er sich in ihr wohl.

Sooft er auch in den vergangenen Tagen und Nächten seine Biografie nach Anhaltspunkten durchkämmt hatte, die einigermaßen plausibel machten, warum man ihm nach dem Leben trachtete – seine Gedanken waren zuletzt immer wieder bei dem toten Drogenschmuggler auf dem Bananendampfer gelandet.

Sechs Jahre war der Vorfall her. Und von Anfang an hatte er sich erstaunlich gut an den Fall und seine Umstände erinnern können. An den Toten im Frachtraum, an die Männer der Drogeneinheit, die zusammen mit dem Zollkommissar um die Leiche herumstanden, und an den intensiven Geruch nach frischen Bananen und verwesendem Fleisch.

Der Container, auf dem man den toten Somalier zwischen Paletten voller Bananen aufgestöbert hatte, war nach einer zwölftägigen Reise von Kolumbien in Bremerhaven eingelaufen. Wie immer stand der Zoll unter großem zeitlichen Druck, denn für die Fläche von acht Fußballfeldern, die über die fünf Decks verteilt waren, hatten die Männer gerade mal zehn Stunden, bevor die Ladung gelöscht war und das Schiff die Leinen löste, um weiter nach Rotterdam zu fahren. Zehn Stunden waren nicht viel. Der Stoff konnte überall versteckt sein, auf den Decks, im Maschinenraum, den Kajüten, den Wassertanks, hinter den Verkleidungen.

Die Reederei, in deren Namen der Container den Atlantik befuhr, war gegen Fälle wie diesen abgesichert – bei einer Münchner Versicherungsgesellschaft, für die er zum damaligen Zeitpunkt gearbeitet hatte. Damals war er in aller Eile nach Bremerhaven geschickt worden, um zu überprüfen, ob die zu erwartende Explosion der Liegekosten, die pro Tag leicht in die Zehntausende gehen konnte, gerechtfertigt war – oder ob gegenüber den Maßnahmen des Zolls Vorbehalte geltend gemacht werden konnten. Als er dann kurz vor Mittag in Bremerhaven eintraf, hatte man auf Deck vier den Toten entdeckt. Und zwischen den Bananen die Drogen. Der Dampfer war daraufhin beschlagnahmt worden. Da gab es für ihn nicht mehr viel zu tun. Die Sache war klar, die Versicherung musste bluten.

Im Klinikbett liegend, rief er sich die Szene vor Augen. Mit dem Daumen befuhr er einzeln die Nägel an den Fingern seiner Hand, was ihn aus seinen Gedanken holte, als er bemerkte, dass es an der Zeit war, zur Maniküre zu gehen. Unter den gegebenen Umständen ein allerdings absurder Einfall, trotzdem kostete es ihn Mühe, ihn sich wieder aus dem Kopf zu schlagen.

Aus Überdruss an seiner Lage flüchtete er zurück zu dem Container und ging jede einzelne Szene wieder und wieder durch, aber er war unfähig, irgendetwas auszumachen, was ihm eine Verbindung zwischen damals und heute hätte aufzeigen können.

Was blieb, war nur die hilflose und ziemlich weit hergeholte Vermutung, dass es in Kolumbien irgendwo Drogenbosse gab, die für die entgangenen Erlöse Rache geschworen hatten und wider alle Vernunft und Wahrscheinlichkeit so lange nach ihm hatten fahnden lassen, bis man fündig geworden war. Und in jener Nacht, der er es zu verdanken hatte, dass er hier im Klinikum rechts der Isar lag, war dann die Stunde gekommen, um ihm unauslöschlich ins Gedächtnis einzubrennen, dass man eine Störung der Geschäftsbeziehungen zwischen Lateinamerika und Europa nicht duldete.

Klang doch einleuchtend.

Zugegeben, eine windige Erklärung, aber immerhin eine Erklärung. Denn ohne eine solche würde Colver über kurz oder lang als Ausweg nur das Verrücktwerden bleiben.

Kurz öffnete er die Augen, um sie gleich wieder zu schließen.

Wenn es Gründe gab, die halbwegs rechtfertigten, dass man ihn beseitigen wollte, konnten diese nur in seinem früheren Leben zu finden sein. In seinem Leben vor der Trennung. Davon war er überzeugt.

Die Strafsachen, mit denen er sich jetzt, nachdem er sich als Rechtsanwalt selbständig gemacht hatte, herumschlug, waren Lappalien im Vergleich zu dem, was auf seinem Schreibtisch gelandet war, als er noch bei der Versicherungsgesellschaft angestellt gewesen war.

Vor ihm tauchte der gläserne Kubus nahe des Englischen Gartens auf, in dem man winters Leute wie ihn in ihren erleuchteten Büros die hohen Papierstapel abarbeiten sah; das helle Treppenhaus; der Flur; der graue Teppichboden; die mit Bildern im streng gleichen Format behängten Wände und das Türschild aus Acryl.

Vertrags- und Schadensbearbeitung.

Seine Dienste hatte man immer dann in Anspruch genommen, wenn der Schadensfall eingetreten, d. h. die Bilanz bedroht war. Und die war immer bedroht, denn Bilanzen hatten es an sich, dass sie stets besser sein konnten, als sie tatsächlich waren. Darin bestand der Trick, mit dem man alle auf Trab hielt.

Bei Angelegenheiten, in denen es nicht um technische Fragen ging, sondern um rechtliche, griff man gern auf ihn zurück. Er besaß ein feines Gespür, wenn es um Details in der Auslegung ging. Vor Ort sollte er den Fall in Augenschein nehmen. Für die Versicherung gab es immer Möglichkeiten, die Zahlungspflicht zu umgehen oder zumindest zu verzögern, nicht selten über Jahre. Man musste nur kreativ genug vorgehen. Und seine Aufgabe war es, genau das zu tun. In einer solchen Position machte man sich üblicherweise nicht viele Freunde.

Colver schnitt eine Reihe von Grimassen. Mit Ausdauer versuchte er, den Juckreiz zu unterdrücken, der ihn an der Wange peinigte.

Sechs Jahre.

Zwischen damals und heute lag eine ganze Welt – die Trennung von seiner Frau Daniela und den beiden Kindern; die unvermeidliche Lebenskrise, die ihn daraufhin ereilte und die die Kündigung nach sich zog – von seinem Arbeitgeber mit einer lächerlichen Abfindung quittiert; die Begegnung mit dem Tango, der ihn aus seinem Elend holte und wieder Lebensmut einhauchte; der Entschluss, sich selbständig zu machen und ein neues Leben anzufangen – eines, das sich darum kümmerte, was das eigene Tun für Folgen hatte. Und erst, als er endlich in seinem improvisierten Büro saß und vergeblich auf Mandanten wartete, begriff er, dass das Wichtigste der ganzen Veränderungen die Tatsache war, wieder sein eigener Herr geworden zu sein.

Colvers Hand zuckte in Richtung Wange. Doch sogleich rief sich ihm sein Körper ins Bewusstsein. Es war furchtbar. Egal, welchen Muskel er bewegte – und wie zartfühlend auch immer er das tat: Es bereitete ihm höllische Schmerzen.

Sein Körper war eine einzige Baustelle, übersät mit Prellungen, Quetschungen und Blutergüssen. Mehrere Rippen waren angeknackst, der rechte Unterschenkel gesplittert, sein Becken gebrochen, die Milz hatte einen beachtlichen Riss.

Beachtlich – so lautete das Adjektiv, das der Arzt verwendet hatte, als er aus der Bewusstlosigkeit geholt worden und wieder ansprechbar gewesen war.

Ja, es fühlte sich übel an, was man mit ihm angerichtet hatte.

Trotz der Wut, die in ihm aufflammte, hielt er die Augen weiterhin geschlossen. Ohne Brille sah er sowieso nichts.

Draußen war helllichter Tag, aber die Rezeptoren auf seiner Netzhaut waren einfach noch zu empfindlich, um die Wirklichkeit, von der er die vergangenen Tage wider Willen ausgesperrt gewesen war, schon in ihrer ganzen Pracht würdigen zu können.

Es war ihm nicht ganz klar, wie lange er bereits im dritten Stock des Klinikums rechts der Isar lag, nachdem er das Bewusstsein wiedererlangt hatte. Man hatte ihm gesagt, dass er vorgestern von der Intensivstation in dieses Zimmer verlegt worden sei. Er konnte das nicht bestätigen. Er hatte jegliches Gefühl für die Zeit verloren. Was er wusste, war lediglich, dass er noch in derselben Minute, in der das Bewusstsein zu ihm zurückgekehrt war, angefangen hatte, sich den Kopf darüber zu zerbrechen, wer aus seiner näheren oder ferneren Umgebung oder aus seiner Vergangenheit es auf ihn abgesehen haben könnte.

Wer?

Dass jemand nach seinem Leben trachtete, stand für ihn außer Zweifel. An eine Verwechslung oder ein Versehen glaubte er nicht.

Nicht zu jener Zeit und an jenem Ort, wo es passiert war. Das ergab keinen Reim.

Nein, *er* war gemeint gewesen. Man wollte ihm an den Kragen. In voller Absicht war das Auto auf ihn zu gekommen. Um ihn zu töten.

Glücklicherweise hatte der Fahrer angenommen, sein Opfer sei tot. Und hatte sich aus dem Staub gemacht. Andernfalls wäre er jetzt nämlich wirklich tot.

Hinter Colvers Lidern blendeten die beiden Scheinwerfer wieder auf. Für einen Augenblick überkam den Anwalt ein flaues Gefühl. Ohnmacht und Verzweiflung breiteten sich in seinem lädierten Körper aus.

Tief atmete er durch und versuchte, seine Gefühle unter Kontrolle zu bekommen und die Gedanken zu ordnen.

War es vielleicht doch bloß ein Unfall mit Fahrerflucht gewesen, wie die Polizei vermutete?

Obwohl kein Muskel und keine Sehne bewegt wurden, widersprach Colver in Gedanken mit einem energischen Kopfschütteln. Irgendetwas in ihm weigerte sich hartnäckig, eine solche Version ernsthaft in Betracht zu ziehen. Dagegen sprach schon, dass das Attentat ganz in der Nähe seiner Bleibe verübt worden war. Man kannte offenbar seine Adresse.

Nein, ein Unglücksfall mit Fahrerflucht kam nicht in Frage.

Es waren die beiden Beamten gewesen, die diese These geäußert hatten – am Krankenbett, wo sie ihn befragten, um ein Protokoll der nächtlichen Vorgänge zu erstellen.

Wie lange lag der Besuch zurück? War das gestern gewesen? Dem Anwalt schien es Wochen oder gar Monate zurückzuliegen.

Leider hatte er den zweien nicht entschieden genug widersprochen. Er war noch zu schwach dafür gewesen. Er hatte nicht einmal auf die Nähe zwischen dem Unfallort und seiner Adresse hingewiesen.

Welche Hypothesen sich ergaben, hing ja von der Perspektive ab, aus der man die Vorkommnisse betrachtete. Für ihn selbst lag es nahe anzunehmen, dass er abgepasst worden war. Für die Beamten ergab sich das nicht zwingend. Der Unfall war einfach passiert, als er auf dem Weg zu sich nach Hause gewesen war.

Das ließ sich betrachten, wie man wollte.

Auf alle Fälle gab es keine Spur. Laut Polizei.

Auf den eigenen Atem aufmerksam werdend, versuchte Colver, ein Gleichmaß zu finden zwischen den Momenten, wo sich sein Brustkorb senkte, und denen, wo er sich hob.

Wenn er genauere Überlegungen anstellte, gab es eigentlich noch eine Menge weiterer Fragen, die sich an den Mordversuch anschlossen und die er nicht beantworten konnte. Im Detail zu rekonstruieren, was da in jener schicksalhaften Nacht vorgefallen war, fiel ihm schwer. Er konnte noch nicht einmal sagen, wie lange sie zurücklag.

Zwei Tage? Zwei Wochen?

Er hing am Tropf, war bewegungsunfähig und betäubt von Opiaten. Außerdem war das Bett für seine Größe zu kurz. Dauernd stieß er sich einen Zeh. In einem solchen Zustand konnte kein Mensch einen klaren Gedanken fassen.

Sein Mund war so trocken und rau, dass er kaum schlucken konnte. Er hatte jedoch Angst vor den Schmerzen, die gesammelt über ihn herfallen würden, wenn er versuchte, an das Glas Wasser zu kommen, das auf dem Beistelltisch neben dem Bett auf ihn wartete.

Sicher war nur, dass er an dem betreffenden Abend in der Au gewesen war.

Ein weiteres Mal wanderte der Anwalt die Jahre bis zu dem Tag zurück, an dem alles angefangen hatte. Wenn er sich nicht rührte, gelang es ihm manchmal sogar, den Körper zu vergessen. Dann konnte er für ein paar Augenblicke unbehelligt seinen Gedanken folgen. Das erfüllte ihn mit großer Dankbarkeit.

Damals, vor vier Jahren, nach der Trennung von Daniela und den Kindern Simon und Katharina, hatte er am Boden gelegen. Brutal und sinnlos war ihm das Leben erschienen, sein vergangenes wie das, was er jeden Morgen aufs Neue durchgeisterte. Eine Zukunft sah er für sich nicht mehr. Zumindest konnte er nirgends eine erkennen. Was es gab, war die Leere der Stunden, die Routine des Jobs, die Dummheit der Kollegen und die schlaflosen Nächte. Zu nichts konnte er sich mehr aufraffen, nichts machte ihm mehr Freude. Oft genug fand er morgens, bevor er zu seinem Büro bei der Versicherung aufbrach, nicht einmal mehr saubere Wäsche im Schrank vor. Er war drauf und dran, restlos zu verlottern – als ihn eines Tages Alex, eine Bekannte seiner Ex, die Mitleid mit ihm hatte, überredete, zu dem Tangokurs mitzugehen, den sie selbst gerade erst begonnen hatte – und von dem sie sich ein Ende ihrer eigenen Einsamkeit versprach.

Der Tango traf eine Stelle irgendwo tief in ihm. Und das zu seiner eigenen Verwunderung, denn er hatte weder als Jugendlicher noch später je besondere Neigungen verspürt, sich auf der Tanzfläche zu produzieren. Doch an diesem Tag änderte sich seine Einstellung von Grund auf. Er empfand mit einmal Freude daran, sich zu bewegen, am Zusammenspiel mit einem fremden Körper und an der Kommunikation, an den Figuren, die man zusammen in die Luft zaubern konnte, den *corridas* und *sacadas*, den *ochos* und *ganchos*. Er liebte das flache Kreisen der Fußspitze über dem Boden, das Antäuschen und das jähe Anhalten oder Abbrechen einer gemeinsamen Bewegung. Er liebte es, bei jedem Schritt die eigenen Knie und Knöchel zu streifen und sich an die nächste Figur, für die man sich entschieden hatte, förmlich mit den Füßen heranzutasten.

In der Folge verbrachte er regelmäßig dienstags und donnerstags seine Abende beim Tango – in einem Loft in der Au, das in einem Häuschen im Hinterhof einer größeren Anlage untergebracht war. Eine Argentinierin, die in Rosario Philosophie studiert hatte, bevor es sie nach München verschlug, leitete zusammen mit ihrem deutschen Freund die Tanzschule.

Viel Willenskraft und Ausdauer hatte es ihm abverlangt, um an den quälend langsamen Fortschritten nicht zu verzweifeln. Aber vor gut einem Jahr war es so weit: Man befand ihn für würdig, in den Kursen als Springer zu fungieren, d. h. als jemand, dem man weibliche Teilnehmer fast aller Stufen anvertrauen konnte, wenn es an männlichen Tanzpartnern mangelte, was häufig der Fall war. Auf der Website hieß es deshalb vollmundig: *Singles sorglos!*

Als Springer war Colver in einer Position, die ihm Vorteile brachte. Zum einen brauchte er selbst nicht mehr jemanden auftreiben, der bei den Milongas den weiblichen Part an seiner Seite bestritt. Zuletzt hatte dies eine Finnin übernommen, die im gleichen Alter war wie er und ihn trotz seiner eigenen Größe noch um einen oder zwei Zentimeter überragte. In seinen Armen schwankte sie wie eine Boje, die bis zum Rand mit flüssigem Blei gefüllt war, was zur Folge hatte, dass er nur unter dem Aufgebot erheblichen Widerstands ihrer brodelnden Schwerkraft entkam. Das verleidete ihm die Sache schnell. Mit der Beförderung zum Springer war er mit einem Schlag die Finnin samt ihrer Sehnsüchte und die ganze Sorge um ein weibliches Gegenüber los.

Und zweitens erhöhte sich damit das wöchentliche Übungspensum, denn statt zweimal eine Doppelstunde konnte er nun bis zur völligen Erschöpfung tanzen, da mehrere Kurse am selben Tag aufeinanderfolgten. So war man von dem Stumpfsinn erlöst, zu Hause vor dem Spiegel gewisse Schrittfolgen endlos zu wiederholen – sowie von dem unausgesprochenen Gebot, zu den überfüllten Milonga-Abenden am Samstag zu gehen, wo man das Gelernte üben und vertiefen konnte. Diese Abende waren ihm besonders verhasst, da seiner Meinung nach die meisten ohnehin nur auftauchten, um mit den gemachten oder vermeintlich gemachten Fortschritten zu prahlen.

Es gefiel ihm einfach besser, Frauen, die er nicht kannte, eine Doppelstunde oder zwei über das Parkett zu schieben – beflissen, aber ohne Verpflichtung. Keine der Frauen erwartete, dass er sie anschließend zu etwas einlud oder dass er in der folgenden Stunde wieder bei ihnen vorstellig wurde. Seine Dienste waren rein utilitaristischer Natur, und das gab ihm die Unabhängigkeit, die er wie die Luft zum Atmen brauchte – seit dem Tag, an dem ihn seine Ex für zu alt befunden und aus der gemeinsamen Wohnung geworfen hatte. Seither verzichtete er auf eine eigene Bleibe und hauste stattdessen in seinem Büro in der Nähe der Großmarkthalle, provisorisch, wie er sagte, aber das sagte er mit einer Routine, die ihn Lügen strafte. Sein Vertrauen in die Menschheit war dahin – und würde auch nicht wieder zurückkehren. Was er brauchte, war eine Umgebung, die die längerfristige Gegenwart eines anderen ausschloss. Für Kompromisse war in seinem Leben kein Platz mehr.

Colver hörte die Tür und erkannte am Geräusch der Gummisohlen, dass eine Schwester kam, um nach ihm zu sehen. Ein Ritual, das sich alle ein bis zwei Stunden wiederholte. Er rührte sich nicht, tat, als schliefe er. Doch bevor der Kontrollgang absolviert war und die Schwester das Zimmer wieder verlassen hatte, nahm er seine ganze Kraft zusammen und fragte mit dünner Stimme in den Raum: »Welcher Tag ist heute?«

Es dauerte ein paar Sekunden, bis die Antwort erfolgte.

»Dienstag«, hörte er die Schwester sagen. »Dienstag, der 15. März 2011.«

»Dienstag«, wiederholte er leise und verstummte.

Als er sich sicher sein konnte, im Zimmer wieder mit sich allein zu sein, verfiel er ins Rechnen. Es fiel ihm schwer, und er hätte gern seine Finger zu Hilfe genommen. Aber das war ihm versagt. Nach einer Weile aber hatte er ein Ergebnis, das ihn zufriedenstellte. Er musste seit mindestens zwölf Tagen im Krankenhaus liegen. Was in Anbetracht der Schwere seiner Verletzungen wahrscheinlich war.

Seine Gedanken fingen wieder an, um den Donnerstag zu kreisen, an dem der Unfall sich ereignet hatte.

Unfall? Nein! Ein Anschlag war es gewesen – verübt von irgendwelchen Killern, die von finsteren Drogenbossen engagiert worden waren, um die Ehre ihrer Kartelle wiederherzustellen.

So stellte er es sich vor.

Um ein Haar hätte sich ein höhnisches Grinsen auf seine Lippen gelegt, das, wie er ahnte, alles bereithielt, um in einem kurzen, unbezwingbaren Auflachen zu explodieren – was zur Folge gehabt hätte, dass sein Körper dazu Gegenkräfte hätte aufbauen müssen.

Er konnte das gerade noch unterbinden. Die Schmerzen, die ein solcher Vorgang mit sich gebracht hätte, wollte er sich erst gar nicht ausmalen.

Wie ein totes Stück Holz fühlte er sich, unbeweglich, blind, die Arme am Körper, das versteinerte Gesicht zur Decke gerichtet.

An jenem Abend hatte der Kurs kein Ende gefunden. Man tanzte und trank bis in die Nacht. Es durfte zwei oder halb drei gewesen sein, als er endlich von der Musik, den Frauen und den angestrengten Versuchen, Erotik knistern zu lassen, genug hatte und den Heimweg antrat.

Alex kam in die Garderobe und fragte ihn, ob er so nett sei, sie nach Hause zu begleiten – es sei schon spät und es wäre ihr lieber, wenn sie den Weg nicht alleine gehen müsste. Es sei für ihn, von dem sie wüsste, dass er immer zu Fuß ginge, kein großer Umweg, ihre Wohnung liege auf dieser Seite der Isar, keine sieben Minuten vom Loft entfernt.

Tatsächlich hatte er sich von Anfang an unabhängig von der Jahreszeit angewöhnt, den Weg von der Au bis zur Gotzinger Straße zu Fuß zurückzulegen, wofür er eine halbe Stunde benötigte, selten länger. Genügend Zeit, um runterzukommen.

Es musste kräftig geregnet haben. Überall gab es Pfützen. Alex war beschwipst, und er befürchtete, dass sie, die froh über jeden Abend war, den sie nicht allein zu Hause auf der Couch verbringen musste, mehr von ihm wollte als nur Schutz und sichere Begleitung. Bei den Kursen und Milongas war sie ihm bislang aus Respekt vor seiner Ex, wie er annahm, aus dem Weg gegangen. Aber er hatte sich nie ganz des Eindrucks erwehren können, dass sie still und heimlich in ihn verliebt war.

Nachdem er sie vor ihrer Wohnungstür abgeliefert hatte, unternahm sie auch tatsächlich den Versuch, ihn zu küssen, doch er war vorbereitet und umschiffte das Ansinnen mit wortreicher wie geübter Eleganz, sodass das, was daraufhin folgte, keiner der beiden Parteien peinlich sein musste.

Dann, endlich allein, führte ihn sein Weg wie immer an der Isar entlang bis zur Wittelsbacherbrücke, wo er die Seite wechselte, um am anderen Ufer über den Schlachthof zur Bahnunterführung zu gelangen, an deren jenseitigem Ende die Großmarkthalle und sein Büro lagen. Die frische Luft und die Ruhe, in die die Stadt zu dieser Stunde gehüllt war, taten ihm gut.

Doch an diesem Morgen endete sein Weg früher als gewohnt – seiner unzuverlässigen Erinnerung nach unter der Brücke, die die

Tumblinger Straße auf Höhe der Bahnanbindung des Viehhofs überquerte. Bis zu seinem Büro wären es keine fünf Minuten mehr gewesen. Leider kam er aber an diesem verhexten Morgen dort nie an.

Er sah noch, dass im Dunkel der Nacht zwei Scheinwerfer aufflammten und die Straße ausleuchteten – just in dem Moment, als er aus der Unterführung heraustrat und an den mit Graffiti besprühten Wänden aus Ziegelstein vorbeiging, die die leicht ansteigende Straße auf beiden Seiten flankierten.

Zwei Scheinwerfer, sich im nassen Pflaster spiegelnd, blendeten ihn, bis er nichts mehr sah.

Dann erlosch seine Erinnerung.

Schädel-Hirn-Trauma.

Mehr als ein klaffendes Loch war von seiner Rückkehr an diesem frühen Märzmorgen in seinem Kopf nicht übrig geblieben. Ein klaffend schwarzes Loch, dessen Schwerkraft nicht kleiner sein konnte als die seines physikalischen Doubles: Kein einziges Bild war ihm mehr zu entlocken. Ein Umstand, der dazu angetan war, ihm den Schlaf zu rauben. Denn eine Frage blieb ungeklärt: War er in das Auto gelaufen oder hatte jemand versucht, ihn zu überfahren?

ZWEI

Es war ein dunkler grauer Herbsthimmel im Oktober 2010, der schwer über der Stadt hing und baldigen Regen verhieß. Aus den Steppen Sibiriens kommend, fegte eisiger Wind durch die Straßen und bereitete ihm Kopfschmerzen. Vielleicht kamen die aber auch von dem Joint, den er sich vorhin reingezogen hatte. In dem großen Schaufenster, auf das er jetzt zuging und das zu dem Karstadt gehörte, der mit seiner wuchtigen, goldbraunen Fassade aussah wie das Manifest einer untergegangenen Zivilisation, behielt er die halbwüchsige Gestalt im Auge, die ihm im Hintergrund folgte.

Es handelte sich um einen vielleicht zwanzig-, höchstens zweiundzwanzigjährigen Mann, in jedem Fall ein paar Jahre jünger als er, der sich in nichts von ihm selbst unterschied. Es war dieser System-Admin-Style, der die Vertreter seiner Generation alle gleich aussehen ließ. Anorak, Kapuzenpulli, Jeans, an den Füßen Laufschuhe der anerkannten Marken.

Seit ein paar Minuten klebte der Typ ihm schon an den Hacken.

Er war in Tempelhof wegen ein paar kaputter Akkus, deren Produktion längst eingestellt worden war, hatte sich in die sogenannte Batteriezentrale begeben, so hieß der Laden. Und als er mit den gesuchten Akkus in der Tasche nach einer Viertelstunde wieder herauskam und auf die Straße trat, kreuzte er zum wiederholten Mal den verstörten Blick dieses jungen Mannes. Da war ihm klar geworden, dass er beschattet wurde.

Was wollte der Idiot?

Wer hatte den Agenten auf ihn angesetzt?

Shenja Orlov hasste das Gedränge auf den Bürgersteigen, das die Menschen unfrei und zu einer kopflosen Herde machte.

Unter dem breiten Vordach des Gebäudes wandte er sich nach links. Ohne sich umzusehen oder wenigstens der eigenen Gestalt, die sich im Glas spiegelte, Beachtung zu schenken, folgte er dem ellenlangen Schaufenster, blieb dicht an der Scheibe, bis er weiter vorne einen Geldautomaten entdeckte. Jetzt hielt er direkt darauf zu und war mit jedem Meter, den er näher kam, besser mit der Lösung vertraut, die er für sein kleines Problem ersann.

Breitbeinig pflanzte er sich vor dem Terminal auf, tat so, als tippte er die Geheimzahl in die Tastatur, während seine ganze Aufmerksamkeit im Rücken zusammenlief und einen unsichtbaren monströsen Trichter formte, dessen Flimmerhärchen noch die feinsten Vibrationen und Luftveränderungen wahrnahmen.

Ein paar Sekunden stand er so da, angespannt und ungeduldig, darauf wartend, dass die Zeit ihren Charakter veränderte und ihm Gelegenheit gab, den Angriff zu starten. Blindlings fischte er in der Hosentasche schon mal nach dem stabförmigen Laserpointer.

Für einen kurzen Moment lenkte ihn der Brunnen ab, dessen Rieseln aus der Nähe an sein Ohr drang. Was ihn gerade noch umgeben hatte – Passanten, Lärm, der Verkehr –, wich zurück, und an deren Stelle traten Dinge, die aus der Erinnerung kamen, mächtige Dinge. Er glaubte zu erkennen, was war, was gewesen war und was sein würde.

Er sah die Welt seiner Kindheit: die beengte, vollgestopfte Wohnung auf der Kolomenskaya, 30/2, das gelb getünchte Gebäude, die Treppe aus hellem Granit und die schwergängige Holztür, die in den Angeln kreischte und zu dem geteerten und düsteren Hinterhof mit seinen Mülltonnen und Teppichstangen führte. Auch die zierliche Gestalt Asjas trat ihm vor Augen. Sie war ein halbes

Jahr älter als er und wohnte mit ihren Eltern eine Etage unter ihm. Wenn sie beide sich auf dem Hof oder im schmutzigen Treppenhaus trafen und zusammen spielten, machte Asja ihn mit ihren seltsamen Gebräuchen und Ansichten vertraut. Sie erzählte ihm von mysteriösen Worten, die sie gehört haben wollte. Ihrer Ansicht gefroren bestimmte heilige Worte in der kalten Luft und erstarrten zu Eis, bis sie eines Tages wieder auftauten und von besonderen Menschen wahrgenommen werden konnten. Asja bestand darauf, zu diesen besonderen Menschen zu gehören. Schon damals war ihm klar, dass sie über einen exklusiven Zugang zur Wirklichkeit verfügte.

Dann, übergangslos, hatte er wieder den ranzigen Geruch in der Nase, der in den Zugabteilen und schäbigen Notunterkünften hing, in denen er mit seinen Eltern für Stunden oder Tage Zuflucht gesucht hatte – auf ihrer monatelangen Odyssee über die Ukraine und Polen nach Deutschland. Die Entscheidung seiner Eltern, nach Berlin zu emigrieren, hatte ihn völlig überrascht. Sie hatte ihn noch weiter von Asja entfernt, von der Erinnerung an sie, der verstorbenen Geliebten und Gefährtin, und, was beinahe so schlimm war, sie hatte ihm die Möglichkeit genommen, sich seinen sehnlichsten Wunsch zu erfüllen: auf das Lyzeum zu gehen und Informatik zu studieren.

Er entsann sich der ersten Jahre in Berlin: der Leere, die sich in ihm ausgebreitet hatte; der Verlorenheit und Langeweile und des daran gebundenen Gefühls der Demütigung, Desorientierung, Zusammenhanglosigkeit. Er entsann sich seiner Sehnsucht nach Beziehungen, Strukturen, Verkettungen, die die innere Leere mit Sinn hätten füllen können. Er entsann sich der Aufenthalte in der Klinik; an das trostlose Licht in den Fluren, die weißen Kittel, die durchweg alle Beschäftigte getragen hatten, selbst der Mann an der Pforte. Damals, nach seinem Zusammenbruch, hatte das mit den

Schüben begonnen und mit dem kaum fassbaren Gefühl, keine Zukunft zu haben, bloß Mittel zu sein. Damals begannen die Halluzinationen, die Verwirrung, die Angst vor der Ausweglosigkeit.

Und dann erinnerte er sich an die endlosen exzessiven Nächte, die er vor dem Computer verbracht hatte, um doch noch das Programmieren zu lernen – unterstützt von seinen russischen Freunden aus der Netz-Republik, die sich noch immer regelmäßig im Birkenwäldchen bei Tesla trafen. Sie belieferten ihn auch mit dicken Wälzern über Stalin, die er wie im Rausch verschlang, wenn er zu erschöpft war, um noch länger vor dem Bildschirm zu hocken. Und gut entsann er sich der Genugtuung, die er empfand, als seine Arbeit endlich Früchte trug und er anfing, die Programmiersprachen zu beherrschen, C und seine Dialekte C++ und C#, PHP und Java – und noch eine oder zwei andere, esoterische, für die Sonderaufgaben.

Das hatte ihn gerettet.

Das und das sichere Bewusstsein, in Berlin auf eigentlich russischem Territorium zu leben. Teil der Heimat zu sein, auch wenn es nicht so aussah. Es war nur eine Frage der Zeit, bis die Stadt wieder in den Einflussbereich seines Landes zurückfiel. Dafür kämpfte er.

Dafür würde er immer kämpfen.

Der Trichter im Rücken schlug Alarm!

Ein starker Impuls sagte ihm, nun nichts mehr an dem Fortgang der Dinge ändern zu können und den Weg, den er eingeschlagen hatte, zu Ende gehen zu müssen.

Mit der Unvermeidlichkeit eines logisch ablaufenden Prozesses drehte er sich um und richtete den Laser, den er durch zweimaliges Drücken der einzigen beiden Knöpfe, die das Gehäuse aufwies, entsicherte, auf die Gestalt – auf diesen Typen, der in vielleicht einem oder zwei Metern Abstand an ihm vorbeizog.

Natürlich zeigte er sich keineswegs verwundert darüber, dass die vermutete Beschattung von der Realität unterboten wurde.

Alles nur Tarnung.

Der Bursche, der in sein Zielfeld geraten war, wirkte ganz und gar nicht so, als folgte er irgendwem – außer natürlich den eigenen abseitigen Gedanken. Er gab sich den Anschein, als gehörte er zu den üblichen Autisten, die in Berlin zuhauf herumliefen und nicht genug Autist waren, um auch nur ansatzweise ernst genommen zu werden. Der hier tat auf Unschuldslamm.

Alles Tarnung.

In sich gekehrt, tief in den Parka vermummt, hatte er die Kapuze über den Kopf gezogen und den Kopf zwischen den Schultern versteckt – als könnte er die Welt auf diese Weise ausblenden; als könne er auf diese Weise Zeit gewinnen, um angestrengt über die Probleme mit seiner Freundin nachzudenken oder über die mit den eigenen Kindern oder über die Probleme, die er in der Firma hatte. Keiner der Passanten sollte auf die Idee kommen, ihn auch nur nach Wechselgeld zu fragen.

Oder nach einer Adresse.

Es war erst kurz nach vier, aber es begann bereits zu dunkeln, sodass der giftgrün glimmende Punkt sich von dem olivfarbenen Anorak, den sein Verfolger trug, deutlich abhob.

Orlov bewegte den Arm, um den Pointer langsam am Ärmel des Zielobjekts hochwandern zu lassen, bis er zwischen Kapuze und Jochbein eine Stelle fand, von der aus er sein eigentliches Ziel anvisieren konnte. Aus dem Handgelenk machte er ein, zwei schnelle, ruckartige Bewegungen, die den Lichtpunkt im Blickfeld des Verfolgers umherspringen ließen wie sichtbar gemachte Quanten.

Während er das tat, spürte er, wie es in seinem Hinterkopf und in seinem Nacken und in dessen Verlängerung zum Steißbein hinunter bitzelte.

Er sah, wie sich der Junge erschrocken an die Kapuze fasste, herumfuhr und ihm eine verdatterte Miene präsentierte.

Noch nie hatte Orlov dieses Spielzeug, das er in irgendeinem Armeeshop zufällig neben der Kasse entdeckt hatte, in der Öffentlichkeit zur Anwendung gebracht. Durfte er laut Gesetz auch gar nicht. Auf dem Hof hinter dem Haus, in dem sich sein Büro befand, hatte er ein paar flüchtige Experimente mit den Mülltonnen veranstaltet, die ihn fürs Erste überzeugt hatten. Seitdem lag das handliche Gerät immer in der linken Hosentasche, wenn er unterwegs war. Er hatte die Hoffnung, dass sich schon bald eine Gelegenheit bieten würde, um es einzusetzen. Dieser Ernstfall war jetzt eingetreten.

Der Umgang mit dem Pointer war etwas knifflig, klappte jedoch besser, als er vermutet hatte. Er brauchte gar nicht viel zu tun: Der Junge richtete sein Gesicht freiwillig in das Zielfeld des Lasers, er musste den dicht gebündelten Strahl nur nacheinander in beide Augen lenken. Ein Gerät wie das seine würde in Millisekunden große schwarze Löcher in den Sehkreis des Agenten brennen.

Große schwarze Löcher.

Er zielte aus der Hüfte und traf.

Zweimal.

Das Zielobjekt riss die Arme hoch, stieß einen Schrei aus und bohrte die Fäuste in die Augenhöhlen.

Mit wenigen Schritten war er bei der Gestalt, die aussah, als würde sie mit einem Weinkrampf kämpfen, wovon aber die Passanten wenig Notiz nahmen. Manche schickten ihm einen halb interessierten Blick, unternahmen aber nichts.

Bevor doch noch jemand etwas unternahm, packte Orlov den jungen Mann am Arm und zog ihn mit sich fort.

»Sei still, Idiot«, zischte er, während er sein Opfer in eine enge

Durchfahrt bugsierte, hinter der sich drei oder vier Höfe hintereinander staffelten. Als er sich sicher sein konnte, dass sie beide von der Straße aus nicht mehr zu sehen waren, entspannte er sich und zog dem Kerl, dessen Fäuste noch immer in den Augenhöhlen rieben, die Kapuze vom Kopf. Dann drückte er ihn gegen die kalte Betonwand.

»Wer schickt dich? In welchem Auftrag machst du das?«

Fast brüllte er den Jungen an. Dabei wich er geschickt dessen Händen aus, die jetzt von den schmerzenden Augen abließen und blind in die Luft griffen.

Sein Gesicht bis auf wenige Zentimeter an das seines Verfolgers heranführend, blies Orlov ihm seinen Atem ins Gesicht. Rammte dann ohne weitere Vorwarnung sein Knie in dessen Eingeweide – mit solcher Wucht, dass dieser wie ein verendendes Tier aufstöhnte.

Der Kopf kippte zu ihm vor und knallte auf die Schulter, und als Orlov das Knie zurückzog, sackte der Körper zu Boden, so, als hätte der Typ bereits das Bewusstsein verloren.

»Sag deinen Leuten, dass sie das besser lassen sollen.«

Er versetzte dem Bündel vor seinen Füßen einen deftigen Tritt, bevor er von ihm abließ und sich wieder zurück zur Straße begab – ohne dem Geheul, das hinter ihm anhob, weitere Beachtung zu schenken.

Auf dem Bürgersteig mischte er sich unauffällig unter die Passanten und peilte ein zweites Mal den Geldautomaten an, allerdings diesmal, um wirklich Geld zu ziehen, zweihundert Euro. Und während er voller Ungeduld darauf wartete, dass der Apparat die Scheine ausspuckte, fragte er sich, welche Überraschungen und Geheimnisse der Tag noch für ihn bereithielt.

Was Orlov aus der schweren Anfangszeit in Berlin für sich mitgenommen hatte, war die unumstößliche Gewissheit, dass man belogen wurde, wenn man nicht andauernd aufpasste und immer wieder hinsah.

Er schob die Karte in seinen Geldbeutel zurück und steckte ihn weg. Sein Herz raste. Am Rücken nässte ihm der Schweiß das Shirt. Panik stieg in ihm auf – Panik, wieder die Stimmen zu hören. Diesen Lärm im Kopf zu haben.

Irgendjemand versuchte, über ihn Gewalt zu bekommen.

Sein Mund staubtrocken. Er schmeckte Eisen.

Vor sich auf der Straße sah er mit einmal den Jungen von eben auf sich zukommen. Er war wie vor den Kopf gestoßen.

Dann, ebenso unvermittelt, beruhigte sich wieder alles.

Die Halluzination sank in sich zusammen wie ein Bild auf einem Monitor.

Als ob er den Anfall vor sich selbst vertuschen wollte, ging er weiter, als wenn nichts geschehen sei – mit ausgestellter Verachtung, jeden Gedanken an eben verschmähend. Er ging den gleichen Weg zurück, den er gekommen war, angespannt darauf achtend, ob die Luft um ihn herum irgendwelche Heimlichkeiten mitzuteilen gedachte. Bei all dem ließ er sich nicht anmerken, dass es ihn große Mühe kostete, den Fluchtreflex zu unterdrücken, der ihm in den Beinen juckte.

Keine zehn Minuten darauf erreichte er sein Auto, einen schwarzen Subaru Outback, nicht das neueste Modell. Bevor er einstieg, kontrollierte er schnell sein Telefon.

Im Fahrzeug griff er nach der Metallzunge, die mit dem kläglichen Rest abgeschnittenen Gurtbands auf dem Nebensitz lag, und drückte sie in das Gurtschloss, das mit einem Klacken einschnappte. Er liebte es, die Elektronik auszutricksen. Nichts auf der Welt konnte ihn zwingen, sich anzuschnallen.

Dann startete er den Motor und fädelte sich in den anschwellenden Feierabendverkehr ein.

Während er die Spuren wechselte und so gut es ging durch den dichten Verkehr schwamm, dachte er an die Datenbanken amerikanischer Kreditkartenunternehmen, die er sich im Darknet beschafft hatte und die er über das robotisierte Netz aus gekaperten Rechnern mit den Freunden in der Föderation teilen wollte. Er dachte auch an den komplizierten Prozess, der nötig war, um die vier Gigabyte ausreichend zu verschlüsseln und auf den Weg zu bringen. Vor allem die Routing-Tabellen waren verräterisch und mussten manipuliert werden. Aber dafür war er Spezialist.

Penibel ging er in Gedanken die einzelnen Schritte durch, an die er sich halten musste, wenn er verhindern wollte, dass man ihm auf die Schliche kam. Und dabei baumelte im Takt seiner hektischen Fahrmanöver die Plastikkarte vor seiner Brust, ohne die man keinen Zutritt zum Rechenzentrum erhielt. Unter seinesgleichen wurde es nur *Telefonzentrale* genannt.

Orlov hatte jedes Gefühl dafür verloren, wie lange er schon auf den grün blinkenden Cursor starrte, aber jetzt war es wirklich genug. Fünf oder sechs Stunden hatte er in der verwaisten Telefonzentrale am Computer gesessen, in der Abwärme von Maschinen, die wie Insekten summten und nach verbranntem Plastik stanken, und jetzt, da er bei sich zu Hause war, zwischen Postern von Galaxienhaufen und der genarbten Oberfläche des Mars, hackte er schon wieder seit zwei Stunden oder mehr auf die Tastatur eines Rechners ein. Die Netz-Republik begriff sich als Teil der Föderation, weshalb es zu keinem Konflikt kam, wenn er nebenher auch für die Zentrale in Petersburg arbeitete, im Auftrag der Web-Brigaden. Als Troll sorgte er in wechselnden Foren deutscher Internetportale mit seinen Kommentaren ein bisschen für Desorientierung.

Alles zionistische Agenten. Befreit euch endlich von der Herrschaft des amerikanischen Kapitals. Das ist alles!

Mit Gewalt riss er sich vom Bildschirm los, schwang seinen Hintern von dem Drehstuhl, der ihn mit seiner kaputten Mechanik und der billigen Sitzschale seit dem Tag, an dem er ihn vom Sperrmüll gerettet und bei sich zum Einsatz gebracht hatte, zu malträtieren beliebte, und wanderte in die Küche. Dabei stieß er den Aschenbecher mit den Resten seines Joints zu Boden. Mit der Hand fegte er die Asche und Pappreste auf ein Blatt Papier, knüllte es zusammen und warf das Knäuel in den Papierkorb.

Auf dem Weg durch den Flur, der mit leeren Getränkekisten, Metallregalen voller Joghurtkartons, verstaubter Monitore und Kabel und mit schwankenden Türmen verwahrloster VHS-Kassetten bis unter die Decke zugemüllt war, hatte er Gelegenheit, seine Glieder zu strecken und in die Gegenwart zurückzufinden.

In der Küche wurde er neben Mülleimer und Stuhl von einem kleinen, quadratischen Holztisch erwartet, auf dem sich das schmutzige Geschirr der vergangenen Tage stapelte. Aus dem untersten Fach des Hängeschranks über der Spüle holte er eine Büchse mit Gemüseravioli und öffnete sie. Er schüttete den Inhalt in einen Topf, den er von einem verrosteten Abtropfgitter nahm, und stellte ihn auf den Herd. Dann schaltete er die Herdplatte auf die höchste Stufe. Die leere Konserve warf er in den Müllsack, der in einem fleckigen Drahtgestell unter der Spüle eingespannt war.

Das Fenster zeigte zum Hof, doch da es Nacht war, spiegelte sich darin nur die Glühbirne, die in der Mitte des Raums von der Decke baumelte, und seine eigene, übermüdete Gestalt. Er trat dicht an das schmierige Glas heran und konnte jetzt in den gegenüberliegenden Mietskasernen ein paar wenige erleuchtete Fenster erkennen.

Um neugierige Blicke abzuwehren, zog er den geblümten Kunststoffvorhang vor das Fenster. Wie die meisten anderen Einrichtungsgegenstände in der Wohnung zählte er zum Eigentum des Hauptmieters und hätte eine gründliche Wäsche vertragen. Aber obwohl im Vorderhaus ein Münzwaschsalon war, machte niemand von dem Angebot Gebrauch. Günter, der Hauptmieter, der keinen Nachnamen besaß und ihm die zwei Zimmer untervermietet hatte, war alles egal, solange er die Miete pünktlich abkassieren konnte. Zu jedem Ersten erschien der ehemalige Krankenpfleger, der von einer Berufsunfähigkeitsrente lebte, vor der Tür und holte das Geld ab, in bar und ohne Quittung, auch an Sonn- und Feiertagen. Der Alte war ein Unikum. Da die Klingel kaputt war, musste er klopfen, was immer vormittags geschah, sodass Orlov es in den beinahe sechseinhalb Jahren, in denen er hier hauste, so eingerichtet hatte, dass er dann auch zuverlässig immer zu Hause war.

Während Orlov mit einem Bier in der Hand an der Spüle lehnte und darauf wartete, dass die zähflüssige Sauce blubbernde Blasen warf, zog er aus der Hosentasche sein Spielzeug und begutachtete es. Stolz befühlte er das Gehäuse aus schwarz eloxiertem Aluminium.

Die Wirkung des unscheinbaren Geräts hatte ihm imponiert. Heute war der Tag der Bewährungsprobe gewesen, und die hatte es einwandfrei bestanden.

Um festzustellen, ob die Tastenkombination korrekt war, die er sich im Gedächtnis eingeprägt hatte, machte er den Pointer zum zweiten Mal in den vergangenen zwölf Stunden scharf.

Eine Strahlenkanone. Wie in der Sci-Fi-Welt.

Plötzlich zielte er mit dem Pointer auf den Topf mit den Ravioli.

Er fragte sich, wie lange es wohl dauerte, bis der Laser in eine der Teigtaschen, auf die er das Gerät gerichtet hatte, ein Loch gebrannt haben würde.

Es war nicht der Rede wert. Die eins Komma fünfundzwanzig Watt Ausgangsleistung färbte die gezahnte Ecke der Ravioli im selben Moment dunkel, in dem der Laser auf sie traf. Sie fing sofort an zu schmoren.

Der Geruch von Verbranntem verbreitete sich in der Küche.

Fernwirkungen faszinierten Orlov, auch wenn es wie hier nur ein paar Zentimeter waren, die überbrückt wurden.

Der Anblick der verbrannten Nudel weckte Erinnerungen an die Ausflüge, die er Anfang der Neunziger mit seinem Vater zu einem Wald in der Nähe von Moskau unternommen hatte. Wieder sah er das Stück Rinde, das trocken genug war, um Feuer zu fangen, wenn es ein Streifschuss aus der Waffe des Vaters von der Birke absprengte.

Nach dem Zusammenbruch der Sowjetunion waren viele, die in der Armee dienten, entlassen und nach Hause geschickt worden, darunter auch sein alter Herr, ein Waffenmechaniker. Unauslöschlich das Bild, als er an diesem Tag zur Wohnungstür hereinkam und wortlos auf der Schwelle stehen blieb: in Kirza-Stiefeln und am linken Ärmel der Uniform den Sowjetstern. Da war er erst um die vierzig. Zu dieser Zeit regierte Gorbatschow, und es begann die Zeit des Hungers. Erstklassige Rüstungsbetriebe sollten plötzlich Töpfe und Saftpressen herstellen. Es war empörend! Die Familie bekam Lebensmittelrationen – für seinen Vater eine persönliche Beleidigung.

Orlov entsann sich, damals, in der grotesken Zeit des Übergangs und der Unsicherheit, zum ersten Mal realisiert zu haben, dass auf die Dinge kein Verlass war. Über Nacht konnte sich alles ändern, konnte Chaos hereinbrechen. Diese Unberechenbarkeit war verantwortlich dafür, dass praktisch nie etwas zum richtigen Zeitpunkt passierte und dass nie klar war, ob etwas Bestand hatte oder nicht.

Eher nicht, musste man annehmen, wenn man die damaligen Jahre von heute aus betrachtete.

Um den aufgestauten Frust über den erloschenen roten Stern abzubauen, fing sein alter Herr zu trinken an. Und zu schießen. Fast jedes Wochenende ging es im metallic blau lackierten Lada der Familie zum sogenannten Tesla-Turm, Eigentum des Instituts für Elektro-Ingenieurswissenschaft. Auf dem nur noch fallweise gebrauchten Testgelände standen meterhohe Metallskelette wild in der Gegend herum. Man konnte dort ungestört Schießübungen durchführen. Außerdem gab es Birkhühner. Wenn es knallte, gingen die Bewohner des nahe gelegenen Städtchens Istra automatisch von einem Hobbyjäger aus – oder davon, dass das Institut die noch aus Sowjetzeiten stammende Blitzmaschine für einen Test angeworfen hatte – ein futuristisch anmutender Generator, der in der Lage gewesen wäre, für Mikrosekunden ganz Russland inklusive seiner neun Zeitzonen mit Strom zu versorgen.

Zum Beispiel glaubte das Tatjana, die Schwester seines Vaters, die mit ihrem Mann und den beiden Söhnen Michail und Igor am Stadtrand von Istra wohnte. Da sie mit ihrem Bruder seit dessen Heirat über Kreuz lag, kam es nur äußerst selten zu einer Begegnung – und wenn, dann dauerte sie nie länger als eine halbe Stunde.

Schon damals gehörte die Anlage zum Sehnsuchtsort der russischen Bloggerszene. Daher blieb es nicht aus, dass er im Lauf der Zeit mit ein paar Leuten aus der Szene in Kontakt kam und sich mit ihnen befreundete. Man tauschte sich über die neuesten Entwicklungen in der Sci-Fi-Welt aus und gründete bei einem der ausgelasseneren Treffen gemeinsam die Netz-Republik *Volk ohne Raum*, die die alte Größe der Heimat zumindest virtuell wiederherstellen sollte. Ansonsten streifte man mit meist gestohlenen Digitalkameras durch das Gelände, um die vor sich hinrostenden Spulen zu dokumentieren und mit den Fotos die eigenen Blogs auszuschmücken. Viele verstanden nicht, warum ihre Haare sich wegen der statischen Ladung aufrichteten, wenn man dem sogenannten *verbotenen Bezirk* zu nahe kam. Sein Vater nannte ihm den Grund dafür. Er konnte noch heute den alkoholisierten Atem riechen.

Orlov schaltete das Gerät aus, an dessen Schaft, wie er jetzt erstmals mit Bewusstsein wahrzunehmen glaubte, der in Gold aufgedruckte Namenszug *Spyder III* prangte – wobei ihm natürlich klar war, dass das so, wie er es gerade empfand, gar nicht stimmen konnte. Die Bezeichnung musste er schon vorher mal gelesen haben.

Aber spielte das irgendeine Rolle?

Er wog den Laser ein paarmal in der Hand und beschloss, ihn endgültig in seine Sammlung aufzunehmen, die über die Jahre in den Wandregalen eines kleinen Kämmerchens zu seiner persönlichen Rüstkammer angewachsen war: mehrere Totschläger und Pistolen unterschiedlicher Kaliber, Schalldämpfer, Schulterholster, dreitausend Schuss Munition und einige Kilogramm Pyrotechnik der gefährlichsten Kategorie.

DREI

Inzwischen waren über zehn Wochen vergangen, seitdem man Colver aus dem Krankenhaus entlassen hatte. Es kam ihm wie eine kleine Ewigkeit vor. Man schrieb nun Mitte Juni. Die Temperaturen waren gestiegen, und die Sonne zeigte sich deutlich häufiger am Himmel als noch zu der Zeit unmittelbar vor dem Unfall.

Auf eine Krücke gestützt, stand der Anwalt mit durchgedrücktem Rücken am Fenster seines Wohnbüros im fünften Stock in der Gotzinger Straße und sah wehmütig auf die blütenbesetzten Bäume vor dem Haus.

Wenn er den Blick über die Kronen hinweghob, konnte er jenseits des Flachbaus mit der Ladenzeile, die ihn und die Menschen in der Nachbarschaft mit Lebensmitteln versorgte, die schweren Lastzüge erkennen, die in unregelmäßigen Abständen vom Gelände des Schlachthofs rollten oder die umgekehrt auf die automatische Schranke zuhielten, die dank ihres elektronischen Auges nur diejenigen passieren ließ, deren Nummernschild registriert war.

Vor der Zufahrt verlief die Thalkirchner Straße – jene Straße, der er im Anschluss an die Tangostunden schon so oft auf dem Weg zu seinem Zuhause gefolgt war und die auch der Attentäter frequentiert haben musste. In einer langen Kurve wand sie sich aus der Unterführung – aus der gepflasterten Sohle, wo er beinahe den Tod gefunden hätte.

Kein Gesicht, keine Vorstellung oder Ahnung erlösten ihn von der quälenden Frage, wer der Lenker des Wagens gewesen war –

dieses Phantom, das bis in den frühen Morgen auf ihn gewartet, das ihn abgepasst hatte.

Warum?

Niemand hatte einen Schimmer, er nicht und auch nicht die Polizei. Niemand hatte etwas gehört oder gesehen. Weder gab es Zeugen noch irgendwelche verwertbare Spuren.

Colver schickte den Blick von der Unterführung hoch zu den Gleisen, die das Schlachthofareal mit dem Rest der Welt verbanden, und lauschte nachdenklich dem Gerumpel der Züge, das in der Ferne zu hören war.

Der Anruf eben hatte ihn in eine unwirkliche, merkwürdig lähmende Stimmung versetzt. Es war ein Anruf aus der Vergangenheit, der ihm noch im Nachhinein wie ein Spuk vorkommen wollte, wie eine Sinnestäuschung; wie die Stimme aus einem noch unentdeckten Bezirk des Jenseits.

In den dicken Brillengläsern waren Unsicherheit und Ungläubigkeit zu zwei unnatürlich großen Augäpfeln angeschwollen.

Aus der Stille, die in der Wohnung mit den niedrigen Decken herrschte, hatte sich allmählich ein vager Gedanke herausgeschält, hatte Gestalt gewonnen und angefangen, ihn zu beherrschen.

So absurd das Motiv war, das er sich im Krankenhaus nur zurechtgelegt hatte, um etwas zu haben, an das er sich klammern konnte – mit einmal schien es belastbar geworden zu sein, unabweisbar, manifest; zum festen Bestandteil einer Erinnerung, die sich als unzuverlässig erwies und ohne sein Zutun im Begriff stand, sich neu zu sortieren.

Dieser ebenso lautlose wie unsichtbare Vorgang weckte sein Erstaunen und seinen Argwohn.

»Colver – sind Sie es?«

Das Echo der Frage hallte in ihm wider.

Es war grotesk. Was er die ganze Zeit über gemutmaßt hatte,

ohne es begründen zu können, schien von dem, was der Zollkommissar gerade am Telefon geäußert hatte, bestätigt zu werden – von einem Mann, dem er nur ein einziges Mal in seinem Leben begegnet war und der sich ausgerechnet jetzt, sechs Jahre danach und im Anschluss an ein mysteriöses Attentat, bei ihm zurückmeldete.

Zufall?

Das konnte glauben, wer wollte.

Lag es nicht viel näher, das Gegenteil anzunehmen? Aber was würde das konkret bedeuten? Colver kräuselte die Stirn.

Es konnte nur bedeuten, dass es etwas geben musste, was ihm verheimlicht wurde.

Aber was konnte das sein?

Hypnotisiert von einer dumpfen Angst, die aus den Eingeweiden aufstieg und ihm fremd war, wagte er für einen Moment kaum zu atmen. Dann löste sich die Spannung.

Von draußen kam das mehrmalige Hupen eines Lastzugs herein.

Ob es ihm passte oder nicht: Erst einmal blieb festzuhalten, dass der Mordanschlag auf seine Person offenbar tatsächlich mit dem längst verjährten Vorfall auf dem Bananendampfer in Verbindung stand. Anders ließen sich die Ausführungen des Zollbeamten gar nicht interpretieren.

Was der Grund dafür war, dass man ausgerechnet ihn als Opfer auserwählt hatte, blieb allerdings weiterhin rätselhaft.

Vollkommen rätselhaft.

Zumal der Kommissar von dem Attentat auf ihn keinen Schimmer hatte. Wenigstens hatte er es mit keinem Wort erwähnt.

Am Fenster stehend, fühlte der Anwalt sich nach dieser fernmündlichen Attacke aus heiterem Himmel mehr verwirrt als beruhigt oder gar von Genugtuung erfüllt.

Es war seltsam: Was er sich im Krankenbett mangels Alternative zusammengereimt hatte, büßte jetzt, wo es von fremder Seite bestätigt wurde, jede Plausibilität für ihn ein. Seine eigenen Gedankengänge hielt er nicht mehr für glaubhaft.

Zwischen den Blüten vor dem Fenster entdeckte sein ruheloser Blick zwei Blaumeisen.

Der Kommissar hatte am Telefon nicht viel preisgegeben. Er hatte aus der Schweiz angerufen und ihn mit weiteren Erklärungen auf später vertröstet.

Konnte es sein, dass die neuen Erkenntnisse, die der Zoll gewonnen hatte und mit denen nach dieser langen Zeit nun wirklich nicht zu rechnen gewesen war, mit dem Anschlag auf ihn zu tun hatten? War das Attentat von dem offensichtlichen Fortgang der Ermittlungen provoziert worden?

Colver zuckte die Schultern – und stellte unmittelbar darauf mit Befriedigung fest, dass seine spontane Reaktion wider Erwarten keine Schmerzen nach sich zog. Die Heilung machte Fortschritte.

Er sah nach draußen in das freundliche Licht – und hatte wieder das Wort *Lockvogel* im Ohr, das ihm von allen Worten, die der Anrufer während des kurzen Gesprächs benutzt hatte, besonders nachdrücklich in Erinnerung geblieben war.

Als *Lockvogel* würde er ihn benötigen, hatte die Bemerkung gelautet, die von dem Kommissar ergänzend nachgeschoben worden war.

Eine Äußerung, aus der Colver ebenfalls nicht schlau wurde.

Wie war das gemeint: Er solle den Lockvogel spielen?

Nach einer Weile fruchtloser Grübelei setzte er die Krücken um und wandte sich dem Büro in seinem Rücken zu – dem Glasschreibtisch mit den beiden Stühlen und dem kugelförmigen Uralt-Rechner in Bondi Blue, der seit bald vier Jahren seinen Arbeitsplatz darstellte.

Sein Optimismus war sofort zur Stelle, als er sich nach seiner Entlassung in vertrauter Umgebung vorfand. Endlich war er wieder Herr über den Tag, der nicht mehr den Ärzten und Krankenschwestern gehörte – ihnen und ihren Ritualen, deren hauptsächlicher Sinn darin zu bestehen schien, die Zeit in schmale, nutzlose Streifen zu zerschneiden. Vier Wochen waren es immerhin, die er im Krankenhaus zugebracht hatte. Doch jetzt war das vorbei. Er war zu Hause. Zwei Sanitäter hatten ihn in einem Rettungswagen ohne Blaulicht hergebracht.

Und es sollte nicht lange dauern, da kamen weitere überzeugende Gründe hinzu, um ihn in seiner Zuversicht zu bestärken.

Zum Beispiel, dass der zähe Prozess seiner Genesung spürbar an Fahrt aufnahm. Von Tag zu Tag fühlte er sich besser. Zwar musste er noch periodisch zur Kontrolle und irgendwelche Untersuchungen über sich ergehen lassen, ansonsten aber konnte er langsam daran denken, sein Tagesgeschäft wieder aufzunehmen. Das ließ sich auch in einem Zustand weitgehender Immobilität zumindest ansatzweise bewältigen: telefonieren, Mails schreiben, Schriftsätze verfassen.

So galt der erste Anruf, den er von seinem verwaisten Schreibtisch aus tätigte, seiner Putzfrau, der er die gute Nachricht überbringen konnte, dass sie ab jetzt nicht mehr jeden Tag bei ihm vorbeischauen musste, um den Briefkasten zu leeren und die Post in sein Büro zu tragen. Nun durfte sie den gelassenen, vor Jahren einmal vereinbarten Rhythmus wieder aufnehmen. Fatima hatte zu Hause einen pflegebedürftigen Mann und war mit Mitte sechzig nicht mehr die Jüngste. Sie würde froh über die Entlastung sein.

Während er wartete, dass sie ans Telefon ging, verlor sich sein Blick auf der gläsernen Arbeitsplatte, die blitzblank poliert war und auf der es kein Stäubchen zu geben schien, das dem Tageslicht oder dem auftreffenden Lichtschein der Schreibtischlampe hätte

Widerstand bieten können. Wenn er sich umsah, hatte er Mühe, das, was sich zwischen Computer und ihm selbst als sein Arbeitsumfeld präsentierte, mit seiner Erinnerung in Übereinstimmung zu bringen. Alle Papiere, die sich normalerweise in mehreren, teils überlappenden Lagen bis an die Tastatur stauten, waren zu einem einzigen Stapel zusammengeschoben: Zettel, Dokumente, Rechnungen, Reklame, Mappen. Und obenauf die Post der vergangenen vier Wochen.

Fatimas unbezwingbarer Ordnungssinn hatte in einem magischen Prozess den Schreibtisch während seiner Abwesenheit in den Zustand der Jungfräulichkeit zurückversetzt.

»Geht es gut?«

Ihre Stimme klang heiser.

»Ja, Fatima, mir geht es wieder gut. Jedenfalls weitgehend.«

»Soll ich kommen?«

»Nein, das brauchen Sie nicht. Mir fehlt es an nichts. Der Student von drüben hat netterweise für mich eingekauft. Fürs Erste ist der Kühlschrank voll. Danke für alles. Wir sehen uns nächste Woche.«

Den Hörer zurück in die Ladestation stellend, die den Empfang des Geräts mit einem Piep quittierte, löste er sich für einen Moment von seinem Körper und sah von der Decke aus auf sich herab, auf das vertraute Bild, das ihn am Schreibtisch zeigte, in Arbeit versunken. Doch bevor er sich tiefer in die vorgestellte Vergangenheit hineinbohren konnte, entdeckte er die Krücken, die links und rechts neben dem Stuhl am Boden lagen – und wurde schlagartig in seine unmittelbare Gegenwart zurückgeholt.

Er streckte die Hand aus in Richtung Papierstapel, als ob damit der sentimentale Riss, der sich in seiner Seele aufgetan hatte, überbrückt werden könnte. Mit den Fingern wanderte er durch die weißen und braunen Umschläge und studierte die Absender.

Die amtlichen Schreiben und die Briefe der Mandanten öffnete er zuerst.

Nach einer Dreiviertelstunde der Durchsicht, bei der es darum ging, aus dem Gedächtnis Fälle zu rekonstruieren und komplizierte Sätze und Sachverhalte richtig zu interpretieren, stand bei allen Unsicherheiten und möglichen Irrtümern für ihn eines fest: dass er bei seinem alten Kumpel Richard tief in der Schuld stand.

Richard war der Mann, der an seine Stelle gerückt war, nachdem er die Versicherung verlassen hatte. Er kannte ihn vom Studium, aber nach dem ersten Staatsexamen hatte er ihn aus den Augen verloren. Erst fünfzehn Jahre später lief er ihm in der Kantine, die sich die Versicherung mit einer benachbarten Rückversicherung teilte, zufällig wieder über den Weg. Da hatte er ein paar Tage zuvor gerade den Job gekündigt.

Er hatte seine Ex gebeten, Richard über die Situation zu informieren. Seinem alten Freund vertraute er.

Obwohl sich Colvers Kontakt zu Daniela auf ein Mindestmaß beschränkte, gehörte sie noch immer zu dem exklusiven Kreis, der über einen Zweitschlüssel zu seinem Büro verfügte. Das Administratorwort für den Computer hatte er ihr per SMS zukommen lassen. Er selbst war der Ansicht, dass sie seinen einstigen Kommilitonen von früher hätte kennen müssen, aber angeblich konnte sie sich an niemanden namens Richard erinnern. Sie tat trotzdem, was ihr aufgetragen wurde. Die wichtigsten Mails leitete sie an Richard weiter, die Vorladungen, Klageerwiderungen, Gerichtsbeschlüsse. Alles, was seinen Job als Rechtsanwalt betraf. Es ging nur darum, Termine zu verschieben.

Die Ex war schwierig, besonders dann, wenn sie von ihm um einen Gefallen gebeten wurde.

Jedenfalls hatte es Richard in die Hand genommen, seine schwebenden Angelegenheiten so weit wie möglich zu betreuen und die vertretenen Parteien über den Fortgang der Genesung ihres Anwalts auf dem Laufenden zu halten.

Colver erinnerte sich, dass Richard eines Mittags in der Tür zu seinem Krankenzimmer aufgetaucht war. Es war in der letzten Woche seines Klinikaufenthalts.

»Du bist ja allein!«, hörte er ihn mit rauer Stimme sagen, als er eintrat.

»Ja, allein. Ich vermisse die Sonne.«

Ohne darauf einzugehen, fuhr Richard fort: »Dann geht's dir aber deutlich besser als mir. Seit Neuestem muss ich mein Büro nämlich mit einem Kollegen teilen. Eine absolute Null, aber wen interessiert das. Restrukturierungsmaßnahmen – du verstehst.«

Colver war froh, dass er seine Arbeitskraft nicht mehr an die Versicherung verscherbelte, die ihn damit unter Druck setzen konnte. Jetzt arbeitete er auf eigene Rechnung und konnte es sich erlauben, eine unabhängige Meinung zu haben. Er verdiente nicht mehr so viel wie früher, musste ohne Kranken- und Urlaubsgeld auskommen und ohne all die anderen Segnungen eines Systems, das seine Teilnehmer mit der Fürsorge korrumpierte, die es ihnen angedeihen ließ – gegen Bezahlung, versteht sich. Frei über dem Abgrund schwebend, fühlte er sich trotzdem um einiges besser. Für sich selbst brauchte er ohnehin nicht viel. Die Ausbildung der beiden Kinder verschlang das meiste von dem, was er verdiente.

Die Routine, die er mit jedem weiteren Tag, den er in den eigenen vier Wänden verbrachte – zwischen Akten, Teeküche und Bett –, zurückgewann, trug ihren Teil dazu bei, dass der Abstand zu dem verstörenden Vorfall in seiner jüngsten Vergangenheit wuchs. Mit Abstand schien alles halb so wild zu sein. Seine Gedanken bekamen wieder mehr Raum, mehr Spiel. Die Frische kehrte zurück. Bald lebte er in dem Gefühl, dass sein altes Leben gleich um die Ecke auf ihn wartete, und dass er ohne größere Einbußen daran würde anschließen können. Ein Trugschluss, natürlich, aber einer, der ihm guttat. Zweifel durften seine Blut-Hirn-Schranke nicht passieren.

Allerdings entschloss er sich im Anschluss an seine Rückkehr relativ schnell, an der Tür eine Sicherheitskette anbringen zu lassen. Dass er möglicherweise weiteren mysteriösen Attacken ausgesetzt war, rief in ihm Unbehagen herauf. Dem konnte er nur mit Vernunft begegnen.

Doch es blieb alles ruhig, und die Wochen verstrichen.

Die Zweifel suchten sich einen anderen Weg. Da war zum Beispiel sein Gehapparat, der ihm auch nach knapp einem Monat behutsamen Trainings weiter Schwierigkeiten bereitete. Nach all den Operationen eigentlich kein Wunder. Die Ärzte hatten ihn zwar erfolgreich wieder zusammengeflickt, aber dass irgendwann wieder alles so funktionierte wie zuvor, dafür gab es keine Garantie. Das wurde ihm immer schmerzlicher bewusst.

Er musste mehr tun, das wurde ihm klar, mehr Ausdauer beim Training beweisen, mehr Bewegung in den Tagesablauf integrieren. Er vermisste den Tango. Er vermisste die physische Konzentration, zu der er aufrief, die Unterwerfung der Muskulatur unter Ritual und Innuendo. Wie kaum etwas anderes war dieser Tanz dazu angetan, geistige Blockaden zu lösen – etwas, das er womöglich gerade in seiner jetzigen Situation gut gebrauchen konnte.

Dass es auf ihn selbst und auf eine eiserne Disziplin ankommen würde, hatte man ihm schon beim Entlassungsgespräch deutlich gemacht – und mit entwaffnender Pragmatik zwei Gehhilfen in die Hand gedrückt. Für alles, was seine eingeschränkten Möglichkeiten überstieg, blieb er auf das Taxi angewiesen. Und auf die Hilfsbereitschaft der Nachbarn.

Doch je grimmiger er seine Übungen vollzog und je störrischer sein Körper diese boykottierte, desto mehr wurde er von dem Gedanken beunruhigt, dass durch den Unfall das komplexe Zusammenspiel seiner Beinmuskeln bleibenden Schaden genommen haben könnte. Eine Katastrophe, wenn er es sich bloß ausmalte.

Bald waren es sieben Wochen, die seit der Entlassung verstrichen waren – und wer wusste schon, wie viele noch folgen würden –, doch noch immer fehlte seinen Bewegungen jene nachlässige Verhaltenheit, die den Tanguero zum Rivalen der Gegenwart machte, wo die Menschen abgerichtet wurden, Befehle widerspruchslos entgegenzunehmen und ohne weiteren Aufschub auszuführen.

Das drückte seine Stimmung in den Keller, und insgeheim fing er sogar an, sich mit dem Gedanken anzufreunden, vom Status des Springers Abschied nehmen zu müssen – davon und von der Vorstellung, die Beine je wieder angemessen durch einen Raum bewegen zu können.

Die Zweifel hatten sein anfängliches Zutrauen in die eigenen Kräfte nahezu vollständig pulverisiert. Doch der unerwartete Besuch seiner Tochter und seines Sohnes wendete das Blatt noch einmal.

Er sah die Kinder nicht oft, noch nicht einmal jetzt in seinem bemitleidenswerten Zustand. Im Klinikum rechts der Isar hatten ihn Katharina und Simon anfangs öfter besucht, aber da er recht angeschlagen war, hatten die zwei sich in ihrer Hilflosigkeit schnell gelangweilt.

Die Geschwister lebten bei ihrer Mutter, die wieder freiberuflich als Innenarchitektin arbeitete. Es ging ihnen, soweit man das sagen konnte, gut, doch der Riss in der Familie blieb sensibles Gebiet. Nicht umsonst wurden sie nach dem Schulwechsel auf ein Privatgymnasium geschickt – und zwar jedes auf ein anderes.

Wie viele in ähnlicher Situation versuchten auch Daniela und er das eigene Versagen wiedergutzumachen, indem sie den Nachwuchs mit übertriebener Zuwendung bedachten. Auch sahen sie über deutlich mehr hinweg, als ihm vermutlich zuträglich war. Sie hatten jeder für sich einfach Schiss, dass sie von den eigenen Kindern verstoßen werden könnten. Aber die Unsicherheit verletzter Seelen beseitigte man nicht, indem man ihren Besitzern beibrachte, die Welt wie eine Speisekarte zu lesen. Die beiden Geschwister spürten, dass ihre Mutter jedes Interesse an ihrem Vater verloren hatte, was sie tief verletzte und ängstigte – so erwachsen und vernünftig sie sich auch gaben.

Wenn Colver seine Brut in der Obhut hatte – was von der Mutter ein- bis zweimal im Monat gestattet wurde –, begegneten ihm die Kinder mit einer scheuen, verletzlichen Zuneigung, hinter der sich ihre Angst verbarg. Um zehn spätestens musste er die beiden allerdings bei ihr wieder abgeliefert haben.

Der Umgang zwischen ihm und dem Nachwuchs war stark ritualisiert, und vor Auseinandersetzungen schreckte man zurück, denn diese standen im Verdacht, »aggro« zu sein. Lieber beteuerte man, dass die Familie ein hohes Gut war und man unbedingt verhindern müsse, dass sie endgültig auseinanderbrach.

Was dichtete man der *Familie* nicht alles an!

Colver versuchte einfach, das Beste aus der Situation zu machen und sich strikt an die Rolle zu halten, die ihm zugedacht war. Das schloss Zuneigung mit ein, beharrliche Lügen und ein fröhliches Gemüt. Ansonsten war es wichtig, gerecht zu bleiben. Was Probleme in der Schule betraf, zeigte er sich meist solidarisch. Zu viel Unruhe wollte er nicht in die heikle Konstruktion bringen. Er wusste, dass sie allen Beteiligten ohnehin ein hohes, fast übermenschliches Maß an sozialer und emotionaler Beherrschung auferlegte.

So geschah es, dass mitten in der Woche am frühen Abend bei ihm geklingelt wurde. Er hatte keine Ahnung, wer das sein konnte, doch dann verriet ihm ein Blick durch den Spion, dass sein Nachwuchs vor der Tür stand.

»Endlich – der Pizzabote«, sagte er scherzhaft, als Simon mit drei großen Pappschachteln vor der Brust hereinmarschierte und auf den großen Esstisch am Fenster zusteuerte – eine Wolke warmen Dampfes zurücklassend, der nach Käse und Peperoni roch. Katharina schlang wortlos die Arme um seinen Hals, löste sich aber gleich wieder und trottete dem Bruder hinterher.

»Alles in Ordnung?«

»Alles Banane«, echote es mit leichter Versetzung aus den Mündern der Geschwister.

Natürlich war nichts in Ordnung, wie er von Daniela wusste, die darauf bestanden hatte, diejenige zu sein, die die Elternabende bestritt. Unter den Erziehern nahm man Anstoß am Verhalten der Nachkommenschaft. Katharina, still und empfindsam, blieb nach Aussage ihres Klassenlehrers weiterhin oft tagelang für die Welt verloren. Ihre Unzugänglichkeit wuchs sich zu einem ernsthaften Problem aus. Und ihr Bruder schien nach seiner schweren Pubertät, in der er nur knapp einem Schulverweis entgangen war, weiter denn je davon entfernt, seine Gedanken zu sammeln und einer vernünftiger Entscheidung zuführen zu können, zumal, wenn es um die eigene Zukunft ging. Er verbrachte seine Tage an den unterschiedlichsten Spots der Stadt beim Skaten. Immer auf der Suche nach herausfordernden Formen und interessanten Oberflächen. Für andere Dinge blieben keine Kapazitäten mehr übrig, schon gar nicht für das Einräumen der Spülmaschine, Hausaufgaben oder andere zeitraubende Tätigkeiten – etwa die, den Müll runterzutragen.

»Du hast das Besteck vergessen«, pflaumte Simon die Schwester an, als diese die Teller verteilte.

»Ich hole uns Besteck!«

Jetzt, zwei oder zweieinhalb Wochen später, spürte er wieder die Blicke, die die eigenen Kinder auf ihn gerichtet hatten, als er aus der Teeküche auf sie zugehumpelt kam – das Besteck in der einen Hand, die Krücke in der anderen.

Es waren Blicke der Ablehnung, der Enttäuschung – und allein die Erinnerung an die Gnadenlosigkeit seiner Brut versetzte ihm einen frischen Stich ins Herz.

Selbst Katharina, die in übermütigen Momenten gern mit ihrem Vater ein Liebespaar simulierte und sich den einen oder anderen Tanzschritt von ihm zeigen ließ, hatte nur Blicke für ihn übrig, in denen jede Barmherzigkeit erkaltet war.

Eine bohrende Demütigung, die ungeahnte Kräfte in ihm freisetzte. Wenn er je wieder all die Nuancen und Tricks beherrschen wollte, die er seinem Körper im Lauf der Jahre mühsam beigebracht hatte, musste er sich ein rigides Programm auferlegen – ein Programm, das nur bei größter Entschlossenheit die Chance hatte, durchgehalten werden zu können.

Am Telefon konsultierte er Udo, einen befreundeten Arzt, der neben seinem Medizinstudium ein paar Semester Philosophie studiert hatte und unorthodoxen Heilmethoden gegenüber aufgeschlossen war. Udo riet zu einer Magnetfeldtherapie, in der er eine gute Ergänzung zu seiner Gymnastik sah.

Trotz einer tief verwurzelten Skepsis gegenüber Verfahren, die keine naturwissenschaftliche Grundlage aufwiesen, folgte er, ohne groß zu zögern, dem Rat seines Freundes. Deswegen hatte er Udo ja angerufen – um nichts auszulassen, was seine Heilung beschleunigen könnte. Er fühlte sich zwar gegenüber den eigenen Ansprüchen kompromittiert, aber diesmal hatte Heilung Vorrang vor der Moral. Täglich fuhr er am Vormittag mit der U-Bahn die zwei Stationen zum Sendlinger Tor, wo es eine entsprechend ausgestattete Praxis gab. Selbst auf Krücken war das für ihn gut zu bewerkstelligen, und bald konnte er überdies auf eine der zwei Gehhilfen verzichten.

Die Ausflüge nutzte er zusätzlich, um das jeweilige Pensum, das er zu Fuß zurücklegte, über dasjenige hinaus auszudehnen, mit dem er sich noch am Vortag begnügt hatte. Um mindestens fünfzehn Prozent wollte er seine Leistung täglich steigern. Diese Zahl, die er in irgendeinem Wirtschaftsmagazin aufgeschnappt hatte, das im Wartezimmer auslag, setzte sich in seinem Kopf fest. Schnell schaffte er es bis zum Südfriedhof, was geeignet war, den Frieden zwischen ihm und dem Zustand, in dem er sich befand, allmählich wieder herzustellen.

So kam es, dass er, als er von seinem täglichen Ausflug heimkehrte, vor der Wohnungstür stand – die Tüte mit dem Einkauf vom Bäcker baumelte an der Krücke –, während drinnen an seinem Schreibtisch das Telefon ging.

Aus der Situation entwickelte sich flugs ein Wettlauf mit der Zeit, aber er hatte Glück, denn der Anrufer ließ es lange genug klingeln, sodass er es trotz all der Einschränkungen, mit denen er zu kämpfen hatte, schaffte, rechtzeitig am Apparat zu sein.

Gespannt horchte er in die Leitung.

»Colver – sind Sie es?«

Außer Atem konnte er mit der Stimme, die aus dem Hörer an sein Ohr drang, zunächst wenig anfangen.

»Können Sie sich erinnern?«, setzte die Stimme nach.

Der Anwalt machte ein Gesicht, als suchte er nach einem Wort, das ihm eben entfallen war. Dass das Glas seiner Brille beschlug, konnte als deutlicher Hinweis verstanden werden, nicht unbedingt sehr tief in seine Vergangenheit hinabsteigen und suchen zu müssen. Im Krankenhaus hatte er sich doch längst alles wieder vergegenwärtigt.

Der Bremer Zollkommissar.

»Verzeihen Sie, dass ich mich nach so langer Zeit und ohne Vorwarnung bei Ihnen melde.«

Da löste sich die Blockade. Jetzt fiel ihm auch wieder der Name ein, zu dem die Stimme gehörte: Lasse B.

»Lasse B.?«

»Aha. Ihr Gedächtnis funktioniert noch.«

Schnell gewann der Anrufer für Colver Kontur. Er sah die gedrungene Gestalt vor sich, von der Rohheit und Verlässlichkeit ausgingen; die herben Gesichtszüge, in denen sich deutlich der Argwohn gegenüber allem, was Menschen äußerten, festgesetzt hatte; die umgeschlagene Strickmütze auf dem Kopf, tief in die Stirn gezogen. Die dunkle Funktionsjacke, die ihm das Aussehen eines verdeckten Ermittlers gab – jedenfalls sahen die, denen er vor Gericht begegnete, häufig so oder so ähnlich aus. Der Mann war vielleicht einen halben Kopf kleiner als er, der mit seinen nahezu eins neunzig allerdings den Durchschnitt überragte.

Lasse B – alle hatten ihn so genannt. Sogar damals in der Versicherung hatte man von ihm nach seiner Rückkehr aus Bremerhaven nur unter diesem mysteriösen Kürzel gesprochen.

»Es gibt gute Gründe, weshalb ich Sie anrufe.«

Am anderen Ende entstand eine Pause.

»Nun machen Sie es nicht so spannend, Herr Kommissar.«

Colver, den Hörer zwischen Kinn und Schulter geklemmt, versuchte verzweifelt, seine Krücke gegen den Schreibtisch zu lehnen, ohne dass diese an der Glasplatte abrutschte und die Vase zertrümmerte, die am Boden stand. Ein Geschenk der Kinder, zu seinem fünfzigsten Geburtstag vorletztes Jahr.

»Ich rufe nicht aus Bremen an, wie Sie vielleicht denken. Sondern aus der Schweiz. Aus der Nähe von Montreux.«

»Aus der Schweiz? Und was treiben Sie da?« Colver kam seine Nachfrage albern vor, aber da war es schon zu spät.

»Erinnern Sie sich noch an den halben Dollarschein, den wir bei dem toten Afrikaner gefunden haben? Damals, auf dem Container.«

Der Anwalt gab sich den Anschein, als erinnerte er sich an nichts. Auf keinen Fall wollte er durchblicken lassen, dass er sich in den vergangenen Wochen mit dem Fall eingehend beschäftigt hatte. Jedenfalls brauchte er die Details nicht mühsam aus seinem Gedächtnis hervorzukramen. Das war längst geschehen.

»Helfen Sie mir auf die Sprünge.« Er zeigte der Luft um ihn herum eine Unschuldsmiene.

»Wir haben den Mann aufgespürt, der im Besitz der anderen Hälfte ist.«

»Ach«, entfuhr es Colver. »Langsam dämmert mir da was.« Was hätte er anderes sagen sollen? Dass man sich bei der Polizei reichlich Zeit ließ? Immerhin waren sechs Jahre vergangen.

»In der Schweiz?«

»In der Schweiz.«

Auf seiner Seite kam es zu einer weiteren Pause.

»Und warum rufen Sie an?«

Der Zollkommissar überhörte die Frage.

»Der Mann, um den es sich handelt, ist Fotograf. Ein Deutscher. Vernarrt in kostspielige Inszenierungen. Um das nötige Kleingeld dafür aufzutreiben, hat er anscheinend einen florierenden Drogenhandel betrieben. Der Schweizer Wohnort könnte ihm zur Tarnung gedient haben.«

Colver sagte nichts. Er wartete einfach ab, was noch kommen würde.

»Und damit sind wir bei dem Punkt, warum ich Sie angerufen habe. Ich habe nämlich ein Problem.«

»Ein Problem?« Der Anwalt drückte den Hörer fester an sein Ohr. »Und das wäre?«, fragte er aufrichtig überrascht. Doch bevor es zu einer Antwort kam, fügte er noch rasch hinzu: »Weshalb sollte gerade *ich* Ihnen helfen können?«

»Der Mann ist vorletzte Nacht aus dem Hotelzimmer getürmt, in das wir ihn festgesetzt hatten.«

»Aus dem Hotelzimmer?« Colver ließ sich anmerken, dass er kein Wort von dem, was ihm da erzählt wurde, Glauben schenkte. Das gab's doch nur im Kino.

»Etwa durchs Fenster?«

Lasse B. überhörte die beißende Ironie.

»Tja …«, wich er etwas geziert aus.

»Und inwiefern kann ich Ihnen helfen?« Colvers Lebensgeister waren geweckt. Tausend Gedanken gingen ihm durch den Sinn.

»Ganz einfach: Ich brauche Sie als Lockvogel.«

Der vormittägliche Anruf des Zollkommissars hatte im Kopf des Anwalts eine Lawine an Bildern und Eindrücken losgetreten.

Nun warf er einen Blick auf die Uhr. Das alles lag jetzt gut eine halbe Stunde zurück.

Er musste Richard in der Versicherung anrufen. Um Viertel nach zwei durfte er vom Mittagessen in der Kantine zurück sein. Vielleicht gab es neue Erkenntnisse über einen Vorfall, der sich vor sechs Jahren auf dem Bananendampfer zugetragen hatte – auf einem rostigen Kahn, der aus Kolumbien gekommen war, um fahrplanmäßig in Bremerhaven Zwischenstation zu machen.

VIER

Nach dem Vorfall in Tempelhof blieb er, um möglichen Beschattern auf die Schliche zu kommen, auf der Hut. Wenn er auf die Straße ging, weil er etwas erledigen oder irgendwo eine Pizza essen und ein Bier trinken wollte, benahm er sich wie jemand, dem es darum ging, imaginäre Verfolger abzuschütteln: Unvermittelt bog er in den Zugang zu einem Hinterhof und wartete im Dunkeln ab, ob jemand auftauchte, der sich über sein plötzliches Verschwinden Gedanken machte. Nach und nach aber entschwand der Vorfall aus seinem Gedächtnis, und die Routine trat an seine Stelle. Ohne aufzumucken, erledigte er seinen Job in der Telefonzentrale, ging zweimal die Woche ins Fitnessstudio und traf abends seine Gamer-Freunde im Netz. Wenn der Druck zu groß wurde, glotzte er Pornos.

Orlov war ein Einzelgänger. In Berlin besaß er keine Freunde. Es gab nur Arbeitskollegen oder flüchtige Bekannte. Er litt nicht darunter, im Gegenteil. Er war gern für sich. Einen gewissen Halt gaben ihm die Eltern, aber nur, weil sie für seine Herkunft standen, seine Heimat. Ansonsten war der Umgang mit ihnen problematisch und nervig.

Am Morgen scheuchte ihn der Vater mit einem Anruf aus dem Bett und bat um seine Hilfe. Er sollte beim Kauf einer neuen Spülmaschine zur Seite stehen – schon wegen der unübersichtlichen Vielzahl der Modelle, aber natürlich auch wegen der Technik, die ihnen zu hoch war.

Widerwillig hatte er zugesagt.

Die Bitte gehörte zu den Gepflogenheiten, die in den vergangenen Jahren zwischen seinen Eltern und ihm eingerissen waren. Sie wiederholten sich mit derselben Regelmäßigkeit, mit der man Weihnachten in Berlin gegenüber der orthodoxen Kirche demnächst wieder dreizehn Tage zu früh feiern würde.

Der Parkplatz vor dem Elektromarkt war erst kürzlich frisch geteert worden. Der Subaru rollte über die leere, wellige Fläche hartgefrorenen Asphalts, querte die weißen Markierungen, die strengen Reihen identischer Felder, die keinen Zweifel daran ließen, dass man hier im Lauf des Tages noch einen unerhörten Ansturm erwartete, und parkte schließlich neben einem Lieferwagen und zwei PKW in der vordersten Reihe mit Aussicht auf den Eingang.

Bei laufendem Motor schenkte Orlov jedem der beiden Weitwinkelrückspiegel einen peniblen Kontrollblick. Nachdem er sich versichert hatte, dass aus keiner Richtung Gefahr drohte, drehte er den Motor ab. Dann verstellte er die Position der Lehne, checkte sein Telefon und machte es sich bequem.

Wenn es den Eltern an Geld mangelte, um sich die Dinge, die sie benötigten, anschaffen zu können – und das war gar nicht selten der Fall –, führten sie immer das gleiche Manöver aus. Sie baten ihn darum, beim Einkauf dabei zu sein. Es war mit ihrem Stolz unvereinbar, den Sohn direkt um finanzielle Unterstützung zu bitten.

Jetzt ärgerte es ihn, dass er sich so gutmütig gezeigt hatte. Eigentlich hatte er andere Pläne gehabt. Er wollte Code produzieren.

Fehlerfreien, dicht gepackten Code.

Obwohl sein alter Herr einst mit Technik zu tun gehabt hatte, verstand er von moderner Elektronik nicht viel. Seit dem Rauswurf aus der Armee vor zwei Jahrzehnten hatte er den Anschluss an die Gegenwart verloren. Außerdem sprach er nach zehn langen Jahren in Berlin noch immer so gut wie kein Wort Deutsch, was Orlovs Ärger, dass er sich diesen morgendlichen Zirkus selbst eingebrockt hatte, noch steigerte.

In Gestalt des Vaters wuchs der Verdruss über sich selbst.

Er ließ den Blick vom einen zum anderen Ende des fast jungfräulichen Parkplatzes wandern.

In der kleinen Wohnung in Wilmersdorf gestrandet, die sie sich vier lange Jahre lang zu dritt hatten teilen müssen – gelegen zwischen einer Heimat, die ihren eigenen Bewohnern wegen der politischen Umbrüche fremd geworden war, und einer Zukunft, die für Leute wie seinen Erzeuger nicht viel übrig hatte –, bot nur das Wohnzimmer die technischen Voraussetzungen, um aus der Realität zu emigrieren und via Satellit in die russische Fernsehwelt einzutauchen. Und dieses Angebot nahm sein Vater nonstop wahr. Sport, Filme, Daily Talk, Zeichentrick, Unterhaltung, Karaoke, Nachrichten – es gab nichts, was seinen Vater bei der Flucht aus der Realität schrecken konnte, eher im Gegenteil.

Dabei sah Orlov ihn vor sich, wie er in Cordhosen und Pullover auf dem Sofa saß, die nackten Füße in Hausschlappen, und über den Tag hinweg aus breitrandigen Vier-cl-Gläsern sibirischen Wodka in sich hineinkippte.

Orlov dachte an seine Mutter, die halbtags in Charlottengrad im Berjozka arbeitete, einem Geschäft, in dem man russische Lebensmittel kaufen konnte. Sie war eine kleine, drahtige Frau, deren ganzes Leben aus der Einsicht bestand, dass man schauen musste, wo man blieb.

Aus pädagogischen Gründen trug sie ihrem daheim herumsitzenden Mann Erledigungen auf, die dieser mit einem immer auf dem Couchtisch bereitliegenden Kuli in eine Fernsehzeitschrift an den Rand des jeweiligen Tagesprogramms kritzelte.

Seine Eltern kannten sich seit ihrer Kindheit. Sie waren in zwei benachbarten Käffern hundert Kilometer südlich von St. Petersburg aufgewachsen, aber zur selben Schule gegangen. Dass sie heirateten, als sie noch sehr jung waren, war nur eine logische Folge. Nachdem sein Vater sich für die Armee entschlossen hatte, schien ihr beider Leben einem Plan unterworfen zu sein, der es ausschloss, dass noch etwas Unerwartetes passieren konnte. Aber dann, in der Wendezeit, brach alles zusammen: Die gesamten Ersparnisse schmolzen in kürzester Frist dahin – und mit ihnen das Zutrauen und der Patriotismus.

Erst ein Jahrzehnt später, nun in Berlin, als Putin das Steuer übernahm, entwickelte sein Vater wieder einen Sinn für Autorität. Doch dahinter steckte bloß eine Art Camouflage.

In diesem Moment, auf dem Parkplatz, wurde ihm bewusst, dass allein die an Berlin geknüpften Erinnerungen – die Abbreviatur der Jahre im Exil – ausreichten, um auf sein Gesicht ein geringschätziges Grinsen zu schmuggeln.

Für ihn war sein Vater ein Versager.

Was immer dem alten Herrn aufgetragen wurde und ganz gleich, von wem – er kritzelte es akkurat an den Rand der Programmzeitschrift. Und beließ es meistens dabei.

Der pure Hohn.

»Versager«, murmelte Orlov gehässig in die noch warme Heizungsluft, die den Fahrgastraum erfüllte.

Ein flüchtiger Blick auf die Instrumententafel bestätigte ihm, dass er pünktlich war. Kurz nach zehn. Der Elektromarkt hatte erst seit wenigen Minuten die Kassen freigegeben.

Von seinem Erzeuger weit und breit keine Spur. Am Telefon hatte er dem Sohn mitgeteilt, dass er den Bus nehmen würde.

Orlov hielt angestrengt Ausschau. Nach einer Haltestelle, einem Bus, einem Passanten, der sich von irgendwo näherte.

Nichts. Nirgends.

Er checkte das Telefon.

Keine Nachricht.

Das war typisch für den alten Herrn. Mit der notorischen Unpünktlichkeit brachte er seinen gespielten Protest gegen die westliche Lebensart zum Ausdruck, die ihm eigentlich gut gefiel. Schon früher war er im Kern ein verweichlichter Sechziger gewesen, geprägt vom Tauwetter und vom zwanzigsten Parteitag der KPdSU 1956 – und das, obwohl er selbst Opfer der Neuauflage unter Gorbatschow geworden war.

»Versager«, wiederholte er. Er verschwendete hier nur seine Zeit.

Zwar musste er niemanden mehr für irgendwas um Erlaubnis bitten, doch einfach abhauen konnte er deshalb noch lange nicht. Er stand in der Pflicht. Es half also nichts. Er musste ausharren. Er hatte es versprochen.

Orlov griff nach seinem Geldbeutel in der Jacke und zählte die Scheine.

Klar, dass er nicht umhinkam, die Spülmaschine cash zu bezahlen. Das Gerät wurde geliefert und angeschlossen und die alte Maschine im selben Zug entsorgt, was voraussetzte, dass die korrekte Adresse anzugeben war. Im Elektromarkt mit Kreditkarte zu bezahlen, hätte im unwahrscheinlichen Fall, dass man ihn mit dem Vorfall am Karstadt in Tempelhof vor einem Monat in Verbindung brachte, die Polizei auf seine Spur lenken können.

Acht Hunderter. Die Summe durfte genügen.

Er hatte das Geld auf dem Weg zum Elektromarkt an den Tankstellen zweier Banken gezogen – mit zwei verschiedenen Karten. Orlov verfügte über insgesamt fünf Bankkonten, jedes bei einem anderen Institut.

Wenn er und seine Freunde aus dem Darknet *Volk ohne Raum* mal wieder irgendwo auf der Welt Online-Konten leerräumten, kam der Gewinn zu ihm nach Berlin über Western Union. An einer der Filialen in der Stadt hob er den Betrag bar ab, den man ihm aus der Heimat angewiesen hatte, um ihn in kleineren, unauffälligen Beträgen auf seine verschiedenen Konten einzuzahlen. Ein zu hohes Guthaben ließ die Bankleute überall auf der Welt aktiv werden. Eine gewisse Summe behielt er sicherheitshalber zu Hause, wo er sie in einer ausgeweideten VHS-Kassette deponierte.

Orlov steckte den Geldbeutel zurück.

Aus Überdruss begann er, die Einkaufswagen zu zählen, die entlang der taubenblauen, fensterlosen Front eine lange Schlange bildeten, gab die Sache aber bald wieder auf. Stattdessen kam er auf die Idee, sein Telefon zur Hand zu nehmen, um mit ein paar Clicks auszukundschaften, wer so in der Umgebung gerade das WLAN-Netz anzapfte, das der Elektromarkt den Kunden als Service gratis zur Verfügung stellte.

Das Display zeigte nur ein paar Adressen an. Schnell erkannte er, welcher der angemeldeten Clients davon ganz in der Nähe werkeln musste. Vermutlich in einem Handy oder Tablet, deren Eigentümer in einem der Autos saß, die in der Reihe neben dem Subaru parkten.

Seine beiden Daumen flogen über den berührungsempfindlichen Bildschirm.

Aus dem Darknet hatte er ein kleines Helferlein gezogen, mit dem er den WLAN-Verkehr von Telefonen mitlesen konnte, die sich in der direkten Umgebung befanden, in einem Umkreis von vielleicht zehn, fünfzehn Metern. Mit etwas Glück konnte er die Login-Daten sichtbar machen, die der Betroffene eingegeben hatte.

Was er zu Gesicht bekam, waren jedoch keine stupiden Login-Daten wie den Namen des Hamsters, der letztes Jahr verstorben war, oder den der verflossenen Freundin oder das Geburtsdatum der Mutter. Vielmehr entpuppte sich das, was da in schneller Folge über den Touchscreen wanderte, als Chat – als vertrauensseliger

Dialog zweier Halbwüchsiger, die sich auf einer Party kennengelernt und ineinander verliebt hatten. Das schien aber keiner wissen zu dürfen, wie die meist zweizeiligen Nachrichten nahelegten, die sich in atemloser Geschwindigkeit abwechselten. Er kam kaum mit dem Lesen hinterher.

Es dauerte nicht lange, bis Orlovs Stimmung kippte. Gequält brach er das Programm ab und ließ das Telefon mit routinierter Bewegung in der Innentasche des Blousons verschwinden.

Die Korrespondenz hatte ihn unangenehm berührt. Er hatte nicht mit solchen intimen Gedanken in seiner unmittelbaren Nachbarschaft gerechnet – und fühlte sich von ihnen angegriffen.

Die Schamlosigkeit, mit der die beiden sich austauschten ungeachtet der Tatsache, dass jeder Idiot einen Chat mitlesen konnte, ließ es an Respekt gegenüber Leuten wie ihm fehlen.

Er löschte das Display und steckte das Telefon weg. Wenn man nicht ständig auf der Hut war, wurde man von allem, was einen umgab, belogen.

Nichts war so, wie es zu sein schien. Man musste höllisch aufpassen, damit sich das Leben nicht schnell als Falle entpuppte.

Orlov holte aus einem Brillenetui einen vorgedrehten Joint heraus, ließ das Seitenfenster herab und betätigte mit der anderen Hand den Zigarettenanzünder. Es würde schon keiner den Kopf in den Wagen halten, um Alarm zu schlagen.

Schon gar nicht in diesem Bezirk hier.

Die Kippe warf er achtlos auf den Teer. Dann beugte er sich vor und fing an, den Schädel wie die großen Tiere im Zoo hin- und herzuschwingen. Dabei registrierte er rechts vor ihm die graue Chipkarte, die am Innenspiegel hing, vom Luftzug an der Frontscheibe sachte bewegt. Er hatte sich angewöhnt, sie immer an den Innenspiegel zu hängen, sobald er die Telefonzentrale verließ. So war es ausgeschlossen, dass er die Karte nicht bei sich hatte, wenn er wieder in die Firma musste. Am Eingang hielt man die Karte über die Magnetfläche, um den großen und flachen Klinkerbau betreten zu können.

Zwischen seinen Gedanken tauchte Nadja auf. Vielleicht war sie von dem diffusen und silbrigen Licht des kalten Novembervormittags herbeigerufen worden, das von draußen durch die Windschutzscheibe in den Innenraum fiel. Nadja war eine drahtige und agile Mittzwanzigerin mit halblangen kupferroten Haaren, die als Admin für das Change-Management arbeitete. Vor ein paar Monaten war er mit ihr zufällig in Kontakt gekommen.

Er erinnerte sich an einen Abend im vergangenen Spätsommer, als er den Subaru gerade vor der Telefonzentrale in eine der gemauerten Parkbuchten rangierte, die für die Mitarbeiter in zwei Doppelreihen zur Verfügung standen. Es war ein grauer und klammer Tag gewesen, der die Menschen auf den kommenden Herbst und Winter vorbereiten sollte.

Während er mit einem Finger das Lenkrad lässig an der Speiche einschlug, bemerkte er, dass eine junge Frau ihr Auto trotz wiederholter Versuche nicht zum Laufen brachte. Er wechselte den Gang und ließ den Wagen zu ihr vorrollen, wo er das Seitenfenster herabließ und ihr anbot, Starthilfe zu geben.

Die junge Frau warf ihm durch das geschlossene Seitenfenster einen Blick zu, der so viel besagte wie: Hau ab, du Idiot!

So hatten er und Nadja sich kennengelernt.

Fortan flatterten zwischen ihnen immer ein paar belanglose Worte hin und her, wenn sie einander zufällig in der Kantine über den Weg liefen – was nicht allzu häufig der Fall war, da er zu unregelmäßigen Zeiten arbeitete. Ab und an aber ergab es sich, dass sie zusammen – jeder mit dem Tablett vor dem Bauch – einen freien Tisch ansteuerten, um über die mausgraue Resopalplatte hinweg irgendwelche News auszutauschen – stockend und von langen Unterbrechungen begleitet. Meistens handelte es sich dabei um Klatsch und Tratsch aus der Firma. Für andere Themen reichten die Kenntnisse nicht, die sie voneinander besaßen.

»Morgen früh fahren wir die Server runter.« An diesen Satz, mit dem Nadja bei ihrer letzten Begegnung das Gespräch begonnen hatte – und das bevor er an ihrem Tisch richtig Platz genommen hatte –, erinnerte er sich noch gut. Sie hatte ihren Teller bereits leergegessen, und er sah noch, wie sie den Schokoladenriegel nahm, der auf dem Tablett lag, seitlich das Papier aufriss, innehielt und ihn ansah, als erwartete sie eine Reaktion auf ihre Aussage, noch ehe sie in den Riegel biss.

Ihre Bemerkung war nicht nur eine Spur zu unvermittelt gekommen, sondern auch in einem denkbar ungünstigen Moment, sodass er nur mit einem feindlichen Blick hatte reagieren können – einem Blick, der unmissverständlich klarmachte, dass er nicht willens war, ihrem Hinweis Beachtung zu schenken, solange das Mittagessen dampfend darauf wartete, von ihm verzehrt zu werden.

Während er sich ungerührt daranmachte, seine Bratwurst samt Pommes im Eiltempo hinunterzuschlingen, wurde Nadjas Blick stumpf.

Nach einer Weile hellte er sich kurz auf, und sie sagte: »Nur für ein, zwei Stunden. Wartungsarbeiten.«

Stur sah er an ihr vorbei, als ginge ihn all das nichts an, während sie mit absurder Ausdauer auf der Schokolade herumkaute.

Die Hände immer noch fest am Steuer, grinste Orlov.

Eigentlich ziemlich patzig, wie das letzte Treffen zwischen ihm und Nadja verlaufen war. Und es war jetzt auch schon ein ganzes Weilchen her.

Spätestens da musste er sich in die junge Frau verliebt haben. Dass ihm das ausgerechnet jetzt klar wurde, durfte seinen Grund darin haben, dass in seinen Eingeweiden das Echo des Dialogs widerhallte, den er vorhin auf seinem Telefon für ein paar Minuten mitverfolgt hatte.

Dieses kranke Geturtel.

Ein dezentes, ploppendes Geräusch riss ihn aus den Träumen.

Orlov beugte sich vor, als könnte er so besser erkennen, was da auf der Windschutzscheibe vor sich ging. Fette Tropfen fielen aus dem Himmel und zerplatzten auf dem Glas wie eine Animation. Der Vorgang wiederholte sich, als ob die Endlosschleife eines Screen Savers aktiviert worden wäre. Plopp, plopp plopp, plopp. Ein Stakkato dumpfer Geräusche, das seinen Schädel zu füllen begann. Bald hatte er den Eindruck, selbst Teil des Bildschirms zu werden. Vielleicht befand er sich aber auch inmitten eines der Tropfen und hörte alles durch die hauchdünne elastische Wand aus Wasser hindurch.

Mann, war er bekifft.

Orlov sackte in den Sitz zurück. Ihm war kalt geworden, und er betätigte die Zündung, um den Motor im Stand warmlaufen zu lassen.

Seine Hand wanderte zum Telefon, ließ aber gleich wieder von dem Gerät ab. Während er hypnotisiert in den schieferfarbigen Strichregen starrte, versuchte er auf einer Parallelebene, Klarheit zu gewinnen. Doch stattdessen produzierte sein Kopf eine ansteigende Flut formloser, unfertiger Gedanken.

Er trieb in einem Meer voller Unrat, bis das Gewicht der Tropfen, ihre eigentümliche Schwere, anfing, das Element, in dem er selbst sich bewegte, zu klären; bis der triste Ort, an dem er sich befand und der ihm aus irgendeinem unerfindlichen Grund als das Negativ einer unterirdischen Ladenpassage erschien, wo er zu Moskauer Zeiten oft abgehangen hatte, um hier Software illegal zu kaufen – bis all das samt der unergründlichen Heimlichkeiten, die die Luft ringsum kontaminierten –, Nadja zurücktreten ließ, damit an deren Stelle die Gestalt Asjas hervortreten konnte.

Er lachte und war noch keine fünfzehn, wenn ihn das Gedächtnis nicht trog.

Langsam stiegen die Bilder in ihm auf, eins ums andere.

1997 im Herbst. Ein Wochenende stand vor der Tür. Beide hockten sie im Fond und alberten herum, ausgelassen und übermütig, während sein Vater den Lada mit unbewegtem Gesicht über die Magistrale Richtung Istra steuerte. Keiner sprach ein Wort. Das laute Motorengeräusch, das den Fahrgastraum erfüllte, machte das Sprechen zu einer anstrengenden Angelegenheit, sodass man, um sich zu verständigen, Gesten und Grimassen den Vorzug gab.

Mittlerweile war es dreizehn Jahre her, dass Asja seiner Einladung gefolgt und überraschend mitgekommen war, als er und sein Vater zum Tesla-Turm aufbrachen – Asja, das rätselhafte Mädchen aus dem Stockwerk unter ihm.

Schon lange vor diesem Ausflug hatten seine Gedanken und Träume verstohlen den Wunsch ausgebildet, sie einmal zu den Exkursionen nach Istra mitzunehmen, aber er hatte sich schon des eifersüchtigen Bruders wegen nie getraut, den dafür nötigen Schritt zu tun. Erst, als sein Vater ankündigte, ein ganzes Wochenende dort verbringen zu wollen, weil er von seiner Schwester Tatjana eingeladen worden war, fasste er sich ein Herz und setzte seinen Entschluss in die Tat um. Und zwar kurz vor knapp, am Tag der Abreise, keine zwei Stunden, bevor es losgehen sollte.

Mit klammem Herzen war er die Stufen hinuntergegangen und hatte an der Tür geläutet, hinter der Asja mit ihrer Familie lebte. Als nach dem zweiten Klingeln die Mutter öffnete, musste er allen Mut zusammennehmen, um sie nach ihrer Tochter zu fragen –

doch da tauchte Asja, als hätte sie ihn längst erwartet, schon in der Tür zu ihrem Zimmer auf.

Die Mutter ignorierend, richtete er mit gezwungener Stimme und heißem Gesicht das Wort an seine Flamme, die ihm in diesem Augenblick vorkam, als sei sie viel älter als er (in Wirklichkeit war sie nur ein halbes Jahr älter und wie er in der Neunten, in einer Parallelklasse), was ihn zusätzlich einschüchterte. Er äußerte mit übertriebener Bestimmtheit, dass er und sein Vater beschlossen hätten, sie für ein Wochenende nach Istra einzuladen – ob sie Lust dazu habe? –, und spürte in den Sekunden, die zäh verrannen, bevor die Antwort kam, genau, dass Asjas Mutter, die noch immer gutmütig die Wohnungstür offen hielt, unmerklich lächelte, weil er im Gesicht knallrot angelaufen war.

Dabei hätte er sich die ganzen Ängste ersparen können. Es war keine große Sache. Asja hatte ihn vom anderen Ende des Flurs nur angesehen und genickt, ohne einen Ton von sich zu geben und ohne ihn auszulachen. Kurze Zeit später war sie zu ihm gekommen, gestiefelt und gespornt, einen Rucksack über der Schulter, so, als sei sie schon zig Mal zusammen mit ihm und dem Vater die vierzig Kilometer zu dem Wäldchen gefahren, in dem sich das Testgelände des Instituts für Elektro-Ingenieurswissenschaft befand. Tatsächlich war es aber eine Premiere.

Natürlich hatte er zu diesem Zeitpunkt längst Gelegenheit gefunden, ihr bei Begegnungen auf dem Hof oder im Treppenhaus von der Blitzmaschine zu erzählen und von den aufgerichteten Haaren, wenn man der verbotenen Zone zu nahe kam, und so war er sich nicht sicher, ob sie nur aus purer Neugier mitkam oder wegen ihm, was er sich stark erhoffte.

Die Lösung dieses Rätsels sollte bereits die erste Nacht in Istra bringen.

Sein Erzeuger hatte für den Besuch nicht deshalb ein komplettes Wochenende vorgesehen, um die erratischen Schießübungen, denen er im nahe gelegenen Wäldchen nachging, über jenes Maß hinaus auszudehnen, wo sie ihm selbst hätten absurd erscheinen müssen, sondern weil er von der Schwester, die in dem verschlafenen Nest mit ihrem Mann und den zwei Söhnen lebte, zur Kristallhochzeit eingeladen worden war. Die Tante und seine Mutter waren wie Feuer und Erde – man vertrug sich nicht, weshalb Letztgenannte auch nie mit ihnen mitkam.

Die Tante bewohnte mit ihrer Familie ein kleines Häuschen am Stadtrand. Da das Fest für den Samstag angesetzt war, trudelten die Gäste, die von weiter herkamen, bereits am Freitagabend ein: Es handelte sich dabei neben ihm selbst, Asja und seinem Vater noch um den Bruder des Onkels samt dessen Ehehälfte. Für das eigentliche Jubiläum am nächsten Tag wurde noch eine Handvoll weiterer Gäste erwartet.

Als Erstes wurde die Frage nach der Unterkunft geklärt. Man teilte Handtücher aus und machte die Gäste mit den Wasch- und Schlafgelegenheiten vertraut. Man hatte sie samt und sonders nach oben unter das Dach verbannt, wo sie auf Matratzen schliefen, die auf dem blanken Beton lagen – die Männer auf der einen, die Frauen auf der anderen Seite. Dazwischen waren als Sichtschutz große Laken über eine Wäscheleine gespannt.

Nachdem alle Fragen der Hygiene geklärt waren, schenkte man zur eigentlichen Begrüßung in der Küche großzügig Wodka aus. Es war absehbar, dass sich der Abend bis in die Nacht hineinziehen würde, was seine gleichaltrigen Cousins Igor und Michail dazu bewog, sich seiner und Asjas anzunehmen und unbemerkt in den Garten zu entführen. Das tat man in Begleitung einer zu diesem Anlass kurzerhand aus dem Bad entwendeten Flasche, die bis zum Rand in einer mit eiskaltem Wasser und weiteren alkoholischen Getränken gefüllten Wanne geschwommen hatte.

Während der Wodka die Runde machte, stand man vor dem Haus im Halbdunkel zwischen den Gemüsebeeten und wusste nicht recht, was man sagen sollte. Sein letzter Kontakt zu den Cousins lag viele Jahre zurück, da war er noch ein Kind gewesen, und jetzt, da man sich gegenüberstand, fremdelte man. Das fand vor allem darin seinen Ausdruck, dass man sich gegenseitig Prahlereien vor die Füße schleuderte, eingebettet in überlangen Pausen.

So schleppte sich die Unterhaltung dahin, bis man leicht angeheitert war und Igor, der Ältere der beiden Cousins, vorschlug, der Blitzmaschine einen nächtlichen Besuch abzustatten, weil sich dort immer eine Reihe von Bloggern traf mit dem Ziel, ein ausschweifendes Gelage zu veranstalten. Sie würden also genau zur rechten Zeit dazustoßen.

Besonders Asja, bei der die Wirkung des Wodkas am weitesten fortgeschritten war, willigte schnell und sogar mit heller Begeisterung ein, was ihm einen Stich im Herzen versetzte, schienen damit doch seine schlimmsten Befürchtungen bestätigt zu werden: Sie war aus Neugier und nicht wegen ihm mitgekommen!

Auf dem Weg zum Kloster Neu-Jerusalem, in dessen Nähe die Hochspannungsforschungseinrichtung angesiedelt war, entfaltete der Alkohol nun bei ihnen allen seine Wirkung. Asja begann Unsinn zu reden und zu torkeln, und er, wie der Rest der Viererbande, als die zu apostrophieren man sich plötzlich gefiel, kicherte in einem fort, litt dabei aber gleichfalls unter einer erheblich wankelmütiger gewordenen Schrittfolge.

Irgendwann vernahmen sie alle den Ruf einer Eule, vielleicht derselben, der er und sein Vater hier draußen öfter begegnet waren. Er entsann sich, dass es eine Zeit gegeben hatte, wo es ihm schwergefallen war, den Vogel von der Gestalt des Vaters zu trennen – eine Abnormität seines Wahrnehmungsapparates, die ihm bis heute unerklärlich geblieben war.

Als die Truppe schließlich nacheinander auf die Lichtung des Birkenwäldchens stolperte, waren im Schein des Feuers, das auf einer quadratischen Plattform flackerte, auf der, wie er wusste, normalerweise die künstlich erzeugten Blitze niedergingen, dunkle Gestalten in Kapuzenshirts zu sehen, die emsig hin und her flitzten – sowie ringsum am nächtlichen Firmament die bedrohlichen Silhouetten der Generatoren. Und in der Mitte der Lichtung erhob sich der legendäre Tesla-Turm gegen den Himmel.

Bald tauchten aus dem Dunkel irgendwelche Bekannte auf und begrüßten die beiden Cousins. Asja, durch den Wodkagenuss zutraulich geworden, hakte sich bei ihm unter. Man reichte ihr von irgendwoher Bier, aber sie lehnte mit der Hand ab. Mit einer weiteren Geste, die an ihn gerichtet war, gab sie zu verstehen, dass es sie zu einem lang gestreckten Gemäuer zog, das vom Feuerschein gerade noch erreicht wurde und von dem aufgrund der dunklen Fenster nicht klar war, wozu es diente.

Gehorsam führte er sie am Arm hinüber.

Es war empfindlich kalt geworden, und er vermutete, dass seine Freundin nach einem Ort suchte, wo man in Ruhe gelassen wurde und die Chance hatte, wieder halbwegs nüchtern zu werden.

Nachdem er die schwere Stahltür mit Gewalt einen Spalt aufgeschoben hatte, schlug ihnen aus dem Innern der Geruch von feuchtem Moder entgegen. Obwohl kaum Licht durch den Spalt und die völlig verdreckten Fenster fiel, war zu erkennen, dass der Boden übersät war mit Geröll, trockenem Laub und Geäst, dazwischen Müll: leere Zigarettenschachteln, Bierflaschen, Stofffetzen, zerknülltes Zeitungspapier, Teerpappe, Reste von Holzkisten. Alles wirkte, als wäre hier vor längerer Zeit eine Granate eingeschlagen. Das Glas der alten Gussfenster war trotz der zum Teil verbogenen Stege erstaunlicherweise intakt, vielleicht bis auf den einen oder anderen Sprung.

Er trat in das schwarzbraune Licht, das den Gang füllte, der sich vor ihm auftat, während in seinem Rücken die Stahltür halb offen blieb. Asja am Arm, zog er mit ihr langsam an den kleinen, meist leerstehenden Räumen vorbei, die rechter Hand in gleichmäßigem Abstand abzweigten. Türen existierten nicht. Die geschundenen Wände waren an vielen Stellen feucht angelaufen. Auf der linken Seite die regelmäßige Reihe der Industriefenster. Gelegentlich gab es einen einsamen Schreibtisch zu bewundern oder aufgeweichte, schimmelige Aktenordner, die in einer Ecke vergessen worden waren.

Am Ende des Gangs angelangt, blieb er stehen und wusste nicht, was er tun sollte. Er spürte eine eigenartige Spannung, die das Halbdunkel um ihn herum auflud. Asja schien seine Irritation zu spüren. Zu seiner Überraschung übernahm sie wortlos das Kommando, zog ihn mit sich fort – tief in den letzten Raum hinein, vor dessen trostloser Öffnung sie gerade noch gestanden hatten.

Plötzlich zögerte er. Seine Hand löste sich aus der seiner Freundin. Von draußen drangen Gesprächsfetzen an sein Ohr. Nur selten bekam das eine oder andere Wort Kontur und war zu verstehen. Während er lauschte, um den Inhalt der Gespräche wenigstens annähernd zu erfassen, drehte Asja sich zu ihm um, näherte ihr Gesicht dem seinen. Schon spürte er ihren warmen Atem auf der Haut.

Da fingen sie an, übereinander herzufallen und wild herumzuknutschen.

Eine Entladung, die sich lange und schleichend vorbereitet hatte – genau genommen seit dem Tag, an dem sich sein Radius über das eigene Zimmer, die Wohnung der Eltern, über das Treppenhaus und den Hof hinaus ausgeweitet hatte – und er damit begonnen hatte, zusammen mit dem Mädchen aus dem Stockwerk unter ihm Streifzüge durch das Viertel zu unternehmen.

Es waren harmlose Streifzüge gewesen, voller kindlicher Neugier, schüchtern und wagemutig zugleich.

Danach, in der anhebenden Adoleszenz, trat zwischen ihnen eine Phase der Scheu ein, in der sie einander aus dem Weg gingen, weil sie beide im jeweils anderen die Veränderungen wahrnahmen, die sich mit ihnen und ihren Körpern zugetragen hatten und weiter zutrugen, die undurchsichtige Bedrohung, die davon ausging, zu jemand anderem zu werden, zu einem sich selbst Unbekannten.

Und dann dieser Tag ...

In dem Gebäude auf dem Tesla-Gelände mit seinen finsteren, beinahe leeren Räumen gingen sie weiter, viel weiter, als er es sich damals hätte träumen lassen. Es gab ihm ein komisches Gefühl, wenn er jetzt, da er auf seinen Vater wartete – dreizehn Jahre danach und zweitausend Kilometer von Istra entfernt –, daran zurückdachte, wie Asja auf seine leise Aufforderung hin begonnen hatte, vor ihm zu posieren; wie sie mit trägem, undurchdringlichen Blick den Rock über die Hüfte schob. Er sah noch genau das Weiß der Unterhose, das sich zwischen ihren Beinen auf Höhe der Knie spannte. Und während er all das wieder vor Augen hatte, peitschten plötzlich Schüsse durch seine Erinnerung – Schüsse und das verschreckte Geflatter von Birkhühnern. Es stammte aus einer besonderen Zone jenseits von Zeit und Raum; aus der Mündung eines Scharfschützengewehrs, an dessen dunkelbraun gemasertem Kolben die Wange des Vaters klebte. Alle paar Sekunden hallten die Schüsse wider, im Wäldchen und in seinen Ohren. Dann war der Spuk vorbei, und er sah sich wieder vor Asja stehen – umgeben von feuchtem Gemäuer, vom Halbdunkel und dem unverständlichen Gemurmel draußen. Aufrecht standen sie da, Asja, seine erste große Liebe, beide mit heruntergelassenen Hosen, atemlos und lüstern. Er zeigte ihr sein erregtes Geschlecht, so wie Asja ihm das ihre präsentierte.

Feinfühlig, wie Asja war, hatte sie ihn schnell verstanden, vielleicht sogar ein bisschen zu schnell.

»Es ist wichtig, dass wir immer gleich alles aussprechen«, flüsterte sie sybillinisch. Sie schien mit irgendwelchen Ebenen im Universum in Kontakt zu stehen, zu denen er offenbar keinen Zugang hatte.

»Ja, finde ich auch«, hauchte er, obwohl er gar nicht genau verstand, was Asja meinte.

Sie spielten an sich und sahen sich dabei zu.

Und dann hatte er wieder das fürchterliche Geheul im Ohr, das Igor und Michail ausstießen, die sie durch eine sauber gewischte Stelle in einem der Fenster schon die ganze Zeit, wie es ihm vorkam, beobachteten. Er sah wieder ihre Hände, die hastig an der Scheibe wischten, um den Durchguck zu vergrößern.

Im Rückblick teilte das Wochenende in Istra seine Biografie in ein Davor und ein Danach. Davor – das war die Kindheit, die Unschuld, das sorglose mythische Leben. Danach kam das Misstrauen, der Hass, die Paranoia.

Wieder hörte er Asjas Stimme, die letzten Worte, die sie leise zu ihm gesprochen hatte, als der Ausflug nach dem Wochenende wieder auf der Kolomenskaya, 30/2 endete, genau am Treppenabsatz, wo man voneinander Abschied nehmen musste: »Hörst du noch die Worte, mit denen die Luft in dem Flachbau angereichert war?«

Bevor er antworten konnte, schnitt sie ihm das Wort ab und flüsterte: »Sie sind unaussprechlich, da sie andernfalls, wenn sie ausgesprochen würden, an Wert verlören und sich in Banalitäten verwandelten.«

Sie standen im Treppenhaus vor der Wohnung von Asjas Eltern, und er sah noch ihre lebhaften Augen, die eindringlich die seinen erforschten, vernahm, was sie mit gedämpfter Ungeduld wiederholte: »Hörst du sie?«

Er hörte Asjas Worte noch – und unter dem Dachhimmel des Subaru aus beigefarbenem Velours verschmolzen sie mit einem Geräusch, das aus einer anderen Dimension in die seine herüberschwappte.

Jemand machte sich an der Fahrertür zu schaffen.

Völlig überrascht fuhr Orlov herum und sah, wie sein Vater vor der Fahrertür stand und mit den Händen an den Schläfen durch das Glas ins Wageninnere spähte, im Begriff, den Wagenschlag zu öffnen – und als er die Tür endlich aufgezogen hatte, stellte er sich in die Öffnung, legte großspurig den linken Arm auf das Dach und grinste seinen Sohn an, als wollte er sagen: Da staunst du, was?

Dann veränderte sich jäh sein Gesichtsausdruck.

»Du weinst ja?«, sagte er verblüfft – und sah den Sohn intensiv an. Ängstlich schob er die leise Frage nach: »Geht es wieder los?«

Sein alter Herr dachte an die psychotischen Schübe.

»Nein, Vater, ich kann dich beruhigen: Es geht nicht wieder los.«

Tatsächlich waren es keine gewöhnlichen Tränen, die Shenja Orlov in den Augen standen, sie kamen vielmehr von weit her, aus einer tiefen, unversiegbaren Quelle, stetig und unaufhaltsam.

FÜNF

An einer nahe dem Büro gelegenen Ecke befand sich das Casa Mia, ein alt eingesessener kalabrischer Familienbetrieb, bei dem sich mittags all diejenigen aus dem Viertel einfanden, die aus irgendeinem Grund nach Gesellschaft verlangten, wenn sie hastig ihre Nudeln hinunterschlangen oder mit der Gabel den gedünsteten Kabeljau in Senfsoße zerkleinerten.

Als er nach zwei Uhr mittags das Lokal betrat, hatte sich das Restaurant bereits zu leeren begonnen. Nur wenige Tische waren noch besetzt, alle anderen waren bereits neu eingedeckt. Lorenzo, der etwa gleichaltrige Besitzer, der sich in der Nähe des Windfangs aufhielt, blickte zu ihm hinüber und sagte in einem Tonfall, der zwischen Routiniertheit und Aufrichtigkeit schwankte: »Was für eine Überraschung.«

Wie es aussah, hatte Lorenzo gerade Gäste abkassiert. Die drei Personen, die an dem Tisch, bei dem er stand, gesessen hatten, rückten lautstark die Stühle nach hinten und erhoben sich.

Der Padrone ließ seine Geldbörse unter der grün-weiß gestreiften Schürze verschwinden und näherte sich dem Anwalt mit einem entschlossenen Lächeln auf den Lippen. Er hatte die Ärmel hochgekrempelt, sodass die kräftigen, behaarten Arme zum Vorschein kamen – sie und eine Uhr mit hellem Plastikarmband, die für ihren Träger deutlich zu niedlich wirkte.

»Ein Unfall«, entgegnete Colver – und hob wie zum Beweis die Krücke dezent ein Stück in die Luft. Die zweite hatte er im Schirmständer hinter der Tür zu seinem Büro gelassen. Für Notfälle.

Der Padrone setzte den Ausdruck des Bedauerns auf und folgte dem Anwalt durch den Raum, bis dieser seinen gewohnten Tisch am Fenster erreicht hatte. Zuvorkommend räumte er seinem Gast den Stuhl aus dem Weg und ließ ihn Platz nehmen. Die Krücke postierte er in dessen Griffweite.

»Ein Viertel Rot und ein Wasser?«

Der Anwalt bejahte mit einem mokanten Lächeln.

Während der Mann das überflüssige zweite Gedeck abräumte und mit der freien Hand die karierte Tischdecke glattstrich, richtete sein Gast den Blick aus dem Fenster – auf die verkehrsreiche Implerstraße und die lange Reihe der Mietshäuser gegenüber. Seit dem Tag, an dem er nach Altsendling gezogen war, mochte er die Gegend – ein ehemaliges sogenanntes Kleine-Leute-Viertel, bestehend aus vier- bis fünfstöckigen Häusern mit kleinen, rechteckigen Fenstern, ermüdeten Fassaden und schmucklosen Läden, dass von Sanierungen und hochgezüchteten Umbauten bislang weitgehend verschont geblieben war.

Colver saß da, ruhig, geduldig, mit Milde und Gewogenheit all das betrachtend sowie die Strohblumen auf seinem Tisch, und fing plötzlich an zu begreifen, dass er fortan diesen Platz hier jeden Mittag aufsuchen würde, nur um zu lernen, wie man alterte und ein Leben voller Erinnerungen führte.

Der Padrone brachte die Karaffe mit dem Wein und die kleine Flasche Mineralwasser.

»Als Menü haben wir heute Cannelloni gefüllt mit Spinat und Mozzarella.«

Während Colver auf das Essen wartete, zog er aus der Innentasche seines Jacketts ein Papier, entfaltete es und breitete es vor sich aus.

Es handelte sich um das Protokoll, das er selbst vor sechs Jahren angefertigt hatte – in Bremerhaven und im Auftrag der Versicherung. Richard hatte es ihm per Mail zukommen lassen. Nach dessen Aussage gab es zu dem Fall auf dem Bananendampfer keine Neuigkeiten. Er galt lange schon als abgeschlossen und verstaubte im Aktenkeller.

Der Anwalt schob die Brille auf der Nase ein Stück höher und beugte sich über das Dokument.

Alle Informationen, die es über den Toten gab, bei dem man damals die halbe Dollarnote gefunden hatte, hielt er hier in den Händen.

Der Mann, den man zwischen den Holzpaletten tot aufgefunden hatte, war Somalier. Ein Land am Horn von Afrika, das als zentral galt für den *Bogen der Instabilität* – die Brutstätte des afrikanischen Extremismus, der die westliche Welt und ihre Werte gefährdete. Der Bogen reichte von Mali und Nigeria im Westen über den Tschad und Südäthiopien bis in den Jemen, nach Saudi-Arabien, Pakistan und Afghanistan im Osten. Der Mann kam aus der Hölle der Gegenwart, war vor dem Hunger, dem Bürgerkrieg und der Grausamkeit der Milizen geflohen.

Geboren 1971 in Bender Cassim. Zumindest stand das in dem handgemachten Pass, den man bei ihm gefunden hatte. Alle somalischen Pässe waren handgemacht. In Mogadischu bekam man sie angeblich für zwanzig oder dreißig Dollar. Die Herkunft ließ sich nicht überprüfen. Der Tote war vornübergekippt, sodass von ihm zunächst nur die groben Stollen seiner Schuhsohlen zu sehen gewesen waren. An Hals und Händen hatte die dunkle Haut graugelbe Flecken aufgewiesen – als ob sie oxidiert wäre.

Das Papier in der Hand, schloss der Anwalt die Augen. Wieder sah er den Toten vor sich: auf der Stahlplatte ausgestreckt vor den Füßen des Kommissars. Hose aus blauem Drillich, graues, kurzärmeliges Poloshirt, Sneaker, die irgendwann einmal schneeweiß gewesen sein mussten. Eine Hand umklammerte immer noch ein zusammengerolltes Nichts, das an die Stelle der schmuddeligen Stofftasche getreten war, die die Beamten aus den erstarrten Fingern gelöst hatten. Viel hatte der Mann nicht bei sich getragen – eine Wasserflasche, zwei Tüten ungeschälter Erdnüsse, eine Jacke aus hellbraunem Fleece. Um den Hals trug er noch die Plastikhülle, in der er den Pass aufbewahrte. Der Inhalt lag säuberlich aufgereiht am Boden, als sei der Anspruch des ehemaligen Besitzers noch nicht völlig erloschen.

Mit erprobter Wirksamkeit lächelte Colver in Richtung Tresen, wo die halbwüchsige Tochter des Padrone aufgetaucht war, um vernehmlich die Gläser zu spülen.

Barranquilla lautete der Name der kolumbianischen Stadt, aus deren Hafen der Carrier zu jener Zeit in Richtung Bremerhaven ausgelaufen war. Vollbeladen mit Bananen. Aber nicht nur damit. Fast die gesamte Weltproduktion an Kokain kam aus Kolumbien. Eintausend Tonnen pro Jahr. Nur ein sehr kleiner Teil stammte aus Bolivien oder Peru. Wenn es aber aus Kolumbien kam, wurde es entweder zusammen mit Kaffeebohnen oder mit Bananen verschickt.

Oder mit Romanen von Márquez.

Das stand in Anführungszeichen. Eine Bemerkung des Zollkommissars. Der Anwalt entsann sich, wie ihn damals gleich der Verdacht beschlichen hatte, dass Lasse B. den Witz nicht zum ersten Mal zum Besten gab.

Er nahm die Brille ab, griff nach der Papierserviette und putzte sorgfältig die Gläser.

Ohne Brille gab es in seinem Gesicht Veränderungen. Die Entschlossenheit verschwand daraus und machte einer milden Form der Einfalt Platz, der Unbedarftheit. Als er die Brille wieder aufhatte, war er wieder er selbst.

Nur wenige Tage, nachdem das unter deutscher Flagge fahrende Containerschiff den Hafen im kolumbianischen Barranquilla hinter sich gelassen hatte, wurde die Luft unter Deck knapp. Man entzog den Lagerräumen den Sauerstoff, damit die Bananen nicht braun wurden. Ein Vorgang, den der blinde Passagier nicht auf Rechnung hatte. Der Somalier war erstickt; erstickt und kopfüber zwischen die Paletten gerutscht. Seine Schmugglerweste mit zwanzig Kilo Koks hatten die Beamten Stunden später ganz in der Nähe gefunden – irgendwo im Labyrinth der Bananenkisten gut versteckt.

Colver sah vom Blatt auf. Das waren die Details, die der Kommissar damals mit seinen Leuten ausgetauscht hatte. Er hatte sich Mühe gegeben, sie halbwegs wortgetreu zu protokollieren.

Halfen sie ihm jetzt weiter?

Er erinnerte sich an das Gesicht des Toten, das auf ihn unerwartet entspannt gewirkt hatte, beinahe erleichtert – erleichtert darüber, dass nun alles vorbei war, der Überlebenskampf, die Demütigungen, die Härte der Arbeit. Beendet irgendwo auf der zwölftägigen Reise zwischen Südamerika und Europa; im blaugrauen Niemandsland des Atlantiks. Dort, wo Wind, Wetter und Wellengang jede Erinnerung an ein verfehltes Leben und die vergebliche Hoffnung auf Gerechtigkeit auslöschten.

Welche Verbindung konnte es zwischen ihm und einem Mann geben, dem er lebend nie begegnet war?

Aus der Karaffe goss er Wein nach, nahm das Glas zur Hand und trank einen Schluck. Dann beugte er sich erneut über das Papier.

Es war die Vermutung von Lasse B., dass der Somalier auf einem syrischen oder chinesischen Schiff angeheuert hatte und so über Umwege schließlich nach Südamerika gelangt war. Schiffsmannschaften waren heute aus allen möglichen Ländern zusammengewürfelt. Aber ohne gemeinsame Sprache fühlten sich die

Matrosen einsam und verlassen. Und suchten in den Kneipen der Hafenstädte Anschluss. Und da begegneten sie dann Unbekannten, die ebenso vorhersehbar wie zufällig einen gut bezahlten Nebenverdienst im Angebot hatten. Matrosen verdienten siebenhundert Euro im Monat, ein Kilo geschmuggeltes Kokain brachte das Siebenfache ein. Am Zielhafen musste man sich nur während des Entladens oder Schichtwechsels unbemerkt unter die Matrosen und Hafenarbeiter mischen, die über die Schiffsstege aus Lochblech an Land oder von Land an Bord wechselten. Hatte man diese Hürde genommen, konnte man in aller Seelenruhe seinen Dealer treffen, den man am vereinbarten Ort daran erkannte, dass er in einer hinteren Ecke saß und sich mit einem halben Dollarschein Luft zuwedelte. Man setzte sich zu ihm, legte den fehlenden Teil auf den Tisch und glättete ihn wortlos. Nun brauchte der andere nur seine Hälfte dazulegen. Beide Scheine passten perfekt zusammen.

Neben sich hörte der Anwalt die Stimme des Padrone.

»Die Cannelloni.«

Colver räumte seine Besitztümer beiseite und begutachtete den dampfenden Teller, der ihm vorgesetzt wurde. Während er eine Gabel nach der anderen bedächtig zum Mund führte, gab er dem Toten anhand weiterer Details aus seinen Aufzeichnungen die Umrisse einer Biografie. Am Ende lief diese jedoch immer auf die gleiche traurige Geschichte hinaus: auf den treuherzigen Glauben eines Verlorenen, dass er in einer namenlosen Kneipe erwählt worden sei, um sich den vorenthaltenen Anteil am Glück mit kleinen Gefälligkeiten zu verdienen.

Eine Stunde später befand sich der Anwalt wieder in seinem Büro. Diesmal saß er auf dem Stuhl, der eigentlich für seine Mandanten reserviert war, wenn diese ihr Anliegen vorbrachten. So hockte er leicht verstört dem Phantom seiner selbst gegenüber, bereit zu einem ausführlichen Selbstgespräch.

Die genaue Durchsicht des Protokolls hatte weniger erbracht, als er gehofft hatte. Im Grunde genommen war nur seine Annahme bekräftigt worden, dass der Somalier unmöglich in einer Beziehung zu ihm gestanden haben konnte, zumindest in keiner direkten. Vielmehr schien nun etwas anderes, etwas, das schon der Anruf des Zollkommissars vom Vormittag nahelegte, unabweisbar zu sein: Die einzige Verbindung, die zwischen dem Attentat auf ihn und dem Vorfall in Bremerhaven vor sechs Jahren denkbar war, musste über den Fotografen laufen, von dem der Kommissar am Telefon gesprochen hatte und der ihm entwischt war. Wenn es stimmte, dass dieser Mann seine Obsessionen über den Drogenhandel finanzierte, dann war er es, der den Somalier wegen dessen Ware irgendwo im Areal des Hafens heiß erwartet hatte.

Colver sah die Szene förmlich vor sich.

Trotzdem – er haderte mit dieser Vorstellung. Sie überzeugte ihn nicht vollständig. Woher sollte der Fotograf denn überhaupt wissen, wer er war? Sie beide hatten sich doch nie zu Gesicht bekommen.

Colver sann nach.

Was war es, was er nicht erkennen wollte?

Und wie zuverlässig war überhaupt seine Erinnerung?

Eine Vermutung existierte, weil es andere Vermutungen gab. Sie kam nie allein.

Mit Daumen und Zeigefinger umfuhr er mehrmals die Konturen seiner Kinnlade, die sich um diese Zeit nicht mehr frisch rasiert anfühlte.

Als er damals mit dem Flieger aus München in Bremerhaven eingetroffen war, hätte der Fotograf, wenn Lasse B. mit seinen Vermutungen Recht hatte, auf die Ankunft des Containers in Rotterdam warten müssen – in irgendeiner Hafenkneipe. Rotterdam wäre die letzte Station gewesen, bevor der Kahn wieder nach Südamerika aufbrach. Hier waren die Kontrollen laxer, das wussten aber nur Insider.

Vermutlich aber hatte der Fotograf Lunte gerochen – denn als erfahrener Dealer musste er wissen, dass die Verspätung des Bananendampfers nur darauf zurückzuführen sein konnte, dass das Schiff in Bremerhaven festgesetzt worden war und gefilzt wurde. Er machte den Job doch nicht zum ersten Mal. Und wenn der Mann erst einmal alarmiert war, musste eh davon ausgegangen werden, dass er sich in aller Stille wieder zurückgezogen und in die Schweiz oder sonst wohin abgesetzt hatte.

Wo hätten sie beide sich also über den Weg laufen sollen?

Der Anwalt starrte auf den leeren Ledersessel ihm gegenüber, als erwartete er von dort eine Antwort.

Seine Gedanken sprangen die Jahre zurück.

In Gedanken versuchte er, den Tag zu rekonstruieren. Er sah sich am späten Vormittag aus dem Taxi steigen, das ihn vom Flughafen zum Container-Terminal gebracht hatte, und im Schneetreiben über den Schiffsanleger auf das beschlagnahmte Schiff spazieren – in Begleitung zweier Fahnder aus dem Gefolge des Kommissars, die ihn am Kai in Empfang genommen hatten. Sogar an den Mantel erinnerte er sich noch, den er damals getragen hatte: einen dunkelblauen Dufflecoat mit Kapuze, der ihm von Daniela geschenkt worden war, als sie ihn noch nicht für zu alt hielt.

Mit der Hand fuhr sich Colver über die Stirnglatze, als wollte er sein Gehirn stimulieren, endlich das zu tun, was seine Aufgabe war: nachzudenken und eine Lösung zu finden.

Was aber, wenn alles, was er sich gerade so hübsch zurechtlegte, ein kleines bisschen anders verlaufen war? Wenn zum Beispiel der Fotograf gar nicht in der holländischen Hafenstadt auf das Eintreffen des Carriers gewartet hatte, sondern diesem entgegengefahren und in Bremerhaven gewesen war – ebenso geduldig wie unsichtbar am Pier bereitstehend, um den Kurier frühzeitig abzufangen, falls dieser auf der langen Reise über den Atlantik auf die Idee verfallen sein sollte, das Geschäft auf eigene Faust zu wagen und bereits hier an Land zu gehen statt in Rotterdam. Für einen Platz in Europa brauchte es Startkapital – und Kolumbien und das Drogenkartell waren weit weg. Jedenfalls aus Sicht eines Somaliers.

Es war nur eine Vorsichtsmaßnahme. Denn wenn alles nach Plan lief, weil der blinde Passagier gegenüber derartigen Versuchungen standhaft blieb und brav in seinem Versteck der Dinge harrte, die da noch kommen mochten, dann wäre er mit dem Auto in vier bis fünf Stunden bequem in Rotterdam gewesen – also in jedem Fall vor dem Container, wenn dieser nicht festgehalten wurde, sondern regulär Kurs auf Rotterdam nehmen konnte. In einem solchen Fall hätte der Somalier nie etwas von der vorsorglichen Observation erfahren. Alles wäre wie gewohnt vollkommen geräuschlos vonstattengegangen.

Colver griff nach seiner Krücke, erhob sich und humpelte zum Fenster, wo er eine Hand prüfend auf die Heizung legte. Im Winter hatte gelegentlich das Thermostat gesponnen, was ihm jetzt wieder einfiel. Doch alles schien zu funktionieren. Die Rippen waren kalt.

Sein Blick fiel auf die Straße und die dreieckige Asphalt-Insel mit der ehemaligen Sortieranlage. Im Freien vor der Trattoria saßen die Leute in der Sonne und tranken Latte Macchiato. Neben dem Casa Mia war sie der zweite Italiener in unmittelbarer Nähe. Gegenüber dem Lokal mit seinen langen Bänken vor der Tür befand sich eine Bucht für Schrägparker, auf der jeden Freitagvormittag schwarze Limousinen warteten und Hehlerware feilboten. Das wussten natürlich nur Eingeweihte. Pelze, Handys, Flachbildfernseher, Computer, Waffen, Schmuck – es schien, als würde es nichts geben, was hier nicht mehr oder weniger diskret den Besitzer wechseln konnte.

Manchmal sah er dem Treiben von hier oben aus vergnügt zu.

Über Nacht wurden hier auch häufig Fahrzeuge mit dubioser Herkunft geparkt.

Abrupt drehte er sich um und dem Schreibtisch zu.

So konnte es tatsächlich abgelaufen sein.

Man hatte ihn verwechselt.

Er sah es vor sich: Aus dem Schutz eines im Schatten geparkten Wagens heraus hatte der Fotograf mitbekommen, wie die Bremerhavener Drogenfahndung den Container kaperte, um die Ladung zu filzen, und ihn, der später eingetroffen und von zwei Beamten über die Brücke eskortiert worden war, für den Einsatzleiter oder Ermittler gehalten.

Über das Pflaster draußen rumpelte ein Laster.

Also war doch Rache das maßgebliche Motiv?

Er warf einen Blick auf die Uhr. Viertel nach zehn.

An der Wohnungstür klingelte es.

Er packte die Gehhilfe und durchquerte den Raum. Durch den Spalt, den die Türkette zuließ, lugte er nach draußen.

»So früh schon auf?«

»Sie machen Ihre Bude ja ganz schön dicht!«

Es war Tim, der in Eile zu sein schien, ihm aber trotzdem anbot, den Müll mit nach unten zu nehmen. Zusammen mit zwei weiteren Kommilitonen bewohnte er die Wohnung nebenan.

Der Anwalt hakte die Sicherheitskette aus und ließ den jungen Mann an sich vorbei in die Wohnung, da dieser inzwischen wusste, wo es langging. Er folgte ihm mit seinem Blick und bekam dabei ein Gefühl, das er aus der eigenen Jugend kannte und das er seitdem nicht mehr wiedergefunden hatte.

»Danke, mein Lieber. Ich werde mich revanchieren.«

Colver drückte die Tür ins Schloss.

Wieder allein, zögerte er einen kleinen Moment, bevor er dem Impuls nachgeben wollte, der ihn aufforderte, die Kette wieder in die Halterung einzuhängen.

Doch als er sich so dastehen sah, das Kettenende zwischen den Fingern, kam er sich lächerlich vor – und ließ es am Ende bleiben.

Die zweite, verwaiste Krücke ignorierend, die gegen die Wand lehnte, arbeitete er sich – einem dreibeinigen, merkwürdig wendigen Insekt gleichend – bis zur Mitte des Raums vor, wo er plötzlich unentschlossen stehen blieb.

Nein, selbst wenn es sich tatsächlich so abgespielt haben sollte, wie er es sich gerade ausgemalt hatte, schaffte ihm das Szenario Probleme. Er konnte einfach nicht akzeptieren, dass der Fotograf so sehr auf Rache erpicht war, dass er das nicht unerhebliche Risiko einging, sein sicheres Versteck in der Schweiz zu verlassen und zu ihm nach München zu kommen. Was, wenn bei dem Attentat etwas schieflief? Dann hatte er die Polizei am Hals! Kein Mensch würde sich an einem Mann mit derartiger Ausdauer rächen wollen, der nichts anderes als seine Pflicht getan hatte. Und das noch dazu wegen einer Lappalie. Wurden nicht ständig irgendwo Drogen entdeckt? Die Täter waren doch mittlerweile versiert genug, um das Einmaleins des Wirtschaftslebens zu beherrschen und einen eventuellen Verlust in den Preis für den Stoff mit einzukalkulieren.

Wenn die Zollfahnder den Somalier lebend aufgegriffen hätten, wäre das vielleicht etwas anderes gewesen. Dann hätte der Kurier aus dem Nähkästchen plaudern können und eine Gefahr dargestellt. Aber so … nein … zumal das Ganze einfach ewig her war.

Sechs Jahre, du meine Güte.

Wenn einer nicht gerade zur kalabrischen 'Ndrangheta gehörte, die damit prahlte, niemals zu vergessen, konnte sich doch heutzutage keiner mehr daran erinnern, was vor sechs Jahren angeblich einmal passiert sein sollte.

Bevor der Anwalt an seinen Platz zurückkehrte, suchte er den Weg in die schmale Teeküche und bereitete sich einen Espresso. Die Einkaufstüten, die er vorhin hastig irgendwo am Schreibtisch abgelegt hatte, fielen ihm ins Auge. Er griff sie unterwegs auf und platzierte sie in der Küche auf der Ablage.

Während der Automat wie eine unzeitgemäße Dampfmaschine zischte und brodelte, räumte er die Sachen in den Kühlschrank. Es war die übliche, an Single-Haushalt und Ernährungstipps orientierte Mischung aus Gesundheit und Effizienz: Tiefkühlgemüse, Nudeln, Dosenthunfisch und Sesampaste. Dazu Paprika in den erhältlichen Farben, Tomaten, Pumpernickel.

Während er den heißen Kaffee in sich hineinschlürfte, verlor sich sein Blick in dem schmalen Korridor, der ihm die halb offene Tür zu seinem Büro zeigte.

Neben der Teeküche bestand die Wohnung aus drei hintereinanderliegenden Zimmern. Beinahe eine zeitgenössische Enfilade.

Im von ihm aus gesehen letzten Raum schlief er selbst.

Das Zimmer zwischen Büro und Schlafgemach teilten sich ein Zweisitzer aus cognacfarbenem Leder, zwei dazugehörige Sessel, ein Hometrainer, eine Anrichte und ein Fernseher. Über den hellbraunen Laminatboden verstreut: Aktenordner, Hanteln, Gymnastikbänder, Massagerollen und -bälle.

Zweimal am Tag, morgens und abends, stellte er seinen Körper und seine Geduld mit ausgedehnten gymnastischen Übungen auf die Probe. Unerbittlich. Er stemmte in jeder Hand Hanteln, traktierte seine Bein- und Beckenbodenmuskulatur mit Kniebeugen und Dehnungen und brachte trotz der noch empfindlichen Rippen sogar ein paar Liegestütze zustande. Anfangs hatte er gar nicht einschlafen können, so sehr hatte der geschundene Körper gegen die Überanstrengung rebelliert. Bestimmte Bewegungen bereiteten ihm nach wie vor Schmerzen, aber von Tag zu Tag wurden sie weniger.

Die Wohnung betrat man durch das Büro.

Einen Flur gab es nur, wenn man ihn sich dachte. Dann verlief er eng an der Fensterfront entlang.

Colver stellte die leere Tasse in die Spüle und saß wenige Minuten später wieder an seinem Schreibtisch, diesmal aber auf der richtigen Seite – die Krücke in Griffweite.

Als Erstes streifte er die Schuhe ab, um diese mit den Füßen etwas leichtsinnig in den Raum zu kicken.

Durch das Glas der Schreibtischplatte sah er eine Weile dabei zu, wie er die Zehen sich in Wellen bewegen ließ. Dann starrte er auf den blinden Bildschirm des in halbtransparentes, grünblaues Plastik gepackten Rechners, dem der Staub über den Lüftungsschlitzen graue Schlieren verpasst hatte.

Zum ersten Mal seit dem Tag, an dem er im Krankenhaus aufgewacht war, hatte er das Gefühl, ein Stück weitergekommen zu sein – auch wenn ihm völlig unklar war, worin dieser Fortschritt eigentlich bestehen sollte.

Seine Hand tastete am Gerät blind nach dem Startknopf. Er wartete, bis der Computer den mageren Rest von dem, was man einmal Handlung genannt hatte und was inzwischen zum bloßen Knöpfchendrücken geschrumpft war, mit dem vertrauten Ton quittierte und hochfuhr.

Er nahm die Brille ab und versuchte sich vorzustellen, was die vergangenen Jahre mit dem Zollkommissar angerichtet hatten, mit seinem Gesicht, seiner Haut, seinen Augen, seinem Gang. Dabei fragte er sich, wie stark wohl er sich in all den Jahren verändert haben mochte. Immerhin war in den sechs verflossenen Jahren einiges passiert.

Dass er Opfer eines Mordversuchs geworden war, hatte er gegenüber dem Kommissar mit keiner Silbe erwähnt. Bei aller Verblüffung über dessen Anruf war er klug genug gewesen, um erst einmal abzuwarten, was der Beamte auf dem Herzen hatte.

Was war noch einmal der Anlass seines Anrufs gewesen?

Richtig, man benötigte ihn als *Lockvogel* – und bei diesem Wort suchte sein Blick unwillkürlich die Bäume vor seinem Fenster ab.

Lockvogel? Für wen?

Für den getürmten Fotografen.

Abermals verfiel er ins Grübeln.

Für Mitte kommender Woche war zwischen ihnen ein weiteres Telefonat vereinbart. Dann wollte Lasse B. Details verraten. Er war von ihm darum gebeten worden, bis dahin absolute Diskretion zu wahren.

Denn zunächst gab es für den Kommissar Dringenderes zu erledigen. Die Sache mit dem Fotografen war nach dessen Flucht aus dem Hotel zu heiß geworden, und so wollte er, wie er am Telefon angedeutet hatte, sich für sein weiteres Vorgehen erst einmal absichern und bei den Schweizer Kollegen höflich und mit Unschuldsmiene um Amtshilfe ersuchen.

Zusammen mit seinem Helfer befand sich der Zollkommissar wahrscheinlich schon auf der Rückfahrt nach Bremerhaven.

Colvers Gesicht zeigte einen stummen, amüsierten Ausdruck.

Erstaunlich, nach so vielen Jahren – noch dazu, wo er Lasse B. ja überhaupt nicht kannte –, aber er konnte ihn ziemlich genau vor sich sehen, wie er am Bahnhof von Montreux den Zug bestieg, der ihn und den Begleiter über Bern und Basel nach Deutschland brachte. Er sah die präzisen Bewegungen, die kompakte Gestalt, die nichtssagende Miene.

Die vollendete Tarnung.

Nein, der Mann hatte sich seit dem Vormittag, an dem er ihn im Frachtraum eines Containers das erste Mal begegnet war, sicher nicht groß verändert. Davon war er überzeugt.

Das Telefon klingelte. Zum zweiten Mal an diesem Tag, was für einen Wochenbeginn allerdings nicht ungewöhnlich war.

Aus den Gedanken gerissen, musste sich der Anwalt erst orientieren. Seine Hand ging vor zu der Taste, mit der der Apparat lautgestellt wurde.

»Du wirst hier vermisst«, tönte eine ihm bekannte männliche Stimme aus dem Gehäuse.

Colvers Gesicht hellte sich auf. Es war die Tanzschule – Ulrich, der private und geschäftliche Partner der Argentinierin.

»Man tut, was man kann. Aber ich fürchte, es wird noch dauern.«

»Die Woche also nicht?«

»Nein, bestimmt nicht.« Der Anwalt ließ ein Seufzen hören.

»In zwei Wochen vielleicht. Zumindest komme ich da mal bei euch vorbei und schaue zu. Es wird die anwesenden Damen sicher beruhigen, wenn ich mich von der Trainerbank aus in Erinnerung rufe. Du kennst das Motto: *Singles sorglos*!«

Ulrich lachte.

»Hat man von dem Typen, der dich zusammengefahren hat, inzwischen eine Spur?«

Der Anwalt schüttelte den Kopf.

»Typ? Bist du sicher, dass eine Frau für so was nicht in Frage kommt?«

Als keine Antwort erfolgte, schob er die Bemerkung nach: »Die Polizei arbeitet dran.«

»Das behaupten sie immer.«

Eine Sekunde lang wusste keiner was zu sagen.

»Brauchst du was? Kann ich irgendwas vorbeibringen?«

»Danke. Ich bin versorgt.«

Als Colver diesen Satz gesagt hatte, dachte er im Stillen: Stimmt leider nicht ganz. Was noch fehlte, war das Motiv.

Nachdem er die Verbindung unterbrochen hatte, nahm er die Brille, setzte sie auf und ließ sich nach hinten in den Sessel zurücksinken. Am Monitor vorbei starrte er auf einen Mauervorsprung, an den er einen Flyer gepinnt hatte.

Milonga mit dem Luis Borda Ensamble – konzertant und tanzbar!

Ulrichs Anruf beschäftigte ihn. Er konnte praktisch dabei zusehen, wie sich seine vorschnelle Behauptung in ihm zu etwas verfestigte, was unbedingt realisiert – wie das eigentlich nur so dahingeplapperte Wort von einem Besuch der Tangoschule in der kommenden Woche unbedingt wahr werden wollte.

Wenig später sah man, wie er sich einen Ruck gab und vom Schreibtisch erhob. In der Hüfte ärgerten ihn plötzlich wieder Schmerzen, die bis in den Bauchraum und die Brust ausstrahlten, sodass er sich die ärztlichen Anweisungen ins Gedächtnis rief, die man ihm für einen solchen Fall mit auf den Weg gegeben hatte.

Auf die eine Krücke gestützt, setzte er behutsam ein Bein vor und zog das andere nach. Auf diese Weise bewegte er sich akribisch und auf Socken bis in das Zimmer fort, das zwischen Büro und Schlafzimmer lag und in dem mahnend der Hometrainer die Mitte des Raums dominierte.

Die Krücke auf den Boden pflanzend, plumpste er auf die Couch, rutschte vor bis zur Kante und ließ sich von dort auf den Boden herab, wo er nach dem Gymnastikband tastete.

Sein Inneres war in erheblichem Aufruhr.

Jede Bewegung verursachte ihm Schmerzen.

Aber er bezwang sich.

Sein lädiertes Knochengerüst musste bei der Heilung einfach endlich Gas geben.

SECHS

In der Luft hing der Gestank von verbranntem Fleisch.

Am Himmel stand die Armada der Raumschiffe, deren geäderte Unterseiten im kupferfarbenen Licht der untergehenden Sonne zu glühen schienen. Abgesehen von gelegentlichen Explosionen in der Ferne lag eine gespenstische Stille über dem Panorama. Selbst die Luftschutzsirenen waren nur indirekt zu hören, eine Halluzination zwischen elektrischen Feldern irgendwo im Gehirn.

Die Schlacht war in vollem Gang.

Für einen Moment senkte er den Kopf und sah an sich hinab. In Anbetracht der Maschinenpistolen, Kampfmesser und Granaten, die er am Gürtel und sonst wo am Körper mit sich herumschleppte, war er es allein, der die Division darstellte, die seine Leute angefordert hatten.

Einer gegen alle.

Unversehens war er in schnellen Laufschritt verfallen. Das Gewicht seiner Ausrüstung zerrte an ihm.

Während die schlanken Finger der Strahlenkanonen etliche Kilometer entfernt über die Silhouette der Stadt wanderten und ihr fauchendes Zerstörungswerk verrichteten, polterte er in dem menschenleeren Betongerippe durchs Treppenhaus nach oben. Weil dem Gebäude noch die Außenfassade fehlte, bot es seine rostigen Eiseninnereien dem feindlichen Himmel dar. Der Luftzug trieb ihm von oben dicke Flocken aus Stahlwolle entgegen.

Wenn der Gegner aus dem Bauch des Schiffs, das senkrecht über dem Gebäude in der Luft schwebte, in thermodynamischen

Säulen wie in einem Lift auf das Flachdach herabsank, dann sollte er von ihm gebührend in Empfang genommen werden. Fünfzig, sechzig Meter, in denen die Biester relativ schutzlos seiner Rache und Treffsicherheit ausgesetzt sein würden.

Was da aus den Tiefen der Milchstraße zu Besuch gekommen war, bestätigte die warnenden Stimmen, die sich jedes Mal erhoben hatten, wenn die Menschheit in naivem Optimismus Signale ins All schickte, um auf sich aufmerksam zu machen. Soweit man das aus dem Fernsehen wusste, wirkten die unliebsamen Besucher vergleichsweise humanoid, waren aber blutrünstig wie eine Wolke finnischer Moskitos.

Eine Bestie nach der anderen würde er abknallen, das schwor er sich, während sein Herz vor Wut und Anstrengung hart gegen den Brustkorb hämmerte und seine Beine eisern daran festhielten, mehrere Stufen auf einmal zu nehmen. In dem Treppenhaus hallten die schweren Stiefel wie Peitschenhiebe an den Betonwänden wider.

Als er oben auf dem Dach ankam, blieb er geduckt nahe dem gemauerten Ausstieg, um nicht gleich entdeckt zu werden. Dann, gegen die eiskalte Stahltür gelehnt, rang er nach Luft. Er starrte in die Atemwölkchen, die sich vor seinem Mund in schnellem Wechsel bildeten und auflösten.

Die Läufe der beiden Maschinenpistolen an seinen Flanken drückte er mit je einer Hand nach unten, sodass die Mündungen gen Boden zeigten. Der Abwind des über ihm schwebenden Raumschiffs wirbelte kleine Staubwölkchen zu seinen Füßen auf.

Von den Sperlingsbergen aus gesehen bot sich ein beklemmendes Panorama. Aus der Zuckerbäckerspitze der Lomonossow-Universität schlugen ebenso wie aus den verglasten Türmen des Finanzzentrums meterhohe Flammen in den Himmel. Die benachbarte Schanze der Skispringer lag qualmend in Trümmern.

Auf Höhe der Christ-Erlöser-Kathedrale entdeckte er fingernde Laser, die das Wahrzeichen des Dritten Roms in Asche verwandeln sollten, von den vergoldeten Kuppeln aber offenbar auf göttliches Geheiß hin reflektiert wurden und eines der Schiffe zerstörten, das zu nahe heranmanövriert war. Mit einem gewaltigen Blitz am Himmel verglühte es, ohne dass man mehr als ein schwaches Bitzeln vernahm. Als wäre ein Stück Goldlack von der Sonne abgebrochen.

Der Geruch nach verbranntem Haar ließ ihn um die eigene Achse wirbeln.

Doch in dem Moment, wo er im Begriff stand, das Magazin leerzufeuern, spürte er, dass das, was er in seiner Hand wähnte, keine Maschinenpistole war, sondern … ein Mobiltelefon. Dabei besaß er gar keins!

Shenja fand in die Realität zurück.

Schon immer war er anfällig dafür gewesen, sich in bizarren Tagträumen zu verfangen, aber seit vergangenem Sonntag, als er nach seiner Rückkehr aus Istra gleich am Abend angefangen hatte, sich mit den neu gewonnenen Freunden zu jenem Online-Videospiel zu verabreden, von dem man ihm im Kreis der Blogger vorgeschwärmt hatte, war es besonders schlimm. Seitdem lebte er tagsüber auf der Kolomenskaya in einer anderen Welt – einer Art Nachbild der nächtlichen Eskapaden vor dem Computer. Es handelte sich bei dem Online-Spiel namens *Final Empire* um ein martialisches Weltraum-Epos, in dem es um Außerirdische ging, die in riesigen, drachenförmigen Raumschiffen am Himmel erschienen und mit ihren Laserkanonen Moskau bedrohten.

Doch an diesem späten Vormittag im November 1997 – dem dritten Tag nach dem einschneidenden Erlebnis – währte sein Wachtraum nicht lange. Schon nach wenigen Minuten zwang er sich, von den Phantasien abzulassen, die ihm plötzlich albern vorkamen. Ihm wurde klar, dass es Zeit war, das, was noch Kind an ihm war, abzulegen.

Er war erwachsen geworden oder zumindest zu jemandem, der einen neuen Weg eingeschlagen hatte, unerschrocken und unaufhaltsam. Von nun an würde ihn die Erkenntnis begleiten, dass ihm das, was er haben wollte, gegeben wurde, wenn er danach verlangte. So fühlte sich sein Leben viel realer an.

Angezogen lag er in seinem Zimmer auf dem Bett und verfolgte mit gespannter Zerstreutheit, wie in seinem Kopf die Welten kaleidoskopartig ausgetauscht wurden. Es geschah, als ob es sich um ein Sinnbild für den inneren Wandel handelte, den er durchmachte. Von einer fernen Zukunft, die es nur in seiner Phantasie gab, kehrte er zurück in die Realität, in die jüngste Vergangenheit, in der für ihn ein neuer, aufregender Lebensabschnitt angebrochen war.

In den vergangenen drei Tagen hatte er das Zimmer kaum verlassen. Warum auch? Asja war am Schwarzen Meer, wo ihre Eltern eine Datsche besaßen. Und bei ihm zu Hause war seit dem Ausflug zur Schwägerin die Stimmung gereizt – was aber keineswegs daran lag, dass seine Eltern über die Eskapade informiert gewesen wären, weil die Söhne Tatjanas die Vorgänge, derer sie durch die verschmierten Fenster des Flachbaus ansichtig geworden waren, ausgeplaudert hätten – etwa am folgenden Morgen beim gemeinsamen Frühstück mit den Gästen. Nein, die beiden hatten dichtgehalten, und er war sogar davon überzeugt, dass man überhaupt erst nach dem Abenteuer in jener Nacht von so etwas wie Zusammenhalt zwischen den Familien sprechen konnte – zumindest, was ihre eigene, die jüngste Generation betraf.

Auch die Gruppe um Michail und Igor hatte sich überraschend gelassen und nachsichtig gezeigt – zumindest hatte es anfangs so ausgesehen. Obwohl die halb nackten und erregten Leiber, die er und Asja den gierigen Blicken dargeboten hatten, ausreichend Anlass für höhnisches Gewieher und anzügliche Bemerkungen boten, wurden sie im Anschluss an die Kapriole, nachdem man sich so weit beruhigt und sie selbst die Fassung wiedererlangt hatten, ohne großes Aufhebens in die Schar derer integriert, die sich um die Plattform herum eingefunden hatte. Inzwischen schickten mehrere kleinere Feuer ihr warmes Licht in den Nachthimmel.

Zunächst noch etwas befangen, standen er und Asja herum, wärmten sich an den Flammen, tranken Bier aus der Flasche und hörten den andern beim Fachsimpeln zu – so, wie es die Blogger untereinander zu halten pflegten. Es ging um Mainboards, Grafikkarten, Netzteile, um aktuelle Controller und geleakte Multiuser-Spiele, die anfingen, den heimischen Markt zu erobern. Alles in allem also nichts Überraschendes.

Asja gehörte zu den wenigen weiblichen Wesen, die man auf dem Gelände überhaupt zu Gesicht bekam. Die meisten waren männlichen Geschlechts. Doch neben dem Seltenheitswert ihres Geschlechts war es vor allem das provokante Verhalten, zu dem sie sich hatte hinreißen lassen, das immer mehr Zuschauer angelockt hatte.

Schon bald hatte sich eine ansehnliche Zahl um sie geschart. Neugier, Abscheu, Hin- und Hergerissensein – ein latent explosives Gemisch. Viele besaßen ein Mobiltelefon, das sie in speziellen Taschen am Gürtel trugen, was Orlovs Neid erregte. Er fragte sich, wo sie das Geld dafür herhatten und wie sie sich die saftigen Gebühren leisten konnten, die Beeline und andere Anbieter für ihre Dienste kassierten.

Und dann passierte es. Mitten im Gespräch löste sich plötzlich ein Junge aus dem Zirkel der Umstehenden, trat vor Asja und pöbelte sie voller Verachtung an. Offenbar wurde die Welt, wie der Angreifer sie kannte, von dem, was seine Augen mitbekommen hatten, dermaßen untergraben, dass im Handumdrehen sein Dämon zur Stelle war, der ihm einredete, dass es sich bei dem Mädchen um eine leichtfertige Dirne handelte, die es mit jedem trieb.

Bald fielen andere in die Pöbelei ein und ließen eine Kaskade Flüche und Schimpfworte auf Asja niederhageln. Die Situation wurde immer brenzliger und man ahnte, dass etwas Düsteres, Gewalttätiges von unterhalb der Realität heraufzog, wenn nichts dagegen unternommen wurde.

Orlov kochte vor Wut. Er machte einen Schritt auf das Großmaul zu und schubste ihn mit beiden Händen in die Menge zurück. Damit erntete er freilich nur den Protest derer, die in die Pöbelei allzu bereitwillig eingestimmt hatten. Andere wiederum solidarisierten sich spontan mit der Beschuldigten und ihrem Begleiter. Bevor es zwischen den Parteien jedoch zu einer handfesten Schlägerei kam, eilten Michail und Igor herbei und gingen dazwischen. Sie beruhigten die erhitzten Gemüter und taten ziemlich erwachsen, indem sie im Tonfall der Mildtätigkeit den Leuten klarzumachen suchten, dass Sexualität keine Angst einjagen musste.

Jetzt, auf dem Bett, sah Orlov alles noch einmal vor sich: die feisten Gesichter im unruhigen Schein des Feuers, die Drohgebärden, den Spott in den vom Alkohol glänzenden Augen, der abgelöst wurde von wölfischer Verschlagenheit, als es den beiden Brüdern gelang, den Auflauf unter Kontrolle zu bringen.

Mit dem Staubsauger knallte jemand gegen die Tür.

Es war Anfang November, der Mond nahm zu, der Vormittag war fortgeschritten, und die viel zu warme Luft der zentral regulierten Heizung trieb Shenja in seinem Zimmer Schweißperlen auf die Stirn. Und während er seine Mutter hörte, die im Flur rumorte, senkte er die Lider und sann zum wiederholten Mal über seine Initiation auf dem Gelände der Blitzmaschine nach.

Wie gesagt, es gab nichts, was ihn drängte, das Zimmer zu verlassen, nicht einmal sein Hunger. Er nahm die Mahlzeiten entweder hier zu sich, vor dem Fernseher, der am Fußende des Bettes auf einer alten Obstkiste stand, oder am Schreibtisch vor dem Computer. Denn vor der Tür vergiftete miese Stimmung das Leben in den ohnehin engen Verhältnissen auf der Kolomenskaya, 30/2.

Die Ursache war klar. Sie lag in der Verzweiflung und der Verbitterung, die sein Vater über die Tatsache empfand, dass er älter und älter wurde, sich an seiner verheerenden beruflichen Situation aber nichts ändern wollte.

»Bis zum August 1991 hatte ich ein Leben«, lamentierte er jetzt öfter, »seitdem habe ich keines mehr.«

Sein Lebensmut war im Keller – und das zog alle aus seiner Umgebung in Mitleidenschaft. Dazwischen gab es zwar immer wieder Phasen, in denen er Hoffnung schöpfte, aber der Besuch bei der Schwester in Istra hatte ihm erneut mit aller Drastik vor Augen geführt, wie nutzlos und überflüssig sein Leben nach der Entlassung aus der Armee geworden war. Es war traurig mitanzusehen, wie er im weißen Trägershirt seine Tage verbrachte und immer tiefer in einen Sumpf aus Selbstvorwürfen, sentimentalen Erinnerungen und Daseinsverdruss geriet.

Doch ganz abgesehen davon: Die normale Zeit und die normalen sozialen Regeln, die in der Familie galten, schienen sowieso aufgehoben zu sein, was vermutlich auch damit zu erklären war, dass die Herbstferien angefangen hatten.

Auf dem Rücken liegend versuchte Orlov, sich auf das Licht zu konzentrieren, das durch die Vorhänge sickerte und das Zimmer in ein narkotisches Grau tauchte. Eine Atmosphäre, die ihn zwang, seine Gedanken zu ordnen und sich aus den Fängen der Lethargie zu befreien.

Ohne dass es ihm bisher voll bewusst geworden wäre, war er zu der Überzeugung gelangt, dass er Asja etwas schuldig war. Sie, die er bislang nur scheu und aus der Ferne anzubeten gewagt hatte, war in wortlosem Einvernehmen auf seine Wünsche eingegangen – so sehr, wie er es nie erwartet hätte. Das warf ihn um. Sie hatte es einfach für ihn getan, einfach so. Er konnte das nicht fassen.

Jedenfalls war es nun aber an ihm, eine Gegenleistung zu erbringen – gemäß dem Ritual, das er aus unzähligen Filmen kannte, auch wenn er nicht imstande war, die genauen Regeln zu benennen.

Doch worin konnte diese Gegenleistung bestehen?

Er zerbrach sich den Kopf, und indem er das tat, wurde ihm plötzlich klar, was er zu tun hatte.

Die Erinnerung an Asja, an ihre Gefügigkeit und Nacktheit, bewegten ihn tief. In ein paar Tagen waren die Herbstferien vorüber, dann war sie zurück. Es hatte nicht endlos Zeit. Er musste handeln.

Ein Ruck lief durch seinen Körper. Mit dem Oberkörper schoss er in die Höhe, schwang die Beine auf den Boden und verließ das Zimmer. Auf Socken schlich er ins Bad. Er hörte den Fernseher im Wohnzimmer laufen. Aus der Küche drang das Klappern von Geschirr. Im Bad war es so eng, dass er aufpassen musste, nirgends dagegenzustoßen und den Rasierspiegel oder das Kölnischwasser von der Ablage zu Boden zu reißen. Er drehte den Wasserhahn auf und wusch sich Gesicht und Hände. Über der Badewanne hing die Wäsche, darunter, an einem Drahtbügel, ein weißes T-Shirt, das er schnell als seines identifizierte. Er griff danach, befühlte die Baumwolle, ob sie trocken war, und verschwand wieder in seinem Zimmer.

Eine gute Stunde später sah man Orlov über das Pflaster am Roten Platz laufen. Er kam von der nahe gelegenen Metro-Station und trug weiße Laufschuhe, Jeans – und unter der viel zu weiten Armeejacke das T-Shirt und eine orangefarbene Fleecejacke. Der Tag blieb wolkenverhangen. Über den Platz blies ein unangenehm kalter Wind. An den Laternenmasten sah man hier und da noch Überreste von der Achthundertfünfzig-Jahr-Feier im September. Aus den umliegenden Büros strömten in Scharen Männer und Frauen, von denen die meisten bestrebt waren, ihrer Verabredung zum Lunch nachzukommen.

Orlovs Ziel war das GUM, der Brunnen unter der zentralen Glaskuppel des Kaufhauses. Unter Moskauern hatte er sich zu einem beliebten Treffpunkt entwickelt. Über den ganzen Tag hinweg begegnete man hier Leuten, die sich auf dem Marmor am Brunnenrand niederließen und auf irgendjemanden warteten, während sie dem Geplätscher in ihrem Rücken lauschten oder telefonierten, neben sich Taschen und prall gefüllte Einkaufstüten.

Als Orlov das lang gestreckte Sandsteingebäude mit den Gängen und Brücken durch das mittlere Portal betrat, fiel durch das gewölbte Glasdach fahles, bleigraues Licht in die Passage und die Arkaden der zweistöckigen Galerien.

Dass er die Welt nun anders wahrnahm, schien ihm im Abgleich mit seinen Erinnerungen an diesen Palast unbestreitbar zu sein. Er sah jetzt alles mehr in Schwarz-Weiß. Zum Beispiel, dass nicht allzu viele Menschen heute hier shoppen gingen. Er konnte sie genauer unter die Lupe nehmen.

Was er geahnt hatte, wurde bestätigt: lauter *Golddigger*, die von den neuen Realitäten profitierten, die seit dem Ende der Sowjetunion und der Perestroika das Leben umwälzten. Die einen schaufelten den Kaviar in sich hinein, die anderen konnten von ihrem Lohn nicht mal ein Weißbrot kaufen. Das Kaufhaus passte zu den ultramodernen Wolkenkratzern der Moskwa-City, die mehr und mehr die Silhouette der Stadt bestimmten, zu der unvermeidlichen Neonreklame und zu den dicken Maybachs und anderen Prachtkutschen auf den Straßen. Und es passte zu den Spionen, ausländischen Agenten und Perversen, von denen es im Land wimmelte und die es liebten, mit ihren Kreditkarten zu protzen. Die Waren, die das GUM anbot, stammten größtenteils aus dem Westen. Die Köpfe der Moskauer wurden zunehmend mit amerikanischer Propaganda verseucht.

Das missfiel ihm.

Es bereitete ihm Unbehagen, aber die Gründe dafür drangen nicht bis in sein Bewusstsein vor.

Hier war jedenfalls der Ort, an dem einer, der Schulden zu begleichen hatte, fündig werden konnte, auch wenn er kein Geld hatte. Es brauchte nur etwas Mut, ziemlich lange Finger und Geschick.

Zunächst orientierte Orlov seinen Schritt an den farbigen Fliesen, die den Boden in lange Streifen aus blauem, rotem und grauem Granit zerteilten. Mit seinen klassischen Uhren an den Stirnseiten wirkte das Kaufhaus ein bisschen wie ein Bahnhof zu Zeiten Tolstois. Von der Längspassage bog er ab in die Hauptpassage, nahm die Treppe zur Galerie im ersten Obergeschoss, in dem seine Hand eine Weile über den hölzernen Handlauf hüpfte. Das gusseiserne Geländer war bereits mit weihnachtlichen Lichterketten geschmückt. Im Geiste rekapitulierte er den Plan, den er sich auf dem Weg hierher zurechtgelegt hatte.

Vor einer Filiale für Computerzubehör, deren Schaufenster ihn magisch anzogen, stieß er beinahe mit einem Mann zusammen, der gerade das Geschäft verließ. Er trug einen langen, offenen und viel zu großen Mantel. Es handelte sich ausgerechnet um Jegor Rjabow, seinen Klassenlehrer.

Beide traten sie, als sie einander gewahrten, unwillkürlich einen Schritt zurück.

»Du hier?«

Orlov spürte den misstrauischen Blick, mit dem ihn der Lehrer musterte, nachdem er sich wieder gefasst hatte.

»Ohne deine Eltern?« Rjabow zog die Brauen zusammen.

Als Klassenlehrer war man über die familiäre Situation der Schüler informiert.

Orlov wurde sofort klar, dass das Zusammentreffen Auswirkungen auf seinen Plan hatte. Es würde gefährlich werden, ihn ohne Rücksicht auf die Beinahe-Karambolage stur durchzuziehen. Wenn man ihn beim Stehlen auf frischer Tat ertappen sollte, würde man nämlich bald nach dem Namen des Klassenlehrers fragen, um diesen über das asoziale Treiben seines Schützlings zu unterrichten. Rjabow würde daraufhin seine Eltern zu sich in die Schule bestellen. Er würde ihnen erzählen, dass er sich gewundert habe, ihren Sohn im sündteuren GUM anzutreffen – aber dass er einfach nicht in Erwägung gezogen hätte, dass dieser genau deswegen hier sei – um eine Straftat zu begehen. Wäre es anders gewesen, hätte er ihn selbstverständlich unter die Fittiche genommen und von seinen Plänen abgehalten. Diebstähle waren Straftaten, die die Gemeinschaft schädigten, was unter den veränderten Bedingungen, die nun im Land herrschten, besonders schwer wog, sodass die Täter meist im Jugendstraflager endeten. Und das bedeutete wiederum, dass ihnen die staatliche Prüfung am Ende des Jahres verweigert wurde. Damit hätte er keine Möglichkeit mehr gehabt, ins Lyzeum zu wechseln, um anschließend Informatik zu studieren. Seine Karriere wäre zu Ende gewesen.

»Ich frage nur aus Neugier.«

»Lieber Herr Rjabow, welche Überraschung, Sie hier zu treffen.«

Orlov klang unterwürfig. Er deutete eine Verbeugung an, da ihm der Lehrer nicht die Hand reichte.

Beschwichtigend fuhr er mit den Worten fort: »Ich bin hier verabredet.« Mit dem Arm machte er ein eindeutiges Zeichen.

»Unten am Brunnen.«

»Mit deinen Eltern?«

»Nein. Mit einem Freund. Er kommt aus der Provinz.«

Über Rjabows bäuerliches Gesicht huschten im schnellen Wechsel Licht und Dunkel, als wäre das Kaufhaus Opfer einer Schwankung im Stromnetz. Seit dem Machtantritt Jelzins vor sechs Jahren und dem Ende der Planwirtschaft eigentlich keine Seltenheit – aber im GUM eine Sensation.

»Dann lass uns hinuntergehen. Ich begleite dich.«

Bei den Worten seines Lehrers zwang sich Orlov, ruhig zu bleiben.

Was sollte das jetzt? Brauchte er einen Aufpasser?

An der Seite des großen, hageren Mannes kam er sich wie ein Kind vor, das von seinem Vater zur Schule gebracht wurde. Wider jegliche Vernunft fühlte er sich ertappt und musste gegen den Impuls ankämpfen, einfach wegzurennen.

Ein seltsames Paar, dem man dabei zusehen konnte, wie es von der Galerie an den einladenden Schaufenstern vorbei der Treppe zustrebte, die sie hinunter zum Brunnen führte.

»Und? Dein Freund – schon da?«

Als Orlov auf die Zehenspitzen ging und so tat, als würde er sich unter denen, die am Brunnen warteten, umsehen, wirkte das allerdings nicht einmal auf ihn selbst sonderlich überzeugend.

Kleinlaut verneinte er.

»Nun gut«, sagte Rjabow geistesabwesend und erweckte den Eindruck, als sei er in Gedanken schon ganz woanders, »dann überlasse ich dich jetzt deinem Schicksal.«

Es überraschte Orlov, dass der Klassenlehrer so rasch und umstandslos von seinem Drang, ihn zu begleiten, abließ. Ihn beschlich der Verdacht, dass Rjabow sich durch die Begegnung mit dem Schüler vielleicht ebenso ertappt fühlte wie er selbst.

Abgefahren, dachte er.

Während er selbst an seinem Platz verharrte und so tat, als warte er auf seinen Freund, sah er mit an, wie der Lehrer sich entfernte. Da gelangte von irgendwo aus der Menge der ungewöhnliche Klingelton eines Telefons an sein Ohr.

Was war denn das?

Suchend glitt sein Blick über die Menschenströme, die er durch seine Position zwang, sich zu teilen und an ihm vorbeizufluten.

Auch der Pädagoge musste das Telefon gehört haben, denn er wandte sich um, sodass es zwischen ihnen zu einem kurzen Blickkontakt kam.

Aber Rjabow sah – und sah nichts.

Da registrierte er die Frau etwas abseits von ihm. Sie hatte den Einkauf unterbrochen, um in ihrer Handtasche zu kramen. Offenbar suchte sie ihr Handy.

Schließlich holte sie das Gerät hervor. Ehe sie das Telefon an ihr Ohr führte, kontrollierte sie das Display. Es leuchtete rot und grün und violett. Das versetzte ihn schlagartig in Aufruhr. Er hatte so ein Teil noch nie zuvor gesehen. Es wirkte extrem futuristisch. Seine Gedanken waren im selben Moment bei den Bloggern, diesen namenlosen Cherubim, die vor Neid erblassen würden, wenn sie in seinen Händen ein solch technisches Wunderwerk entdecken würden.

Er musste das Telefon haben, das war sofort klar. In großen leuchtenden Buchstaben dominierte es sein Bewusstsein.

Er musste es haben. Nicht für sich. Für Asja.

Wenn er ihr das Gerät feierlich überreichen würde, hätte er sie unter Garantie für immer für sich gewonnen. Und sie beide wären damit defintiv Teil der Blogger-Szene.

Was für ein Triumph!

Ohne dass er gewusst hätte, wonach konkret Ausschau zu halten war, um sich seiner Freundin gegenüber erkenntlich zu zeigen, war er auf die Lösung des Problems gestoßen. Das konnte schwerlich Zufall sein. Vielleicht hatte es mit den Stimmen zu tun, von denen Asja öfter erzählte und die angeblich in der Luft gefroren waren. Vielleicht hatten sie ihn durch das Gebäude gelotst, ohne dass es ihm bewusst geworden war.

Orlov schien der Gegenwart für ein oder zwei Augenblicke abhandenzukommen und in eine völlig fremde Welt abzutauchen.

Als er wieder das gefilterte Licht empfing, das durch das Glas- und Stahldach auf Brunnen und Rotunde fiel, stand sein Entschluss fest. Er starrte auf seine Schuhe und entdeckte, dass sich einer der Schnürsenkel gelöst hatte.

Beinahe vergnügt ging er in die Knie.

Dieses Telefon krönte seinen Plan auf perfekte Art und Weise. Es war wie dafür gemacht.

In diesem Moment ließ die Frau das Handy wieder in der Handtasche verschwinden.

Geschmeidig kam Orlov aus der Hocke hoch.

Den Kopf nach allen Seiten bewegend, versicherte er sich, von Rjabow nicht doch heimlich beobachtet worden zu sein. Seine Sorge bestand grundlos. Der Lehrer war von der Bildfläche verschwunden.

Er mischte sich in das Gewühl, ohne die Frau aus dem Auge zu verlieren. In der Anonymität vermochte er sich unauffällig an ihre Fersen zu heften.

Von nun an bestand seine Aufgabe in nichts anderem, als diese Person bei ihrer Shoppingtour aus sicherer Entfernung zu begleiten – so lange, bis sich eine Gelegenheit ergab, um das Telefon in seinen Besitz zu bringen.

Und Orlov war überzeugt davon, dass es diese Gelegenheit geben würde. Zumal es ihm die Frau nicht sonderlich schwer machte, an ihr dranzubleiben. Vollkommen sorglos bewegte sie sich durch das Gebäude, strebte mal hierhin, mal dorthin. Nach einer Weile hatte er den Eindruck, dass es keine noch so abgelegene Boutique gab, die ihrem unermüdlichen Forscherdrang entging. Ihre Gier schien unstillbar zu sein. Jedenfalls solange es Schuhe oder Handtaschen gab, die sich noch nicht in ihr Eigentum verwandelt hatten.

Das Alter der Frau war für ihn nicht leicht einzuschätzen. Es lag jenseits seines Horizonts, vielleicht war sie Anfang bis Mitte vierzig. Sie war blond, trug das Haar schulterlang und sah aus, als käme sie direkt vom Friseur. Obwohl es Winter war, zeigte ihre Haut eine tiefe Bräune. Sie war in einen lilafarbenen Steppmantel gehüllt. An den Flanken wuchs sie nach und nach bedrohlich in die Breite, denn die Menge der Einkaufstüten, die sich an ihren beiden Händen sammelten, nahm mit fast jedem Laden, dem sie einen Besuch abstattete, zu.

Dass sie im GUM shoppte, machte sie suspekt. Das hier war das Paradies derer, die das korrupte System für sich auszunutzen verstanden. Skrupel empfand er deshalb wegen seines Vorhabens keine; eher Genugtuung. Wer sich die Sachen hier leisten konnte, der war in seinen Augen ein Krisengewinnler – und trug Mitschuld an dem Desaster, das Familien wie die seine getroffen hatte – daran, dass so viele arbeitslos waren und durch die Armut gedemütigt wurden.

Von dieser Überzeugung gab er sich keine bewusste Rechenschaft – er fühlte sie als Spannung in den Sehnen und Muskeln und zwischen den Fingern.

Was er vorhatte, traf die Richtige.

Irrtum ausgeschlossen.

Eine gute Stunde später trat Orlov aus dem nordwestlichen Tor des Kaufhauses ins Freie. Die Wolken am Himmel hatten einen hellvioletten Stich, und es sah nach Regen aus.

Der Stellplatz hinter der Basilius-Kathedrale lag keine fünfzig Meter vom Kaufhaus entfernt. Die Frau war offensichtlich auf dem Weg zu ihrem Auto. Er glaubte nicht, dass sie während der vergangenen sechzig Minuten auch nur ein einziges Mal von ihm Notiz genommen hatte.

Der Wagen stand dicht vor der Mauer, die die Umfriedung der höher gelegenen Kathedrale zum Parkplatz begrenzte, der sich beim Näherkommen als leicht abschüssig herausstellte. Es war ein silberner SUV der Marke Mercedes, der mit der Schnauze fast das Gemäuer berührte.

Die Frau ließ die Heckklappe aufgehen und hievte ihre Einkäufe in den Kofferraum.

Aus sicherer Entfernung sah ihr Orlov zu – anfangs nur neugierig, bis ihm schlagartig bewusst wurde, dass keine Zeit mehr blieb, um groß darüber nachzudenken, wie er an das Handy kam. Er musste handeln, und zwar jetzt, sonst war es zu spät – aber er hatte keinen Schimmer, was genau er tun sollte. Er dachte an Asja und daran, was sie für ihn getan hatte, und da er sich nicht besser zu helfen wusste, schlug er alle Vorsichtsmaßnahmen in den Wind und rannte einfach los, darauf hoffend, dass irgendwelche tief sitzenden Instinkte noch rechtzeitig wachgeschüttelt wurden, um ihm mitzuteilen, wie er ans Ziel kam.

Auf dem Pflaster machten die Sohlen seiner Laufschuhe fast keine Geräusche. Die Frau reckte gerade die Arme hoch und legte beide Hände an die Klappe, um sie nach unten ins Schloss zu werfen.

Als er auf nur wenige Meter herangekommen war, drosselte er den Schritt. So leise wie möglich pirschte er sich von hinten an, da landete plötzlich ein fetter Regentropfen auf seiner Wange. Er hatte ihn mit dem Handrücken noch nicht gänzlich weggewischt, da rauschte es auch schon aus allen Kübeln auf ihn herab. Im Handumdrehen triefte seine Kleidung vor Nässe. Der Regen verursachte auf Wagendächern und Windschutzscheiben einen gewaltigen Lärm, und bevor er noch richtig begriff, was das für ihn und seinen Plan bedeutete, stand er auch schon am Mercedes, riss den Wagenschlag auf und stieg zu der Frau ins Auto.

»Hey, was soll das?«

Die Hand an der Zündung, wich die Frau zurück und sah entgeistert zu ihm herüber. Bei der kleinsten Bewegung erzeugte das Nylon ihres Mantels ein aufdringliches Rauschen.

Orlov spürte, wie ihm am Hals Regentropfen unter die Fleecejacke und das T-Shirt rollten. Er zeigte ein entrücktes Gesicht. Am Rand seines Sichtfeldes erkannte er das Handy. Es steckte in der Freisprecheinrichtung.

»Spinnst du? Was willst du hier? Mach, dass du gefälligst rauskommst! Was bildest du dir ein?«

Der Ton war feindlich. Er versuchte, ihm standzuhalten.

Die Frau hatte rasch ihre Fassung zurückgewonnen. Orlov lief rot an.

»Was ist los?«, zischte sie ihm entgegen.

Hilflos starrte er gegen die Windschutzscheibe, über die das Wasser in breiten Bächen floss.

Die Fahrzeugkabine glich einer Kapsel, die durch das hartnäckige Geprassel des Regens von der Welt hermetisch abgeriegelt wurde.

Er war mit der Frau allein. Aus der Nähe wirkte sie älter, als er sie eingeschätzt hatte.

»Ich tue Ihnen nichts«, hauchte er scheinheilig und mit schwacher Stimme in den diffusen Raum, der ihn vom Armaturenbrett trennte. Er ließ keinerlei Anstalten erkennen, seinen Platz zu räumen.

Der SUV musste ziemlich neu sein. Der Geruch von chemisch imprägniertem Leder stieg ihm aufdringlich in die Nase.

»Was willst denn du mir schon tun, Bürschlein?«

Die Frau neigte sich zu Orlov und beäugte ihn herausfordernd.

»Hoppla«, rief sie da aus und beugte sich in Richtung seiner Beine, um ihre Handtasche zu packen, die im Fußraum des Beifahrersitzes gegen die Mittelkonsole lehnte.

»Bist du *darauf* scharf?« Sie hob die Handtasche auf ihren Schoß und warf ihrem ungebetenen Gast einen vernichtenden Blick zu.

Er gab sich scheu, eingeschüchtert, schüttelte den Kopf.

Allmählich weckte er in ihr den Eindruck, dass sie es beinahe noch mit einem Kind zu tun hatte.

Das ließ sie entspannen.

»Ist es deswegen?« Mit einer fahrigen Bewegung deutete die Frau nach draußen.

»Bist du aus Zucker?«

Orlov verzog keine Miene.

»Ist was mit dir oder warum antwortest du nicht?«

Pause. Dann: »Kann ich dir irgendwie helfen?« Vernehmlich wurde ihre Stimme sanfter.

Orlov blieb seiner Taktik treu. Wortlos schüttelte er den Kopf.

»Was willst du? Willst du hier übernachten?«

Orlov fiel einfach nichts ein, um aus der Situation etwas zu machen, was seinen Plan begünstigte. Zwar war das Handy jetzt in seiner unmittelbaren Griffweite, aber weiter wusste er nicht.

Was tun?

Ihm blieb nichts anderes, als stumm dazusitzen und in das Dunkel des Fußraums vor sich zu starren, als würde ihm dort seine Zukunft im Zeitraffer vorgeführt. Wenn er die Augen schloss, tauchte nur das farbig leuchtende Display des Handys vor ihm auf.

Da geschah etwas völlig Unerwartetes.

Die Frau startete den Motor.

Ein sanftes Blubbern schob sich unter das Geprassel. Etwas ruppig stieß der Wagen zurück.

Wollte sie ihn bei der Polizei abliefern? Er schielte zu der Frau hinüber, die ihm keinerlei Beachtung schenkte. Zumindest wirkte es so.

Was würde sie schon gegen ihn vorzubringen haben? Er hatte ja nichts getan.

Der SUV bog auf die Straße, die unterhalb des Kreml der Moskwa folgte, und fädelte sich in den Verkehr. Allerdings beschleunigte der Wagen nicht, sondern blieb mit gemächlichem Tempo auf der rechten Spur.

Wohnte sie hier um die Ecke, und ihre Leibwächter würden sich den Fahrgast gleich zur Brust nehmen?

Orlov wurde es mulmig zumute.

Aber er unternahm nichts. Er wartete ab.

Unterdessen ließ der Regen so plötzlich nach, wie er gekommen war, und verwandelte sich in ein graues und trostloses Nieseln, das dafür konzipiert zu sein schien, ewig anzudauern.

Bald erreichten sie eine Tankstelle. Der SUV rollte unter das Dach auf eine freie Zapfsäule zu.

Die Frau stellte den Motor ab und zog die Handbremse an. Bevor sie ausstieg, um zur Kasse zu gehen und die Liter anzugeben, die sie zu tanken beabsichtigte, starrte sie Orlov herausfordernd an.

»Zufrieden?«

Orlov rührte sich nicht. Was sollte er darauf antworten?

Die Frau schnappte sich ihre Handtasche und stieg schulterzuckend aus. Das Handy vergaß sie. Es blieb in der Freisprecheinrichtung stecken.

Als Orlov sah, dass sich im Rücken der Frau die automatische

Glastür schloss, nachdem sie den Kassenraum betreten hatte, langte er nach dem Gerät, löste es aus der Halterung, stieß die Beifahrertür auf und stürmte Hals über Kopf hinaus.

Zwischen den Autos und den Zapfsäulen lief er auf eine Wiese zu, deren aufgeweichter Boden ihn bei jedem Schritt einsinken ließ. Dreck bespritzte seine Schuhe und Hose.

Er spürte das Glück, das heiß durch seine Adern strömte. Er dachte an Asja und versuchte sich auszumalen, was für ein Gesicht sie machen würde, wenn er ihr das Handy überreichte; die Dankbarkeit, die ihre Augen füllen würde.

Wie tief in ihr Herz würde sein Geschenk ihn einlassen?

Orlov sah nichts, sah verwaschene Bilder, Schemen, undeutliche Eindrücke. Erinnerungen zogen zusammenhanglos an ihm vorbei.

Kopflos, ohne seiner Umgebung Beachtung zu schenken, rannte er in der Altstadt, rannte mitten durch die zahllosen Pfützen, die sich auf dem Bürgersteig gebildet hatten, sodass den Passanten nur blieb, ihm fluchend auszuweichen.

Er schlug Haken, um eingebildete Verfolger abzuschütteln. Seine Lungen brannten, und immer noch sah er weder nach rechts noch nach links. Er rannte nur vorwärts, immer nur vorwärts, bis nach Hause.

Längst war es dunkel geworden, als er nach Umwegen und absurden Finten endlich vor der elterlichen Wohnungstür eintraf. Aus Angst, entdeckt zu werden, getraute er sich zuerst gar nicht, in seinem Zimmer Licht zu machen, doch dann begriff er, wie bescheuert sein Verhalten war. Die Eltern saßen im Wohnzimmer, guckten Fernsehen und hörten und ahnten nichts.

Er beruhigte sich, machte Licht und nahm ein heißes Bad.

Als er sicher war, dass alle zu Bett gegangen waren, verließ er das Badezimmer, aus dem der Dampf quoll, und setzte sich im Bademantel an den Computer. Aus Recherchen im Netz erfuhr er, dass das Mobiltelefon, das er in den Händen hielt, das erste auf dem Markt mit farbigem Display war.

Bei dieser Information brach in seinem Herzen stummer Jubel aus.

SIEBEN

Ewart Colver kramte lange in der Schublade nach passenden Manschettenknöpfen.

Er war vernarrt in Manschettenknöpfe und besaß eine große Auswahl, die er sich von Flohmärkten und Antiquitätenhändlern im In- und Ausland zusammengesucht hatte. Der Großteil seiner Sammlung stammte aus den dreißiger und den sechziger Jahren. Danach waren Manschettenknöpfe aus der Mode gekommen, weshalb die Gegenwart in seinen Augen nicht mehr viel hergab.

Während seines Jurastudiums hatte er angefangen, Geschmack an dem Schmuck zu finden – vielleicht als Reaktion auf die unsägliche Mode der Ohrstecker, die immer mehr Männer um ihn herum zur Schau stellten. Meistens handelte es sich um Erbstücke, die man hatte umarbeiten lassen.

Die Hemden blütenweiß, die Kragen gestärkt, brachte er es jedes Mal, wenn er zum Tango aufbrach, zum letzten Gentleman Altsendlings.

Da klingelte es Sturm an der Tür.

Über die offene Schublade gebeugt, hielt der Anwalt inne.

Das musste die Finnin sein.

Er nahm die Manschettenknöpfe aus grünem Achat, deren echtsilberne Wildschwein-Applikationen von Victor Mayer es ihm besonders angetan hatten, und legte sie mit ausgestellter Sorgfalt an. Dann schlüpfte er in den Gehrock aus elegantem, dunklem Tuch, der außen am Schrank hing – unpassenderweise einen verformten Drahtbügel zierend.

Ausführlich musterte er sich im Spiegel über der Kommode.

Beim Hinausgehen aus dem Schlafzimmer schnappte er sich eine der beiden Krücken, die vereint am kalten Gerippe der Heizung lehnten, und verließ die Wohnung. Dabei machte er keinerlei Anstalten, den Gehstock zum Einsatz zu bringen. Wenn man ihm zusah, schien das auch nicht nötig zu sein.

Mit dem Lift sank er nach unten ins Foyer.

Um seine Alltagstauglichkeit wiederzuerlangen, hatte er in den vergangenen zehn oder zwölf Tagen die Maßnahmen erheblich verstärkt, die letztlich für eine völlige Wiederherstellung seiner Gesundheit sorgen sollten. Sein Wunsch war es, die Folgen des Anschlags vollkommen auszulöschen und wieder unbeschwert den eigenen Interessen nachgehen zu können. Das hatte ihm das Telefonat mit dem Zollkommissar deutlich ins Bewusstsein gerufen – insbesondere dessen bedrohliche Prophezeiung, dass man in Bälde auf ihn als Lockvogel zurückgreifen wolle. Richtig übermächtig geworden war dieser Wunsch aber nach Ulrichs Anruf. Da war der Tango in tausend Bildern in ihm auferstanden – was ihn auf der Stelle herausgefordert und seine Disziplin bis an die Grenze ihrer Möglichkeiten geführt hatte.

So sah er sich in der Lage, seine unbedachte und vorschnelle Bemerkung von neulich wider Erwarten in Erfüllung gehen zu lassen.

Er würde der Tanzschule einen Besuch abstatten.

Im Foyer angekommen, nahm Colver Kurs auf den Ausgang.

Es war Donnerstagabend.

Draußen hatte es zu dämmern begonnen, und die Lichter spiegelten sich vorne in der Glasfront. Während er darauf zuhielt, beobachtete er aufmerksam seinen Gang – und war zufrieden mit der Gestalt, die ihm in der Scheibe im gleichen Tempo entgegenkam.

Ja, die Mühsal der vergangenen eineinhalb Wochen hatte sich gelohnt. Er war nun so weit wieder in Schuss, dass er ohne sichtbare Beschränkungen laufen konnte. Wenn er für seinen kleinen Ausflug dennoch eine Krücke mitnahm, diente das nur der eigenen Sicherheit.

Nach den vielen Tagen, in denen das Leben für ihn arg beschnitten gewesen war, fieberte er nun einem rundum erneuerten Dasein entgegen – einem Dasein, das versprach, ohne wiederkehrende Arztbesuche auszukommen, ohne Schmerzen beim Training und ohne die verdrießliche Frage, ob es unter seinen Mitmenschen jemanden gab, der es ernsthaft auf sein Leben abgesehen hatte.

Ohnehin hatte er festgestellt, dass das bedrückende Gefühl, auf diese Frage keine Antwort zu finden, von ihm immer besser ausgehalten wurde. In besonders guten Momenten glückte es ihm sogar, sich seine Not komplett vom Leib zu halten. Es war einfach so, dass er sich allmählich an die Situation gewöhnte. Letzten Endes war jede Existenz vom Tod bedroht, jederzeit und überall. Da halfen keine Schwimmkurse, Finanzberater oder Defibrillatoren an den Wänden der Betriebe – sie blieb unsicher und gefährdet, egal, welche Vorsichtsmaßnahmen man traf. Was bedeutete Gefährdung überhaupt in einer Welt, die Ruinen auf Ruinen türmte und die sich hartnäckig weigerte, das Bedürfnis des Menschen nach Absolutheit auch nur ansatzweise zu befriedigen.

Nur wenige Schritte trennten ihn noch von seinem Spiegelbild.

Manchmal fragte er sich, ob seine Ängste vielleicht nur einer Einbildung entsprangen. Vielleicht gab es ja gar niemanden, der ihm nach dem Leben trachtete? Vielleicht reimte er sich das alles bloß zusammen, weil sein Denkapparat immer für alles ein Motiv benötigte. Schließlich musste selbst ein sogenannter blinder Zufall gar nicht blind, sondern konnte einen Grund haben und mathematischen Gesetzen unterworfen sein. Dass sein Unfall nur ein Unfall gewesen sein könnte, der besonders unglücklich verlaufen war – mit diesem Gedanken wollte er sich ebenso schlecht anfreunden wie die Polizei. Aber manchmal ließen sich die Gründe für das, was ein Mensch getan hatte, einfach nicht bestimmen. Manchmal steckte schlichtweg nicht mehr dahinter als Absurdität.

Bevor Colver die Glastür aufzog, um nach draußen zu gelangen, blieb er kurz stehen, fasste ins Futter des Gehrocks und konsultierte sein Handy.

Nichts. Kein verpasster Anruf. Keine Nachricht.

Auf dem Gesicht des Anwalts breitete sich erkennbar Enttäuschung aus.

Lasse B. hielt es offenbar nicht für nötig, sein Versprechen einzulösen und ihn auf dem Laufenden zu halten. Dabei war es doch er, der etwas von ihm wollte. Natürlich brannte er darauf, mehr über den ominösen Fotografen zu erfahren – über ihn und über die Details jenes selbstherrlichen Plans, der einen Unbeteiligten wie ihn als Lockmittel vorsah.

Der Anwalt stutzte. Er starrte auf das dunkle, längst wieder erloschene Display.

Was, wenn er – ohne es zu ahnen – längst als Lockvogel fungierte?

Schon damals, in der Unterführung.

Colver verspürte das starke Bedürfnis, sich zu konzentrieren. Dazu musste er sich setzen. Aber in der Eingangshalle gab es weit und breit keine Sitzgelegenheit.

War das katastrophale Zusammentreffen zwischen ihm und dem Fotografen in der Unterführung, das ihn um ein Haar das Leben gekostet hätte, von der Polizei zwar so nicht geplant, aber vorbereitet gewesen? Womöglich sogar schon eingefädelt von der einsamen Alex, als er von dieser gebeten worden war, sie nach Hause zu begleiten.

Ein perfider Plan, der trotz allem gescheitert war.

Trotz allem war der Polizei der Täter durch die Lappen gegangen.

Es war eine ziemlich bestürzende Vorstellung.

Lasse B. hatte ihm die Wahrheit schlichtweg vorenthalten.

Colver blickte verstört auf die grau-weiß gesprenkelten Bodenfliesen. Der Schweiß trat ihm auf die Stirn.

Doch, wenn er so darüber nachdachte, traute er dem Kommissar das zu.

Fassungslos schüttelte er den Kopf.

Nach einigen vergeblichen Versuchen gelang es ihm, das Handy blind in der Innentasche des Gehrocks verschwinden zu lassen.

Den Türgriff bereits in der Hand, stockte er erneut. Er schüttelte ein zweites Mal den Kopf.

Was war das eben gewesen?

Es waren lauter Spekulationen gewesen – mehr nicht. Besser, er beruhigte sich.

Mit der Krücke unterm Arm zog Colver entschieden am Griff und trat auf die Straße.

Eine Bewegung, die seine Gedanken neu ausrichtete.

Wenn er richtig rechnete, war der Anruf des Zollkommissars seit vierundzwanzig Stunden überfällig. Das verwunderte ihn, denn er schätzte Lasse B. nicht als jemanden ein, der in diesen Dingen nachlässig war. Sollte er von ihm bis morgen Vormittag immer noch nichts gehört haben, würde er unter einem Vorwand in Bremerhaven anrufen.

Und wenn er den Kommissar an den Hörer bekommen sollte, würde er ihm auf den Zahn fühlen.

Das schwor er sich.

Auf der Straße war es sommerlich warm. Es roch nach dem Regen, der über der Stadt niedergegangen war.

Er schloss kurz die Augen und atmete durch. Die linde, klare Luft tat ihm gut.

Aufrichtig freute er sich jetzt auf den Moment, wo er das Team und die Kursteilnehmer wiedersehen würde. In ein paar Minuten würde er reihenweise Hände schütteln und sich ein paar Sprüche anhören müssen.

Eigentlich stand sein Verhalten im Widerspruch zu der einzelgängerischen Natur, mit der er sich gesegnet glaubte. Geselligkeit und verabredete Ausgelassenheit waren ihm ein Gräuel, dem er unbedingt auswich – was übrigens dazu beitrug, dass seine Ex, die nach der Bühne eines soziales Lebens verlangte, und er sich voneinander entfremdeten. Der Tango allerdings bildete in seinem Leben eine Ausnahme. Zwar gestand er sich das nicht ein, wenn indes der Donnerstag mit seinem Versprechen auf einen ausgelassenen Abend beim Tanzen nahte, dann begann er, in ein sanftes, kaum merkliches Glück abzutauchen. Dann freute er sich, der selbstgewählten Abgeschottetheit für eine halbe oder dreiviertel Nacht auszukommen. Und vermutlich lag darin auch der Schlüssel für den vermeintlichen Widerspruch: in der Befristung der Geselligkeit, von der garantiert wurde, dass er so wieder gehen konnte, wie er gekommen war.

Allein.

Doch der heutige Tag bildete sowieso eine Ausnahme. Seine Isolation hatte nämlich inzwischen Züge angenommen, die ihn seiner selbst hatten überdrüssig werden lassen, sodass er von den üblichen Allüren geheilt schien – zumindest für den anstehenden Abend. Es war wirklich an der Zeit, ein bisschen unter die Leute zu gehen – und auf andere Gedanken zu kommen. Nach fast vier

Monaten gab es sicher eine Reihe von Veränderungen in den Kursen. Deshalb hatte er Helka, die Finnin, angerufen und gefragt, ob sie heute bei ihm vorbeikommen und ihn zur Tanzschule mitnehmen könne.

Und nun wartete sie auf ihn – in einem alten rostbraunen Saab-Coupé, dessen Lack ausgeblichen und stumpf geworden war. Er sah den Wagen sofort, der schräg gegenüber am Straßenrand parkte – bei der Litfaßsäule der Sortieranlage.

»Hei.«

»Hei.«

Colver postierte die Gehhilfe vor die Mitte des eigenen Körpers, zog den Kopf ein und ließ sich rückwärts auf das Leder des Beifahrersitzes sinken. Er klemmte den Aluminiumstock schräg zwischen die Beine, streckte den Arm aus und tastete über der Tür nach dem Haltegriff. Ein paar Zentimeter hob er das Gesäß an und rutschte umständlich hin und her.

»Du siehst gut aus«, sagte die Finnin, als er endlich die Lage eingenommen hatte, die ihm genehm war, und musterte ausgiebig ihren zugestiegenen Fahrgast.

»Vielleicht noch ein bisschen blass.«

Der Anwalt lächelte, während er nach dem Gurt angelte, ihn dann über sich hinwegzog und im Schloss mit einem lauten Klacken einrasten ließ. Er rückte die Brille zurecht und lächelte – aber nicht über die freundliche Bemerkung, mit der er empfangen wurde, sondern über sich selbst und seine Bekannte.

Mit der Körpergröße, mit der sie beide auftrumpften, mussten sie in dem Coupé für Außenstehende wie Riesen in einem Spielzeugauto wirken.

»Blass? Das ist doch kein Wunder. Seit Wochen bin ich nicht rausgekommen.«

Colver gab ein Geräusch der Erleichterung von sich.

Helka, die einen engen, grasgrünen Hosenanzug trug, nickte und sah ihn verständnisvoll an.

»Dir scheint es aber auch gut zu gehen«, setzte der Anwalt nach einer Weile hinzu, ohne es übertrieben höflich zu meinen.

Mit einem Arm fixierte er die Krücke im Fußraum zwischen seinen Knien.

Natürlich behielt er es für sich, dass ihre bloße Gegenwart genügte, um in ihm die Bilder an ihre gemeinsamen Tanzversuche wachzurufen – mitsamt dem Gefühl, in den Armen eine schwankende Boje zu halten.

Wenn eine gewisse Distanz aufrechterhalten blieb, mochte er die Frau für ihre robuste und umstandslose Art.

Helka schenkte ihm einen besorgten Seitenblick: »Du solltest dich noch schonen. Lass dich lieber einmal selbst führen.« Und ergänzte nach einer kurzen Pause: »Kannst du dich überhaupt führen lassen?«

Colver sagte nichts. Er sah aus dem Fenster, als ginge ihn das alles nichts an. Im Stillen fragte er sich, ob Helka bei der Bemerkung an sich selbst gedacht hatte.

Diesmal war er es, den er wie eine Boje über das Parkett schwanken sah.

Die Finnin startete den Motor, orientierte sich und lenkte den Wagen auf die Fahrbahn.

Schon vor seinem Unfall war er ihr für längere Zeit nicht mehr in der Tanzschule begegnet. Nachdem bei den Kursen nicht mehr verlässlich mit ihm zu rechnen gewesen war, hatte sie bei einem anderen Teilnehmer Zuflucht genommen, der schnell zu ihrem festen Milongapartner aufgestiegen war: ein untersetzter Bauzeichner, der bei der Stadt arbeitete und in seiner Freizeit Krimis schrieb. Der Mann war gut einen Kopf kleiner als Helka. Doch obwohl den beiden auf dem Parkett aufgrund ihres Größenunterschieds etwas Groteskes anhaftete, passten sie gut zusammen. Sie strahlten unverwüstlichen Optimismus und Lebensfreude aus. So verwunderte es niemanden, dass es das Paar gelassen hinnahm, mit dem Tangotanzen nicht recht voranzukommen.

»Wo hast du den Galan gelassen?«

»Wen?«

»Den *Galan.*«

Colver verfolgte, wie die grauen und braunen Häuserfronten hinter den Alleebäumen an seinem Seitenfenster vorbeizogen – mit einer Gleichgültigkeit, die für ihn etwas Aufreizendes besaß.

»So nennt man den Mann, der sich um eine Frau bemüht. Erfolgreich.«

Die Finnin gab keine Antwort.

»Galan«, wiederholte Colver leise, als spräche er zu sich selbst.

Erst jetzt kam ihm der Zitronenduft zu Bewusstsein, der die Luft in der Fahrzeugkabine unterschwellig tönte. Aber vielleicht bildete er sich das auch nur ein, weil vor seinen Augen am Innenspiegel ein Duftbäumchen baumelte.

Eine Bemerkung, die ihm auf den Lippen lag, schluckte er herunter.

Eine Gruppe Jugendlicher, die vor dem Eingang eines Ecklokals lungerten und rauchten, geriet in seinen Blick. Ihr sommerliches Auftreten erfüllte ihn mit Sympathie.

»Andreas kommt nach«, erläuterte Helka plötzlich, nachdem sie den Saab zügig beschleunigt hatte und gerade noch rechtzeitig auf die rechte Spur wechseln konnte, bevor sie einem Linksabbieger ausweichen musste.

»Man braucht ihn noch im Büro.«

Der Wagen floss wieder ruhig im Verkehr dahin.

Für einen Moment trat Stille ein, in der sie beide nichts zu sagen wussten.

Linker Hand zog die rote Ziegelsteinmauer des Alten Südfriedhofs vorbei.

»Kommt Alex noch zu den Milongas?«

Der Anwalt spürte, dass seine Bemerkung in Helkas Kopf Irritation auslöste.

»Wieso fragst du?« Ihr Ton klang misstrauisch.

Colver reagierte zunächst nicht. Dann erwiderte er so beiläufig wie möglich: »Ist mir nur so eingefallen.«

»Ich glaube«, versetzte Helka, »ich habe Alex schon länger nicht mehr gesehen. Bestimmt zwei Monate, wenn nicht länger.«

Ein paar Minuten später starrten sie gemeinsam durch die Windschutzscheibe auf das Rotlicht und warteten darauf, dass die Ampel umsprang.

Als die Finnin den Gang einlegte, zahlte sie ihm seine unbedachte Frage von eben auf ihre Weise heim.

»Wie geht es den Kindern?«

Dass er sie als ständige Tanzpartnerin verschmäht hatte, saß noch als Stachel in ihrem Fleisch. Denn natürlich war ihr nicht entgangen, dass er den Rollenwechsel zum Springer als Befreiung empfand – was ja auch stimmte, aber das hatte sich nicht konkret auf sie als Person bezogen, sondern auf die Verbesserung seiner Situation insgesamt.

»Den Kindern? Gut. Sie haben mich kürzlich besucht.«

»Und deine Ex?«

Der Anwalt zuckte müde mit den Achseln. »Wir haben ein paarmal telefoniert.«

Damit schienen die Rachegelüste der Finnin fürs Erste gestillt zu sein. Den Rest der Fahrt blieb sie jedenfalls auffallend schweigsam.

Der Saab erreichte das Viertel, in dem die Tangoschule ansässig war.

Den beiden Insassen offenbarte sich nach wenigen Ecken, dass es alles andere als einfach war, um diese Uhrzeit einen Parkplatz zu ergattern. Das Loft befand sich inmitten eines Wohnviertels – in einem zweistöckigen Rückgebäude, in dem vor Jahren ein Architekturbüro beheimatet gewesen war. Im ersten Stock gab es hundertsechsunddreißig Quadratmeter Eichendielenparkett, einen separaten, kleineren Übungsraum, eine Bar, einen wandhohen Ballettspiegel und eine Umkleide.

Die Zufahrt zum Hof mit dem Rückgebäude war von der Straße mit einer Schranke versperrt. Links und rechts an den Bordsteinen der Hauptstraße parkten die Autos in dichter Reihe, das gleiche Bild boten die Seitenstraßen.

Das gelbe Licht der Straßenlaternen fiel auf eine endlose Kolonne glänzender Autodächer. Parklizenzgebiet.

Als der Anwalt und Helka zwanzig Minuten später die Treppe zur Tanzschule hochstiegen, schlug ihnen Musik entgegen. Die Milonga hatte bereits begonnen. Durch die dünnen Wände hörte man die Stimme Roberto Goyeneches, der in den 1950er-Jahren in Buenos Aires eine Legende gewesen war und von den Porteños auf den Namen *El Polaco* getauft wurde: der Pole.

Helka gab ihrem Begleiter ein Zeichen und verabschiedete sich in die Umkleidekabine.

Während Colver im Vorraum seine Krücke deponierte und wartete, bekam er Lust, zu der Musik ein paar Schritte zu improvisieren, aber dann getraute er sich doch nicht. Zu tief saß die Angst, dass ihn sein Können nach der langen Zeit des unfreiwilligen Pausierens nur enttäuschen konnte. Zugleich waren Auszeiten wie gemacht dafür, um im Kopf ein Idealbild zu erschaffen, das mit der Realität nur wenig gemein hatte. Lieber wollte er abwarten, bis er auf den Füßen sicherer war. Das schmälerte die Kluft zwischen Phantasie und Wirklichkeit.

Da tauchte die Finnin hinter dem Vorhang auf. Sie hatte ihr flaches Schuhwerk mit eleganten Darcos vertauscht, deren Absätze einen fairen Kompromiss zwischen der Größe ihrer Besitzerin und den möglichen Tanzpartnern darstellten.

»Bereit?«, raunte sie dem Anwalt bedrohlich ins Ohr, nahm seine Hand und wollte ihn mit sich fortziehen.

Colver war jedoch nur schwer vom Fleck zu kriegen. Er gerierte sich wie ein störrischer Esel.

Mit einer Bestimmtheit, die keinen Widerspruch duldete, fügte Helka an: »Den bist du mir schuldig!«

»Schuldig?« Der Anwalt sah ihr mit gespielter Ahnungslosigkeit durch das dicke Glas der Brille ins Gesicht. Dabei entwand er seine Hand geschickt der ihren, um seine Begleitung gleich darauf am Ellenbogen zu fassen und in den Milongasaal zu führen.

»*Was* bin ich schuldig?«, wiederholte er mit freundlicher Bosheit.

Für ein paar Sekunden verharrten sie beide in der Tür, um sich einen Überblick zu verschaffen. Die Milonga war wie meistens am Donnerstag gut besucht. Das gedämpfte Licht tauchte die Anwesenden in eine warme, intime Atmosphäre. Bis auf Ausnahmen herrschte eine gemäßigte, unaufdringliche Eleganz vor.

Durch den wandhohen Spiegel an der Längsseite sah der Raum größer und voller aus, als er tatsächlich war. An den freien Wänden gegenüber standen einige Bistrotische, an denen man sich angeregt unterhielt. Manche waren mit einem Glas in der Hand allein zwischen den Tischen und gönnten sich eine Verschnaufpause oder sondierten die Lage.

Colver hielt die Finnin noch immer am Arm. In dem eng begrenzten Raum zwischen ihnen und der Tanzfläche drängten sich Gestalten beiderlei Geschlechts. Die einen steuerten auf die Bar zu, um sich das Glas erneut vollschenken zu lassen, die anderen begutachteten die Tanzenden mit Kennermiene oder verfolgten amüsiert, wie die zusammengewürfelten Gespanne den Tango meisterten – oder Anstrengungen unternahmen, ihn zu meistern.

Dann wieder gab es den einen oder anderen, der mit Habichtaugen die Teilnehmer scannte – offensichtlich auf der Suche nach einem Opfer, an dem sich die eigenen Künste erproben ließen. Die weiblichen Gäste erwiderten entweder den Blick oder sahen angestrengt weg. Die Rituale beim Tango waren streng und gehorchten dem klassischen Muster.

Im Zentrum von allem aber stand der entschlossene Kreis aus zwanzig oder fünfundzwanzig Paaren, der sich gegen den Uhrzeigersinn um die eigene Achse drehte – und damit den ketzerischen Charakter des Tangos zu bändigen suchte.

Colver näherte seinen Mund dem Ohr der Finnin und fragte, ob sie etwas trinken wolle, doch diese schüttelte den Kopf. Sie akzeptierte keine Verzögerung – sie strebte aufs Parkett. Und ihre Energie übertrug sich auf ihn.

Zuerst achtete niemand sonderlich auf das neu eingetroffene Paar – das änderte sich erst, als es sich mit wenigen Schritten geschickt in den Kreis der Tanzenden reihte, wobei es dank seiner stattlichen Größe alle anderen deutlich überragte.

Doch davon bekam Colver zunächst nichts mit: Er war in seiner eigenen Welt gefangen. Der alte männliche Traum, unsichtbar über dem Tanzboden schwebend, erbot sich, auch von ihm Besitz zu ergreifen, aber noch leistete er Widerstand – noch traute er sich nicht, für die Dauer eines Liedes rückhaltlos an das zu glauben, was die Paare in immer neuen Anläufen ritualisierten: den zarten Hauch der Anziehung, das erste Schmachten, Gewalt und Überwältigung.

Dann ein paar vorsichtige und eher tastende Schritte, *base, calesita, barrida* – und dem Anwalt und seiner Partnerin wurde klar, dass er in den ganzen Wochen seiner unfreiwilligen Abstinenz nichts Wesentliches verlernt hatte. Anfangs noch ein klein wenig ungeübt und *con luz*, gewann er mit jeder weiteren Runde an Sicherheit und Wagemut. Das befeuerte ihn.

Nach und nach wurde man jetzt auf den Anwalt richtig aufmerksam – auf seine unangekündigte Anwesenheit –, und nicht wenige Gesichter hellten sich auf, sobald sich die Blicke unverhofft kreuzten. Schnell machte die Neuigkeit die Runde. Stumme, pantomimisch vorgebrachte Grüße gingen hin und her, man winkte von den Seiten – aber Colver ließ sich nicht beirren. Er tanzte, und er tanzte mit Leidenschaft, unbeugsam, der Sache vorbehaltlos hingegeben – und das wog schwerer als jede körperliche Einschränkung. Er kümmerte sich um nichts außer um die Musik und die Figuren, mit denen er diese kommentierte.

Bald strahlte er über das ganze Gesicht: Endlich hatte er seine Mitte wiedergefunden, seine Selbstsicherheit, sein wahres und einziges Glück. Seine Ausgelassenheit und Lust übertrugen sich unmittelbar auf die Finnin, die natürlich ihren Teil dazu beitrug, dass es gelang, die Figuren leichtfüßig und wie selbstverständlich in die Luft zu zeichnen.

Colver war erstaunt, wie einfach es war, Helka zu führen – ausgerechnet sie, diese schwankende Boje, von der allgemein bekannt war, dass sie sich nicht führen lassen konnte. Natürlich hatte sie das seinerzeit vehement bestritten und in den Vorwurf verwandelt, er sei es, der nicht führen könne.

Offenbar hatten sie beide inzwischen dazugelernt.

Im Raum breitete sich zunehmend jene Selbstvergessenheit aus, die verhinderte, dass sich über all die Stunden Rechenschaft gegeben wurde, die still im nächtlichen Schatten hinter dem Haus verglühten. Man genoss es einfach zu sein – und stellte an das Leben weiter keine Anforderungen.

Später am Abend sah man den Anwalt an der Bar – verschwitzt, glücklich, längst des Gehrocks entledigt, den er über den Hocker gehängt hatte, auf dem er saß; umringt von Laura, der Argentinierin, ihrem Freund Ulrich und einigen Kursteilnehmern, die ihn kannten oder die mit ihm zu tun gehabt hatten und die alle in den Zwischenpausen kamen und die Geschichte seines Unfalls persönlich erzählt bekommen wollten.

Es wurde reichlich Prosecco getrunken, wobei der Anwalt nicht durch besondere Zurückhaltung auffiel. Dass sich die Hüfte hin und wieder schmerzhaft meldete, ignorierte er.

Das Tanzen war eine Befreiung für ihn gewesen. Es war, als hätte er eine langwierige und leidvolle Odyssee hinter sich gebracht. Endlich fühlte er sich in seinem gewohnten Leben wieder angekommen.

Auch Helka tauchte an der Seite ihres Galans von Zeit zu Zeit an der Bar auf – aber immer nur für ein paar Schlucke aus ihrem Glas. Seit Colver mit ihr das Tanzbein geschwungen hatte, war sie nicht mehr zu halten und meist gleich wieder auf dem Weg zurück aufs Parkett.

Nach gefühlten zwei Flaschen Prosecco kam für den Anwalt der Moment, wo er sich entschuldigen musste, um den Waschraum aufzusuchen. Mit einer eleganten Bewegung griff er in den Kragen des Gehrocks und hob ihn vom Barhocker. Das Kleidungsstück salopp über den Schultern, verschwand er in Richtung Treppenhaus.

Nachdem er seine Blase entleert hatte, betrachtete er vor dem Waschbecken sein Gesicht ausgiebig im Spiegel und wusch sich die Hände. Dann holte er aus der Innentasche des Gehrocks, der an der Türklinke hing, eine Schachtel mit Aspirin und drückte zwei Tabletten aus der Folie, die er sich hintereinander in den Mund schob und schluckte. Daraufhin nahm er die Brille ab und steckte sie zu der Aspirin-Schachtel im Innenfutter. Er knöpfte den Kragen auf, öffnete das Hemd weit und klatschte sich Wasser in den Nacken. Wieder leidlich klar im Kopf, schob er die Brille zurück auf die Nase und trat den Rückweg zu den anderen an.

Er hatte gerade den Waschraum verlassen, als ihm aus dem Tanzsaal Alex entgegenkam. Sie trug ein hautenges, dunkelgrünes Paillettenkleid, hatte die hellblonden Haare hochgesteckt und um den weißen, sehnigen Hals einen kleinen, eingefassten Malachit. Sie sah bezaubernd aus. Er hatte sie gar nicht erkannt. Und sie hatte sich gut vor ihm verborgen gehalten.

Alex wollte in den Umkleideraum und schien ihn nicht zu bemerken.

»Willst du etwa schon gehen?«, sagte Colver mit sonorer, aber gedämpfter Stimme.

Alex hob verblüfft den Kopf und sah ihn an, ein Funkeln in den Augen. Aber sie verzichtete darauf, etwas zu sagen.

Keiner von beiden wusste, wie es geschah, doch es geschah. Sie gingen wortlos aufeinander zu, bis sich ihre Gesichter fast berührten. Dann küssten sie sich. Ausschweifend, dauerhaft, intensiv.

»Lass uns gehen«, flüsterte der Anwalt. »Jetzt. Direkt. Ohne Umstände. Ohne dass wir uns von den anderen groß verabschieden.«

Unter Verzicht auf eine Antwort, holte er die Krücke aus dem Versteck, die Alex verwundert zur Kenntnis nahm, und lief ihr voraus die enge Treppe hinunter.

Draußen war die Luft lau und duftete nach dem kommenden Morgen. Die ersten Vögel zwitscherten bereits.

Bevor sie den Hof verließen, drehte er sich Alex zu, nahm sie an beiden Armen und lenkte sie rückwärts zur Hauswand. Sachte drückte er sie mit seinem ganzen Gewicht gegen den Verputz. Der unerwartete Erfolg, mit dem er die Milonga bestritten hatte, gab ihm seine natürliche Energie zurück. Er fühlte sich sicher, unangreifbar, souverän. Er nahm ihren Kopf in die Hände und salbte ihre Lippen mit seinem Atem. Leicht öffnete sie den Mund.

Intensiv und voller Hingabe küssten sie sich ein weiteres Mal.

Alex entging nicht, wie erregt der Anwalt war. Sie presste ihren Schenkel gegen sein hartes Glied wie eine Aufforderung.

Auf dem Weg zu ihrem Zuhause wussten beide, dass der Abend diesmal nicht vor ihrer Tür mit dem Austausch höflicher Beschwichtigungen enden würde.

Die Drei-Zimmer-Altbauwohnung im dritten Stock, in der sie lebte, war klein, aber geschmackvoll eingerichtet. Im Wohnzimmer eine mit weißem Leder bezogene Couch, über der ein großes gerahmtes Bild in wilden Farben hing. Vom Flur aus konnte man ins Schlafzimmer blicken, das von keiner Tür und keinem Vorhang abgetrennt wurde. Ein kleiner Raum mit einem schönen alten, zweiflügeligen Fenster, in dem sich außer einem eleganten, schwebenden Futon aus Kirschholz und einem Paravent in der Ecke kein weiteres Möbel befand.

Die Wohnung dünstete ein feines Aroma trauriger Freiheit aus – den Geruch von etwas, das nicht wegen Gebrauchs seine Neuheit verloren hatte, sondern lediglich wegen des Verstreichens ungenutzter Zeit. Er konnte regelrecht spüren, dass es länger her sein musste, dass ein Mann ihre Wohnung betreten hatte.

Schon im Flur schob er ihr das Kleid über die Hüfte. Den Gehstock überließ er blind einer verwaisten Bodenvase. Sie entledigte sich ihres Slips und legte ihre Hand an seine Hose, um das Pochen des Schwanzes zu spüren.

Trotz gewisser Einschränkungen gelang es ihnen, sich im Flur, der zu einer Art begehbarem Schrank umgebaut war, auf dem harten, nur mit einem Kelim bedeckten Parkett zu lieben.

Danach zogen sie ins Schlafzimmer um. Nackt hockten oder lagen sie auf dem Futon, für sich oder mit ineinander verschlungenen Gliedmaßen, und gaben sich halb verstohlen, halb schmunzelnd der Pflege ihrer strapazierten Knochen hin. Endlich verschwand Alex in der Küche und kam mit einer Flasche Rotwein und zwei Gläsern zurück.

Während sie tranken, unterhielten sie sich über alle möglichen Dinge, umgingen dabei aber Themen, die die Vergangenheit zu sehr in den Fokus rückten – namentlich Daniela, der Alex neuerdings beharrlich aus dem Weg ging.

Natürlich erzählte ihr Colver von seinem Unfall, und Alex gestand ihm, dass sie anfangs geglaubt hatte, er käme wegen des Vorfalls vor ihrer Haustür nicht mehr zum Tango.

Nachdem die Flasche zu zwei Dritteln geleert war, verspürte der Anwalt plötzlich eine große Zärtlichkeit für sein Gegenüber – und er musste sich eingestehen, dass er sich schon sehr lange zu Alex hingezogen fühlte und es sogar fertiggebracht hatte, dies vor sich selbst zu verheimlichen.

Sie liebten sich ein weiteres Mal, diesmal deutlich gelassener, und sanken daraufhin erschöpft in den Schlaf.

Am späten Vormittag erwachte der Anwalt. Alex neben ihm schlief noch, und ohne sie zu wecken stahl er sich aus dem Bett. Zwischen seinen Sachen auf dem Sofa suchte er das Handy. Während er mit der Hand den Schmerz in der Hüfte zu besänftigen suchte, sagte ihm ein Blick auf das Display, dass sich der Zollkommissar immer noch nicht gemeldet hatte. Das beunruhigte ihn.

Als er und Alex gefrühstückt hatten, liebten sie sich erneut, vielleicht eine Spur etwas zu routiniert. Anschließend duschte er und verließ seine frische Liebe schließlich am frühen Nachmittag mit dem dürren Hinweis, dass er noch einen wichtigen Anruf zu erledigen habe, den er besser in seinem Büro absolviere. Er verabredete sich mit ihr für den Sonntag in einem neu eröffneten Restaurant, von dem man in der Zeitung schwärmte.

Alex' Augen spiegelten im Hintergrund ihre Angst vor Enttäuschung, was ihm leidtat. Gern hätte er sie ihr genommen, aber im Moment sah er keine Möglichkeit, um sie in das Geschehen einzuweihen. Er tröstete sich mit dem Gedanken, sie ja in zwei Tagen wiederzusehen.

Zu diesem Zeitpunkt konnte Colver freilich noch nicht ahnen, dass er am Sonntag gar nicht mehr in München weilen würde.

ACHT

Eine Woche vor der Wintersonnenwende brachte der erbarmungslose sibirische Wind die Eiszeit in das vorweihnachtliche Moskau des Jahres 1997. Viele Obdachlose, die sonst auf trostlosen Industriebrachen lebten oder in trockenen Kellern leerstehender Häuser, zog es zu den Fernwärmeleitungen, die in den Außenbezirken jenseits der konzentrischen Ringstraßen größtenteils oberirdisch verliefen. Mit geröteten Gesichtern und Plastiktüten, in denen das ganze Hab und Gut verwahrt wurde, sah man sie zu den dickleibigen Stahlrohren pilgern, um in deren unmittelbarer Nachbarschaft ein provisorisches Lager aufzuschlagen. Zähe Gestalten, mit verfilztem Haar und unsicherem Gang, die unter löchrigen Planen Quartier bezogen, wo sie zwischen Lumpen und feuchter Pappe den Wodka kreisen ließen – oder über der blauen Flamme eines Gaskochers die steif gefrorenen Finger bewegten.

Verließ man die Peripherie und näherte sich stattdessen dem Stadtzentrum, verschwanden zwar die Rohre samt der Clochards aus dem Straßenbild, dafür aber wurde der Geruch nach Kerosin oder Kohlengas, der durch die Häuserschluchten waberte, aufdringlich und lästig. Das zentralisierte Heißwassersystem war dermaßen marode, dass die Bewohner sich Öfen in die Wohnungen stellten und die Abgase über Blechrohre durch die Fenster ins Freie leiteten, wo sie die Außenwände verrußten.

Orlov blickte von der Sohle der steilen, verwahrlosten Betontreppe nach oben in das rechteckige Stück blauen Himmels und fragte sich, wo Asja blieb. Es waren bestimmt bald vierzig Minuten, die er hier unten schon vergeblich auf seine Komplizin wartete, und langsam kroch ihm die bittere Kälte an den Beinen hoch. Er befühlte das Telefon in der Hosentasche, dessen Konturen sich durch den Stoff drückten, und überlegte hin und her, ob er eine SMS senden oder anrufen sollte, entschied sich aber schließlich dagegen. Man musste aufpassen, dass man sich mit den Spuren, die man hinterließ, nicht verriet.

Vorige Woche hatten Asja und er in der Nähe der Metro-Station Kitai-Gorod eine weitere, offensichtlich seit Jahren oder Jahrzehnten verschollene Metro-Station entdeckt, eine, von der sie sofort dachten, dass sie noch aus Sowjetzeiten stammte und vermutlich einmal zu dem geheimen Netz gehört hatte, das den Kreml mit strategisch wichtigen Punkten der Stadt verbunden haben könnte – angeblich mit dem Regierungsflughafen oder der Zentralen Kommandostelle der Luftabwehr. Die Metro mit der mutmaßlichen Nummer Zwei hatte nach dem Zusammenbruch den Betrieb eingestellt, und so schimmelte die Anlage seitdem vor sich hin. Jelzin musste zu betrunken gewesen sein, um das Potential zu erkennen.

Ein rostiges Eisengitter, vor dem Müllcontainer geparkt, versperrte oben den Zugang, der versteckt zwischen den Y-förmigen Betonträgern einer Straßenüberführung lag. Auf Hüfthöhe hatte jemand ein großes Loch ins Gitter geschnitten, sodass man hindurchklettern und in den Stollen vordringen konnte. Man musste allerdings ziemlich aufpassen, damit einem der lose Stahl keine Löcher in die Klamotten riss – insbesondere, wenn man eine Steppjacke aus Nylon trug, was bei dieser Kälte das von den Moskauern bevorzugte Kleidungsstück war.

Im Untergeschoss dieser namenlosen Station wartete er nun. Ein zweites Mal war er mit Asja an diesem Ort verabredet.

Orlov hatte es kaum erwarten können, dass die Herbstferien zu

Ende gingen und seine Freundin mit ihren Eltern vom Schwarzen Meer zurückkehrte. Er brannte darauf, ihr sein Geschenk zu übergeben – jenes Mobiltelefon mit farbigem Display, das er an der Tankstelle aus dem Mercedes der sonnenstudiogebräunten Besitzerin entwendet hatte. Seitdem litt er allerdings an einer beständigen Unruhe, die ihn dazu zwang, sich in der Öffentlichkeit immer wieder umzudrehen und nach Verfolgern Ausschau zu halten.

Vor gut vier Wochen war es dann so weit: Asja kehrte wohlbehalten aus dem Urlaub zurück – was leicht aus dem Umstand zu erschließen war, dass aus der Wohnung unter ihm allerlei vertraute Geräusche zu ihm heraufdrangen.

Die Übergabe fand gleich am ersten Schultag statt. Ehrfürchtig nahm Asja das Geschenk entgegen, in einem zeremoniellen Moment, den er akribisch vorbereitet hatte – in der letzten Reihe des Pobeda Cinema in der Nähe der Metro-Station Proletarskaja.

Am Morgen jenes Tages war er mit einem beunruhigend unangenehmen Schwindel im Kopf erwacht. So etwas hatte er noch nie zuvor erlebt, doch als er nach einer kalten Dusche aus der Badewanne stieg, gehörte das Unwohlsein der Vergangenheit an. Schnell hatte er den Zwischenfall vergessen.

Beim Frühstück kam es zu einer scharfen Auseinandersetzung zwischen ihm und dem Vater, weil er sich über den letzten Schinken im Kühlschrank hergemacht hatte, ohne auch nur ein Fitzelchen übrig zu lassen. Sein alter Herr machte eine Riesensache daraus. Doch die Schimpftiraden, die in regelmäßigen Abständen auf ihn niedergingen, hatte er schon lange satt, und an dem Tag war das Fass endgültig übergelaufen. So hatte er sich aufgebracht erhoben, um sich ohne ein Wort des Abschieds aus dem Staub zu machen. In seinen Augen hatte sich der Vater in den vergangenen Jahren sowieso blamiert und als Versager erwiesen, der keinen Respekt verdiente. In einem wütenden Selbstgespräch fasste er auf dem Weg zur Schule den Entschluss, auf keinen Fall vor dem späten Abend zurückzukehren. Er wollte die Eltern schmoren lassen.

Asja und er besuchten die Schule 1084, die eine gute halbe Stunde zu Fuß von der Kolomenskaya entfernt lag – drei Stationen mit der Metro. Die Schule bestand aus zwei mehrgeschossigen Plattenbauten, deren Dach- und Außenkanten gelb markiert waren und die sich gegenüberlagen, getrennt nur von einem schmalen, geteerten Schulhof, auf dem die Klassen in den Pausen aufeinandertrafen.

Als er vor neun Jahren von seiner Mutter zu dieser Adresse begleitet worden war, wo er eingeschult werden sollte, hatte diese stolz auf die für sowjetische Verhältnisse geradezu heitere Fassade gedeutet und gemeint: »Bestimmt sind hier die Korridore nicht so düster und dunkelbraun gestrichen wie überall sonst.«

Damals war er sieben und trug den obligatorischen dunkelblauen Anzug.

Sie sollte recht behalten. Es gab sogar einen Fernseher und einen Videorecorder, die allerdings nur zu wirklich besonderen Anlässen aus der Asservatenkammer hervorgeholt wurden. Dass neue Zeiten anbrechen würden, lag in der Luft.

Im Unterricht war Orlov unkonzentriert. Seinem Klassenlehrer Rjabow fiel das auf, aber weil es sich um den ersten Schultag nach den Ferien handelte, übte er Nachsicht. Was seinen Schüler tatsächlich beschäftigte, ahnte er nicht.

Das war natürlich das Geschenk, das er für Asja dabei hatte. Eingeschlagen in einem Geschirrtuch steckte es zwischen Büchern und Heften in seiner Schultasche. Orlov wusste, dass es zu heikel war, Asja das Telefon in der Schule zu übergeben. Wenn es jemand mitbekam, konnte das für sie beide unerwünschte Konsequenzen haben. Außerdem sah man sie hier sowieso kaum zusammen. Keiner der Mitschüler oder Lehrer sollte mitbekommen, dass er und Asja in einem seltsam vertrauten Verhältnis zueinander standen. Es war ihr Geheimnis, und niemand sollte davon wissen. Deshalb fing er seine Freundin in der Pause beim Hausmeisterlädchen ab und nahm sie unauffällig beiseite, bevor sie sich an der Schlange anstellen konnte.

Nachdem sie ihre Stundenpläne miteinander abgeglichen hatten, zeigte sich, dass an diesem Tag sein Unterricht zwei Stunden früher endete als der ihre.

Er fragte Asja, ob es ihr möglich sei, bis zum frühen Abend von zu Hause wegzubleiben, ohne dass sie daheim Ärger bekam – und als sie nickte, verabredete er sich mit ihr unter geheimnisvollen Andeutungen für die Nachmittagsvorstellung vor dem Pobeda Cinema, einem Kino im Stil des Stalin-Empire, das über mehrere Säle verfügte.

Als Orlov am frühen Nachmittag das Gelände der Schule verließ, hatte er noch gut drei Stunden zu überbrücken, bevor die Kinovorstellung beginnen sollte. Er beschloss, zur Haltestelle zu gehen, die nur wenige Schritte entfernt beim Pawelezer Bahnhof lag. Von dort wollte er mit der Straßenbahn in Richtung Kino aufbrechen.

Um diese Zeit war die Tram relativ leer. Ein paar Leute verteilten sich auf die beiden zusammenhängenden Waggons. Kein Fahrgast nahm Notiz vom anderen. Früher hatte es immer welche gegeben, die sich hinter dicken Schmökern verschanzten, doch mittlerweile starrte jeder ungerührt und ausdauernd in ein undeutliches Nichts. Ganz vorne, direkt bei der Fahrerkabine, entdeckte er ein Pärchen im mittleren Alter, jeder mit einer großen Tasche auf dem Schoß. Vielleicht kehrten die zwei von einer Reise zurück – oder es waren Touristen, die auf dem Weg zu einer Privatwohnung waren, die sie für ein paar Tage preiswert gemietet hatten, um Moskau kennenzulernen. Viele Rentner versuchten auf diese Weise, ihr trostloses Schicksal abzumildern, das ihnen der gesellschaftliche Umbruch beschert hatte.

Orlov rutschte auf die leere Bank und nahm am Fenster Platz. Neben sich stellte er die Schultasche ab, damit niemand auf die Idee kam, den Platz zu beanspruchen. Zwischen sich und dem Pärchen vor ihm waren zwei Reihen. Er sah nach draußen auf die vorbeiziehenden Fassaden und versank schnell in Gedanken, was vom einlullenden Geschaukel und Schlingern der Bahn noch unterstützt wurde – trotz der quietschenden Gleise.

Kurze Zeit später stand er am Ausstieg. Er wartete darauf, dass die Straßenbahn die Haltestelle erreichte, die ganz in der Nähe des Klosters mit der Wehrmauer und den blauen und goldenen Zwiebeltürmen lag. Zwar wusste er nicht recht, wie er die Zeit, die bis zur Vorstellung blieb, hinter sich bringen sollte, doch stieg er lieber hier aus, als noch die drei Stationen bis zum Kino weiterzufahren. Zwischen den hohen Mietskasernen, dem Berufsverkehr und den ruhelosen Ampeln gab es nirgends einen Platz, wo man sich hätte ungestört aufhalten können. Hier bei der weitläufigen Anlage der Klosterbauten allerdings befand sich ein Park und das Ufer der Moskwa. Es war ruhiger, und er konnte sich vorstellen, in der Gegend ein bisschen herumzustreunen. Er wollte sich die Einzelheiten überlegen, mit denen er die Übergabe des Handys in etwas verwandeln konnte, das Asja und ihn für immer aneinanderband.

Die Hand an der Haltestange, richtete er den Blick mal hierhin, mal dorthin, bis er auf einen flachen, schmalen Gegenstand stieß, der in einem Etui zu stecken schien. Unbeachtet lag er auf dem Boden zwischen Fahrerkabine und Sitzbank, genau dort, wo das Pärchen gesessen hatte.

Fast getraute er sich den Gedanken, der ihm sofort in den Kopf schoss, nicht zu denken. Er war ihm unheimlich.

Was da lag, war ein Mobiltelefon.

Es ging alles ganz schnell. Orlov trat einen Schritt vom Ausstieg zurück, bückte sich, griff nach dem Telefon und ließ es in der Jackentasche verschwinden. Im Rücken hörte er das Zischen, von dem das Aufgehen der Türen begleitet wurde. Er drehte sich um, machte einen Satz und sprang auf die Straße.

Ohne sich groß darum zu scheren, was hinter ihm vorging, rannte er mit klopfendem Herzen über den mehrspurigen, aber nur mäßig befahrenen Fahrdamm und hielt auf den kleinen Park zu, der das Kloster von der Moskwa trennte. Er wollte allein sein und das Telefon, das ihm von der Vorsehung vor die Füße gelegt worden war, genauer in Augenschein nehmen.

Noch immer konnte er sein Glück nicht fassen. Was ging da vor sich? In wenigen Tagen war er in den Besitz zweier Mobilgeräte gekommen, die er sich niemals hätte leisten können.

Bekam er Hilfe von außen – von irgendwelchen Aliens, die unsichtbar über Moskau schwebten, seine Gedanken lasen und seine Pläne kannten?

Für einen kurzen Moment fragte er sich, ob das Gerät vielleicht kaputt war, und um Gewissheit zu erlangen, holte er es hervor und betätigte im Gehen die Einschalttaste. Beruhigt schöpfte er Atem, als das Freizeichen an seinem Ohr ertönte. Jetzt brauchte er sich in Istra vor den Bloggern nicht mehr zu schämen. Er war mit ihnen auf Augenhöhe. Er und Asja waren ihnen jetzt ebenbürtig.

Auf einer sonnigen Bank ließ er sich nieder. Er genoss die Wärme auf der Haut und das Gekrächze der Krähen. Niemand war in der Nähe, von dem er hätte beobachtet werden können. Kein Hooligan, der seinen Schäferhund freilaufen ließ, kein fotografierender Tourist, der von einem riesigen klimatisierten Bus vor dem Kloster ausgeladen worden war. Er stellte die Schultasche zwischen die Füße und entfernte die SIM-Karte aus dem Telefon, die er in den Mülleimer warf. Dann betrachtete er genauer, was er da in der Hand hielt. Es war ein Gerät der Marke Nokia, nicht so elegant wie das, was er nachher Asja zu übergeben gedachte. Es verfügte über kein farbiges Display, aber für seine Ansprüche durfte es wohl genügen.

Asja gegenüber würde er nicht verraten, dass auch er ein Telefon besaß. Aber er würde sie in der Nacht mit einer SMS überraschen.

Er würde darin schreiben, dass sie nun über einen eigenen Kanal verfügten, über den sie sich Tag und Nacht austauschen und ihre geheimsten Gedanken kundtun konnten.

Eine Krähe, die im Licht an der Halskrause lila schimmerte, hüpfte vor seine Füße.

Aus den Gedanken gerissen, beobachtete er das Tier, die dunklen, aufmerksamen Augen, mit denen es den Sandweg penibel scannte, den seltsam unsicheren Gang, mit dem es sich fortbewegte.

Je länger er den Vogel beobachtete, desto feindseliger kam er ihm vor, so, als wäre er förmlich darauf angesetzt worden, ihn in seinen Gedanken zu stören.

Und als sich dieser Eindruck in ihm verfestigt hatte, spürte er, wie der Druck von heute Morgen zurückkehrte, wie er sich auf die Stirn legte; eine Benommenheit, die sich nur allmählich in einem Gefühl auflöste, das zwischen Angst und Aggressivität schwankte. Voller Argwohn die Krähe anstarrend, hatte er keinen Zweifel mehr, dass er von ihr verfolgt wurde, bedroht. Er sprang auf, um das Tier zu verjagen, trat ein paarmal nach ihm, bis es anfing, mit den Flügeln zu schlagen und wild zu krächzen. Als er begriff, dass es offenbar verletzt war und trotz heftigen Flatterns seinen Körper nicht in die Luft zu heben vermochte, erhöhte sich seine Aggressivität und er ging dazu über, dem Vogel nachzusetzen. Es genügte ihm nicht mehr, die Krähe zu vertreiben. Er spürte irgendwo in sich drinnen, dass er sie töten wollte.

Es war eine rätselhafte Alchemie, die in seinem Inneren ablief, eine Prozedur, bei der es vielleicht darum gehen mochte, einen Dämon zu bannen oder in einem mystischen Tauschhandel eine Schuld zu begleichen, vielleicht ging es aber auch einfach nur darum, sich gewaltsam aus einer eingebildeten Verstrickung zu lösen.

Wie betäubt trat er immer heftiger nach dem Vogel, versuchte ihn gleichzeitig mit den Händen zu packen, doch als diesem in seiner Todesangst schließlich die Flucht ins Gebüsch gelang und Orlov genötigt war, zur Besinnung zu kommen, wusste er, schwer atmend, selbst nicht mehr, was gerade in ihm vorgegangen war.

Als er später vor den Treppen zum Kino auf Asja wartete, ging ihm all das wie das Echo eines unglaubwürdigen, aber heiligen Akts durch den Kopf; wie die hyperreale Erinnerung an eine Welt, in der sein Ich von ihm abgetrennt gewesen war.

Orlov brauchte nicht lange warten, da erkannte er vor sich in der Menge die Gestalt Asjas. So zierlich sie war, übersehen konnte man sie nur schwerlich.

In ihrem Parka und der khakifarbenen Armeemütze wirkte sie wie eine Guerilla. Freudestrahlend lief sie auf ihn zu. Es war das erste Mal seit dem gemeinsamen Ausflug nach Istra, dass sich ihnen die Gelegenheit bot, unter vier Augen zu sprechen.

Als sie vor ihm stand und ihn in ihren warmen, von Pfefferminz kalibrierten Atem tauchte, hätte er ihr am liebsten gleich sein Geschenk überreicht – wortlos, ungeduldig, voller Vorfreude. Es kostete ihn seine ganze Kraft, den Coolen zu spielen und mit halbwegs neutraler Stimme zu sagen: »Ich glaube, wir sollten gleich hineingehen.«

Dass er sich für die Begrüßung keine halbe Sekunde Zeit nahm, war eine Art Übersprunghandlung. Er übersprang die Begrüßung und die Frage, wie es denn am Schwarzen Meer gewesen sei, um auf keinen Fall der Gefahr ausgesetzt zu sein, vor lauter übersprudelnder Gefühle den Plan aus den Augen zu verlieren, an dem er sich jetzt im Stillen festkrallte wie an ein rettendes Treibholz. Es war eine für seine Psyche komplizierte Situation.

Dazu kam, dass er sich jetzt, da er mit ihr inmitten all der an ihnen vorbeiströmenden Passanten allein war, einigermaßen beklommen vorkam. Mit einmal war ihm die Vergangenheit, die sie miteinander teilten, peinlich. Schon der bloße Gedanke an das, was sie vor den Ferien miteinander angestellt hatten, bereitete ihm Unbehagen. Ganz zu schweigen von der Vorstellung, Asja zu küssen. Er wusste ja überhaupt nicht, ob noch galt, was in Istra zwischen ihnen gegolten hatte. All diese Zweifel fanden Ausdruck in einem brüsken, ungeschliffenen Verhalten.

»Worum geht es denn in dem Film, den du ausgesucht hast?«

Asja sah den Freund prüfend an. Auch sie wirkte jetzt ob der unverständlichen Kühle ihres Freundes verunsichert. In ihrem Blick lag aber keinerlei Vorwurf.

Als ihr Orlov die Antwort schuldig blieb, folgte sie ihm resigniert die Stufen zum Gebäude hinauf.

Oben angekommen unternahm sie einen zweiten Versuch.

»Ich freue mich, ich war schon so lange nicht mehr im Kino.«

Zur Antwort bekam sie nur ein schiefes Lächeln. Sie kam nicht auf den Gedanken, dass das seltsame Verhalten ihres Freundes nur Ausdruck seiner Überforderung war.

Orlov glaubte, sie beide durch eine äußerst zähe Masse dirigieren zu müssen. Das fraß seine ganze Energie.

Bevor er und Asja durch das Portal in den Vorraum des Gebäudes traten, blieb er mit der Hand an der Klinke stehen und drehte sich zu seiner Begleitung um: »Pass auf«, raunte er, »es geht nicht um irgendeinen Film, es geht um was ganz anderes.«

Asjas Gesicht verwandelte sich in ungläubiges Staunen.

»Wir gehen *nicht* ins Kino?«

»Doch. Aber es geht nicht um den Film auf der Leinwand.«

»Wie meinst du das?«

»Ich habe etwas, das ich dir geben will. Unbedingt.« Er spürte, wie das Blut in seinen Kopf stieg. »Ein Geschenk.«

Jetzt war es heraus.

»Warum gibst du's mir nicht hier?«

»Ich will, dass es dunkel ist. Das ist würdiger«, fügte er hinzu und drückte energisch die Klinke nach unten, um den Vorraum mit den drei Kassen zu betreten.

Gut entsann er sich noch, wie groß seine Erleichterung gewesen war, als er beim Betreten des Saals feststellte, dass sich an diesem Nachmittag außer ihnen beiden kaum jemand entschlossen hatte, ins Kino zu gehen. Es war ein tschechoslowakischer Film, den er gewählt hatte, damit dessen unverständliches Kauderwelsch sie nicht in ihrer Aufmerksamkeit füreinander störte. Irgendein stumpfsinniger Zeichentrickfilm, der ein paar verlorene Gastarbajteri und Mütterchen mit patriotischen Gefühlen angelockt hatte und für Asja und ihn nur als Geräuschkulisse fungieren würde.

Im Saal waberte leise Musik. Die Stühle waren mit rotem Cord bezogen, die Leinwand verbarg sich hinter einem Vorhang aus dunkelrotem Samt.

Orlov lotste Asja über die sanft ansteigende Treppe in die letzte Reihe hinauf, wo sie unterhalb der gemauerten Scharte, hinter der sich der Projektor verbarg, ihre Plätze einnahmen. Während sich seine Begleitung geräuschvoll aus dem Parka schälte, holte er heimlich das Geschenk aus der Schultasche und ließ es unter seinem Pullover verschwinden. Die Steppjacke behielt er an.

Man sah die beiden nun steif nebeneinandersitzen, den Kopf geradeaus auf Vorhang und Bühne gerichtet.

»Willst du deine Jacke nicht ausziehen?«

Orlov zeigte keine Reaktion. Mit stummem Kalkül wartete er ab, bis es im Saal dunkel wurde und auf der Leinwand das erste Bild aufflammte.

Der Zeichentrickfilm stammte aus den sechziger Jahren und war in Schwarz-Weiß. Es gab eine Figur, die Dubček ähnelte, dazu massenhaft schlecht rasierte Kollaborateure, heldenhafte Spitzel und Panzer, die wie überdimensonierte Käfer aussahen.

Konzentriert verfolgte Orlov die Untertitel. Er wartete einige Minuten ab, bis sich die Handlung entfaltete und man begriffen hatte, worum es ging. Dann fasste er unter den Pullover und holte das Handy hervor. Mit dem Daumen drückte er wahllos das Tastaturfeld, sodass das Display in der Dunkelheit farbig aufglühte, wandte sich seiner Sitznachbarin zu und hielt ihr mit beiden Händen das strahlende Telefon wie eine Opfergabe hin.

»Da«, flüsterte er unbeholfen.

Asja verstand zuerst gar nicht, was Orlov meinte. Ihr Blick wechselte von dem Gerät zum Sitznachbarn und wieder zurück. Im bunten Schein des Displays schien ihr Gesicht eine verworrene, unklare Liebe auszudrücken.

»Du spinnst«, entfuhr es ihr mit halb erstickter Stimme.

»Shenja ...«

Statt etwas zu erwidern, blickte Orlov sie nur erwartungsvoll an.

»Probier's schon aus«, forderte er ungeduldig mit einer Stimme, die stark zwischen laut und leise schwankte.

In diesem Moment erlosch das Display wieder.

»Hier? Während der Vorstellung?«

Orlov hob den Kopf und blickte befremdet zur Leinwand.

Erst jetzt registrierte er die Filmmusik, die den Saal mit Emotionen füllte.

Asja drückte theatralisch das Gerät gegen ihr Brustbein.

Alles zwischen ihnen verlief unterhalb der Realität, die den Kinosaal dominierte und von den Bildern und der Musik erschaffen wurde. Es war, als hätten sie sich in den Souffleurkasten zurückgezogen, um nicht länger von jener Welt behelligt zu werden, die sich zwischen Tapeten und Leinwand aufblähte.

Orlov spürte den Druck, den all die Gefühle aufbauten, die in seinem Herzen und seinen Adern köchelten. Verliebt über beide Ohren, hielt es ihn nur mit Mühe an seinem Platz. Er wusste einfach nicht, wohin mit den irren temperierten Empfindungen, die einen unglaublichen Rausch erzeugten. Am liebsten hätte er Asja an sich gerissen und mit Haut und Haar verschlungen, einfach, um sich Luft zu machen.

Und seine Nachbarin? Ihr erging es ähnlich, obgleich sie ganz anders als Orlov empfand. Zwar sehnte auch sie sich nach körperlicher Nähe, aber ganz zart, sanft, geradezu vegetativ.

Noch vor der Hälfte des Films hielten die beiden es nicht länger aus, erhoben sich von ihren Plätzen und verließen das Kino wieder.

Draußen war es bereits dunkel, als sie die Stufen hinabrannten. Die Bewegung tat gut, denn sie eröffneten dem Überschuss der Gefühle einen Ausweg. Trotz Dunkelheit und dem Feierabendverkehr, der die Straßen verstopfte, verzichteten sie auf die Metro und gingen zu Fuß. Innerlich viel zu aufgewühlt, um still sitzen zu können, wussten sie sich nicht anders zu helfen, als unter einem violetten und tiefhängenden Himmel durch die Häuserschluchten in Richtung Kolomenskaya zu eilen.

Nach einer Weile legte sich die Unruhe, und ihr Gang, der immer noch zügig war, nahm eine mit der Umgebung besser vereinbare Geschwindigkeit an. Orlov stellte sich insgeheim die Frage, ob er seiner Begleitung erzählen sollte, wie er in den Besitz des

Telefons gekommen war. Doch glücklicherweise besiegte die Vernunft den Überschwang seines Herzens.

Die Luft schmeckte nach Ruß und erwies sich bald als derart beißend kalt, dass Orlov gezwungen war, den Kragen hochzuschlagen und den Kopf so weit einzuziehen, dass Mund und Nase geschützt waren. Auch Asja atmete inzwischen durch den Schal, hinter dem sie ihr Gesicht bis zu den Augen in Deckung brachte.

Für die Außenwelt wirkte die Guerilla-Freundin an der Seite des jungen Mannes verloren, so entrückt schien sie mit den abgerundeten, nach vorn gebeugten Schultern, dem in sich gekehrten Blick. Aber der Eindruck täuschte. Höchst sensibel reagierte sie auf das kleinste Anzeichen, das einen Kurswechsel ankündigte. Als Orlov ohne Vorwarnung den Bürgersteig verließ und schräg über die Straße lief, um in einem Münzwaschsalon mit beschlagenen Scheiben zu verschwinden, konnte es darum nicht verwundern, dass ihm die Gefährtin einen halben Schritt später folgte – und zwar ohne sich über sein unachtsames Verhalten aufzuregen. Im Fernseher hinter einem Fenster sah sie, dass es irgendwo schneite.

»Hier kann man sich aufwärmen«, sagte Orlov hörbar erleichtert und riss den Reißverschluss der Jacke auf.

Die warme Luft war erfüllt von dem Geräusch der Waschtrommeln und dem Geruch nach Weichspüler.

Asja stand einfach nur da und sah sich um, als wenn sie noch nie zuvor eine solche Lokalität betreten hätte.

Der schlauchartige Raum wurde der Länge nach geteilt von einer Doppelreihe Waschmaschinen, denen auf jeder Seite Resopalstühle gegenüberstanden, die nur zu einem geringen Teil besetzt waren, von zwei jungen Männern und einem älteren Ehepaar. Unter dem Fenster befand sich ein großer Tisch, auf dem die Wäsche zusammengelegt werden konnte. Von der unverputzten

Decke warfen Neonröhren helles Licht in die blasse, von Wasserdampf gesättigte Luft, die den Zementboden stellenweise dunkel färbte.

»Jetzt teste doch mal das Telefon?« Orlov sah sie auffordernd an. »Ruf Boris an.«

»Meinen Bruder? Spinnst du?«

Kurz darauf rief sie an. Das heißt, sie drückte auf dem Tastaturfeld nacheinander die Ziffern seiner Nummer, ließ es klingeln – und unterbrach die Verbindung, als sie Boris' Stimme vernahm. Als Schüler der Oberstufe, die auf Informatik und Computertechnik spezialisiert war, besaß der Bruder natürlich ein Mobiltelefon – in einem solchen Fach war das für die Beteiligten geradezu Pflicht.

»Ja?«

Asja war klar geworden, dass Boris die Nummer, von der er angerufen wurde, unbekannt sein musste. Sicherheitshalber aktivierte sie aber die Rufnummernunterdrückung, nachdem sie zusammen mit ihrem Begleiter das Menü ihres Telefons durchforstet hatte.

Später, als nur noch das ältere Ehepaar schweigend und mit gesenktem Blick den ewigen Regen erduldete, den die sanft laufenden Waschmaschinen in den Ohren erzeugten, sah man die beiden im hinteren Teil wild herumknutschen. Zwar hatten Shenja und Asja schon als Kinder im Hof miteinander gespielt, doch erst im Birkenwäldchen fanden die widerstreitenden Empfindungen, die sie im Lauf der Jahre füreinander entwickelt hatten, zusammen – um sich in den Wochen bis heute zu völliger Durchsichtigkeit zu klären. Nun brachen die Gefühle wie bei einem Rohrbruch mit Gewalt aus ihnen heraus.

Als sie endlich den Weg nach Hause antraten, erzeugte das Vibrato ihrer Seelen eine Verzücktheit, die sie unisono beschließen ließ, auf *Hochzeitsreise* zu gehen. Genau das war das Wort, das sie verwendeten. Vorbild war ihnen der heutige Nachmittag. So oft wie möglich wollten sie von nun an nach der Schule gemeinsam durch die Stadt streifen und Orte wie den Waschsalon oder das Pobeda Kino entdecken. Moskau hatte plötzlich sein Gesicht verändert. Sie begriffen, dass die riesige Metropole unendlich viele Geheimnisse barg, die alle nur darauf warteten, von ihnen gelüftet zu werden.

In der vergangenen Woche hatten sie dann zufällig diese Station ausfindig gemacht, in deren Untergeschoss er nun von einem Bein aufs andere trat und frierend auf Asja wartete. Es war das zweite Mal, dass sie sich hier verabredet hatten – einer Station der verschollenen Linie 2, die während des Kalten Kriegs im Fall eines Bombenangriffs die Verbindung zwischen Regierung und den unterirdischen Kommandozentralen hatte sichern sollen und auf die im normalen Metro-Netz versperrte Treppen hindeuteten und Ausgänge, die plötzlich vor einer Mauer endeten.

Beim ersten Mal hatten sie hier unten bei den ausrangierten Zugangssperren gesessen, auf den breiten Metallverkleidungen, die die starren Handläufe der nebeneinander angeordneten Rolltreppen überbrückten, die von den tieferliegenden Bahnsteigen kamen oder zu ihnen hinabführten. Die gekachelten Wände ringsum waren voller Graffiti, auf dem Boden Pfützen, in denen Laub und Papier trieb, dazwischen Plastikkanister, leere Zigarettenschachteln, eine verrottete Uniformjacke, Kondome, Glasscherben. Es stank nach Moder und Pisse.

Sie mochten den Ort. Hier waren sie geschützt vor den Blicken anderer.

Dicht nebeneinandersitzend, einander an den Händen haltend, wachten sie über den menschenleeren Bahnhof, malten sich aus, wie sie die Lokalität mit wenig Aufwand herrichten würden, um sie als coole Bar zu vermieten und von dem Geld ein freies und unbesorgtes Leben zu führen. Nur ein Name für die Bar wollte ihnen nicht einfallen.

Orlovs Gedanken verharrten bei diesem Bild, bei dem, was sie sich damals alles vorgestellt hatten.

Die Gegenwart wich zurück.

Da erklang in seinem Rücken eine Stimme.

»Ich hab den Namen!«

Aufgeschreckt fuhr er herum.

Da war Asja. Endlich. Von ihm unbemerkt war sie die vermüllte Betontreppe heruntergekommen.

Sie stürmte auf ihn zu, ging auf die Zehenspitzen und gab ihm einen Kuss auf die eisige Wange.

»Entschuldige«, sagte sie geknickt. »Ich bin zu spät.«

Orlov wiegelte mit den Händen ab. Fröhlich blickte er sie an.

»Und? Wie lautet nun der Name?«

Ihre Augen funkelten.

»Tesla.«

Sie machte eine bedeutungsvolle Pause.

»Was meinst du, Shenja. Ist das nicht gut?«, fragte sie aufgeregt. »Ist das kein guter Name für unsere Bar?«

Orlov lächelte und nickte.

»Doch. Ein guter Name. Ein sehr guter Name.«

Er sah die Kondenswölkchen, die Asjas Mund stoßweise verließen. Sie war immer noch außer Atem.

»Mir ist dermaßen kalt«, sagte er unvermittelt, »lass uns ganz nach unten gehen, vielleicht ist es unten wärmer.«

Ohne eine Antwort abzuwarten, nahm Orlov die Freundin bei der Hand und durchschritt mit ihr eine der Zugangssperren, deren verchromte Türen zu den Seiten hin weggeschwenkt waren.

Sie wirkten wie seit Urzeiten festgefroren. Die Glasfenster waren völlig zerkratzt.

Auf dem Weg nach unten wurde es dunkler und dunkler, bis ihnen von oben kein Lichtstrahl mehr nachkam. Die Luft, die ihnen entgegenschlug, schmeckte abgestanden, ölig und nach Feuchtigkeit. Es dauerte eine ganze Weile, bis sie die Sohle erreichten und über die leblosen, erstarrten Zinkenstege auf die Bodenplatte traten. Im Dunkel vor ihnen der Bahnsteig, kaum zu erkennen.

»Das ist ja stockfinster hier.«

Orlov griff fester nach Asjas Hand.

»Komm.«

In dem Gewölbe hallten ihre Schritte. Nur langsam gewöhnten sich ihre Augen an die Umgebung. Da hielt er seine Freundin mit der Hand zurück. Er war auf irgendetwas getreten – etwas Weiches, Rutschiges.

Ein vergammelter Schlafsack. Vielleicht gehörte er einem Obdachlosen, der hier unten sein Lager aufgeschlagen hatte.

Sie hielten für einen Moment das Ohr ins Dunkel, doch nichts war zu hören.

Schließlich stießen sie auf eine der Wartebänke, die mit etwas Abstand zueinander den Bahnsteig in zwei Hälften teilten. Mit der Hand tastete Orlov die Sitzschalen ab.

So gut es ging, machten sie es sich bequem.

Wieder ergriffen sie sich bei den behandschuhten Händen. Ehrfürchtig lauschten sie der sowjetischen Vergangenheit, die hier unten gespeichert war. Vom Gleisbett war das Fiepen der Ratten vernehmbar. Sie zogen die Beine an und schlangen die Arme um die Knie.

Asja flüsterte, als sie mit einmal wieder davon anfing, dass in der feuchten Luft ringsum über die Jahre und Jahrhunderte Worte zu Eis gefroren seien, die manchmal auftauten. Diese verhielten sich wie Gespenster, die nur dann redeten, wenn man das Wort an sie richtete. Man könne die Worte, die aufgetaut seien, hören, aber nicht alle könnten das, nur besondere Menschen, die wüssten, wie man es richtig anstellte. Man müsse sie mit dem Ohr suchen, sich auf sie konzentrieren. Und man müsse unbedingt tun, was einem befohlen werde.

Sie könne ihm beibringen, die Stimmen wahrzunehmen, wenn er wolle.

Im Dunklen tastete sie nach seiner Hand. Auf diese Weise wurde er in ihre Welt hineingezogen. Leise sprach sie davon, dass bald ein Reich kommen werde, in der diese Kunst von großer Bedeutung sei, da dann die Logokratie herrsche und öffentlich ausgesprochene Worte nie das bedeuten würden, was zu bedeuten sie vorgäben.

»Logokratie?«

»Ja, was das ist, erkläre ich dir später«, sagte sie.

Am folgenden Morgen erfuhr Orlov beim Frühstück, dass die Nacht die kälteste Dezembernacht seit Beginn der Aufzeichnungen gewesen war: minus 27,3 Grad Celsius.

Später machte er sich auf den Weg zur Schule. Wie immer zur verabredeten Zeit. Aber an der Station Kolomenskaja war von Asja nirgends eine Spur zu entdecken.

Der Unterricht verlief zäh. Er war unruhig, machte sich Gedanken über ihren Verbleib, und je weiter die Zeit fortschritt, desto unruhiger wurde er. Schließlich glaubte er, es kaum bis zur zweiten Pause auszuhalten.

In der dritten Stunde erschien jemand in der Tür und rief den Klassenlehrer nach draußen. Es dauerte eine Weile, bis Rjabow zurückkehrte. In den Bänken wurde lauthals geredet und gestritten, Papiergeschosse flogen durch die Luft.

Rjabow war kreidebleich, als er wieder vorne am Pult stand und um Ruhe bat.

»Ich habe euch eine traurige Nachricht zu überbringen.«

Er machte eine kleine Pause.

»Unsere Mitschülerin Asja ist tot.«

Ein Raunen erhob sich jetzt in der Klasse.

Orlov bekam einen heftigen Stich ins Herz. Er atmete schnell und hechelnd.

»Ein Armeefahrzeug hat sie erfasst, als sie unachtsam die Straße überquerte. Ihre Aufmerksamkeit war von dem Mobiltelefon, das sie in der Hand hielt, abgelenkt worden. Sie wurde zu Tode geschleift, weil der Lenker des Fahrzeugs erst spät bemerkte, was geschehen war.«

Rjabow sah traurig in die Klasse.

»Asja war ein liebes Mädchen und eine gute Schülerin. Es tut mir so leid.«

Orlov hatte das Gefühl, ohnmächtig zu werden. Sein Herz raste. Er verstand die Worte nicht mehr, die der Lehrer sagte. In ihm und um ihn herum erhob sich fürchterliches Geheul.

Das Entsetzen schnürte ihm die Kehle zu. Er war unfähig, etwas zu sagen. Er schnappte nach Luft, er schnappte die ganze Zeit nach Luft.

Als er dann den ersten Ton herausbrachte, befand er sich bereits auf dem Weg nach Hause – zu Fuß. Der Ton, der seine Kehle verließ, war ein seltsamer, langgezogener Klagelaut.

Wie betäubt schlich er durch die Straßen, verunsichert, misstrauisch, als sei die Welt um ihn herum nicht echt. Während der Verkehr an ihm vorbeiflutete, trieb er in seinen Gedanken und Gefühlen wie hinter Panzerglas dahin, lautlos, durch eine Welt voller schrecklicher, unbegreiflicher Geschehnisse.

Da fiel ihm ein, was Asja noch am Tag zuvor zu ihm gesagt hatte.

Trotzdem benötigte er mehrere Minuten, bevor er den Sinn ihrer Worte erfasste.

Fieberhaft warf er den Kopf hin und her und scannte die Umgebung nach Signalen ab, bis er sie deutlich in seinem Kopf hörte – Worte, Stimmen.

Was Orlov vernahm, war nicht Asjas Stimme, wie er gehofft hatte.

Es dauerte eine Weile, aber dann wurde ihm klar, dass es die Stimmen von Außerirdischen waren. Nachrichten, die vor Jahrhunderten oder vielleicht sogar Jahrtausenden für ihn zurückgelassen worden waren.

An diesem kalten und sonnigen Vormittag nahm sein zielloser Gang über die Erde seinen unheilvollen Anfang.

NEUN

Nach der Nacht mit Alex und dem erfolgreich absolvierten gestrigen Abend fühlte sich Colver so gut wie schon lange nicht mehr. Im Hemd, den Gehrock lässig über die Schulter geworfen, stand er an der Ludwigsbrücke und winkte vom Bordstein aus einem Taxi. Es war warm und sonnig und zwanzig vor zwei.

In Anbetracht des angebrochenen Mittags und der Tatsache, dass es Freitag war, fühlte er sich unter Druck. Lange würde der Kommissar sicher nicht mehr in seinem Büro erreichbar sein. Aber im Taxi, wo der Fahrer mithören konnte, wollte er nicht telefonieren.

Offenbar hielt es Lasse B. nicht für nötig, sich bei ihm zu melden. Das ärgerte ihn. Warum sollte *er* sich dann noch an die Abmachung gebunden fühlen? Von wegen Vertraulichkeit. Es gab wenig, was ihn noch hindern konnte, der Sache mit dem *Lockvogel* endlich auf den Zahn zu fühlen.

Er musste sich etwas überlegen, um den Fahrer für ein paar Minuten loszuwerden und in Ruhe telefonieren zu können.

Dem Taxi schnellen Schrittes hinterherlaufend, das ihn beim Herannahen überholte, riss er die hintere Wagentür auf und verspürte einen stechenden Schmerz, als er sich etwas ungeschickt ins Polster plumpsen ließ.

»Au!«

Die Medizin machte Fortschritte, aber Wunder vollbrachte sie noch keine.

Im Innenspiegel tauchte das fragende Gesicht des Fahrers auf.

»Und? Die Adresse?«

Der Anwalt, wieder gefasst, faltete sorgfältig den Gehrock zusammen und legte ihn sich auf den Schoß.

»Es gibt ein paar Dinge, die mir zu Hause ausgegangen sind. Würde es Ihnen etwas ausmachen, sie da drüben in dem Drogeriemarkt für mich zu besorgen?«

Colver hob den Krückstock in die Luft, sodass ihn der Fahrer sehen konnte.

»Ich bin leider nicht mobil. Nicht so, wie ich möchte.«

Der junge Mann lächelte bescheiden. »Kommt darauf an, was Sie mir dafür zahlen.«

Nachdem man sich geeinigt hatte, nahm er von der Mittelkonsole den Quittungsblock und notierte alles beflissen.

»Rasierklingen – die einfachen –, Zahnpasta, Gummihandschuhe.«

Mehr fiel ihm nicht ein. Das musste reichen.

Nachdem der Fahrer die Straßenseite gewechselt hatte und hinter dem Glas der Automatiktüren verschwunden war, ließ der Anwalt das Seitenfenster zu zwei Dritteln herab und wählte auf seinem Handy den Anschluss des Bremerhavener Zollkommissars.

Er brauchte diesmal nicht lange ausharren, bis man den Hörer abnahm. Es meldete sich allerdings nicht Lasse B., sondern ein seinen Namen vernuschelnder Beamter, der aus irgendwelchen Tiefen der Behörde antwortete.

Zunächst bekam der Anwalt auf die Bitte, ihn mit dem Zollkommissar zu verbinden, keine Antwort. Stattdessen wurde er mit einer Kaskade hartnäckiger Nachfragen konfrontiert.

Von wo aus er anrufe? Wer er sei? In welcher Sache er den Kommissar zu sprechen wünsche.

Nach langem Hin und Her rückte der Zollbeamte mit einer Auskunft heraus, die zumindest halbwegs zu gebrauchen war. Da ahnte Colver schon, dass irgendetwas nicht stimmte.

»Wir wissen nicht viel über seinen Verbleib.«

Allem Anschein nach musste er sich mit dem irritierenden Umstand vertraut machen, dass er zu den letzten Personen gehörte, die mit Lasse B. gesprochen hatten. Das jedenfalls wurde von der Tatsache untermauert, dass der Anschluss, wie man herausgefunden hatte, seit knapp zwei Wochen keinerlei Aktivität mehr zeigte.

Niemand in Bremerhaven wusste über den Aufenthaltsort des Kommissars Bescheid. Lasse B. hatte eine Woche Urlaub genommen – und wurde beim Zoll erst ab dem Tag vermisst, an dem er hätte zurückkehren sollen. Dieser Tag fiel exakt auf das Datum, an dem er, Colver, von ihm angerufen worden war.

In der Behörde herrschte Konfusion. Niemand hatte auch nur die blasseste Ahnung, wo Lasse B. stecken konnte. Man begann, an sich selbst zu zweifeln. Angeblich war alles versucht worden – wobei man feststellen musste, dass es gar nicht so viel gab, was überprüft werden konnte: Außer der Adresse und dem Familienstand (ledig, keine Kinder) war den Kollegen so gut wie nichts aus dem Privatleben ihres Vorgesetzten bekannt. Ob es bereits zu einer Überprüfung der Kontobewegungen gekommen war, wurde ihm von der Behörde am Telefon natürlich nicht verraten.

Nachdenklich klappte der Anwalt das Handy zusammen und steckte das Gerät weg.

Obwohl Colver von dem Beamten, der sich natürlich über den Anruf gewundert hatte, mehr oder weniger offen verhört worden war, hatte er nichts von dem ausgeplaudert, was er wusste – schließlich war ihm schnell klar geworden, dass sein Ärger über den Kommissar jeder Grundlage entbehrte. Um den Mann am anderen Ende der Leitung zu beruhigen, hatte er erklärt, dass er Anwalt sei und Lasse B. von einem lange zurückliegenden Versicherungsfall kenne. Und dass er ihn nur um eine Einschätzung in einer besonders vertrackten Angelegenheit habe bitten wollen.

Eine kluge Ausrede, wie sich herausstellte, denn der Beamte gab sich überraschend zufrieden.

Da tauchte auch schon der Fahrer auf der gegenüberliegenden Straßenseite mit einer Plastiktüte in der Hand aus dem Drogeriemarkt auf und bewegte sich auf sein Taxi zu.

Colver bedankte sich höflich für den Einkauf – und ließ sich zu seinem Büro bringen.

Nicht allzu lange hielt es den Anwalt in seinem Büro. Er stellte lediglich die Sachen in der Teeküche ab und wechselte die Kleidung. Er musste nachdenken. Außerdem war das Wetter zu schön, um in den eigenen vier Wänden zu versauern.

So verließ er eine Viertelstunde später mit einer Sonnenbrille auf der Nase und in einem leichten, sommerlichen Jackett wieder das Haus und spazierte in Richtung Sankt Korbinian – eine barockisierende Hallenkirche mit Doppelturm, die den Gotzinger Platz im Westen begrenzte. Dahinter erstreckte sich das Valley – grau verputzte Genossenschaftsblöcke, die dem Viertel sein ganz eigenes Gepräge gaben. Wenn man einmal von der Rockerbande gleichen Namens absah, die in den späten sechziger Jahren für Schlagzeilen gesorgt hatte und die heute ein Mythos war, der wie Zigarrenrauch in den Vorhängen der Wohnungen hing – zumindest jener Wohnungen, die noch von Altsendlingern bewohnt werden konnten, weil die Miete entgegen den Gesetzen des unerbittlichen Marktes bezahlbar geblieben war.

Als er das Gotteshaus erreichte, hörte er schon von drinnen die Orgel spielen. Offenbar gab es Zeitgenossen, die selbst an einem warmen und sonnigen Nachmittag – und obendrein kurz vor Wochenende – von ihrem Pflichtgefühl angetrieben wurden, das Üben nicht zu vernachlässigen.

Er betrat die flachen Stufen, die zum Portikus hinaufführten, und spähte durch die offenen Türen ins Innere, aber er sah nur leere Bänke – und vorne, im Licht der von hohen Fenstern durchbrochenen Apsis, den Altar mit dem riesigen Kreuz, das in der Luft zu schweben schien.

Auf der obersten Stufe stehend, drehte er sich um und starrte vom Portikus zurück auf die Straße und die Alleebäume, von denen diese gesäumt wurde.

Erst da entdeckte er die schwarze Limousine.

Sie parkte direkt vor der Kirche.

Keiner der mächtigen Alleebäume verdeckte das Fahrzeug – es war in seiner ganzen Länge und imperialen Pracht zu bewundern. Im Lack des Wagendachs glänzte die Sonne.

Es handelte sich offensichtlich um eine jener Limousinen, die gewöhnlich in der Schrägparkerbucht vor der Trattoria standen und im Kofferraum Hehlerware mit sich führten.

Was Colver jetzt antrieb, war kein Verdacht, kein Instinkt, keine Neugier – es war eine rein physische Form der Notwendigkeit, die sich in ihm ausdehnte und ihn zwang, auf dem Absatz umzukehren.

Doch genau in dem Augenblick, als er im Begriff stand, sich erneut der Kirche zuzuwenden, kamen ihm auf dem Mittelgang drei Männer und eine Frau entgegen – alle ganz in Schwarz gekleidet und etwa gleich alt, um die dreißig. Sie trugen große dunkle Sonnenbrillen, wie eine Abordnung der kalabrischen Mafia. Es waren vielleicht noch zehn, fünfzehn Meter, die ihn von dem Quartett trennten.

Colver sah, wie sich beim Herankommen der geschlossenen Reihe die beiden Männer an den Rändern links und rechts lösten und hinter die Frau und ihre Begleitung zurückfielen. Man schuf offenbar Platz für ihn.

Der Anwalt lächelte freundlich in die kühle Luft des Kirchenbaus hinein und setzte seinen Weg verhalten fort. Er gab sich einen möglichst defensiven Anschein, er wollte unbedingt vermeiden, dass man in ihm eine potentielle Gefahr vermutete – was einigermaßen nahegelegen hätte. Immerhin war er neben dem Quartett der einzige Besucher.

Was suchte jemand um diese Zeit in einer Kirche?

Falls die vier tatsächlich mit der Limousine in Zusammenhang standen, dann waren sie Teil des Hehlerrings, der sich jeden Freitag bei der Sortieranlage traf. Offenbar waren am Vormittag die Geschäfte gut gelaufen und man hatte den Göttern Dank gezollt.

Er und die Abordnung glitten geräuschlos aneinander vorbei – bis Colver den Arm anhob, nur ganz leicht. Sofort begriff man, dass der Mann reiferen Alters, dem man gerade begegnet war, etwas auf dem Herzen hatte.

Der alerte junge Mann, der auf der Seite ging, die dem Anwalt am nächsten war, verzögerte leicht den Schritt. Die drei anderen gingen ungerührt weiter.

Hinter den dunklen Gläsern hatte weder Colver noch sein Gegenspieler den Blick des anderen erfassen können.

Der Anwalt war stehen geblieben. Nur für einen Moment. Mit gedämpfter Stimme sagte er in den leeren Raum vor sich: »Ich brauche eine Pistole. Etwas Verlässliches. 9 mm.«

Der Anwalt spürte, dass der Mann in seinem Rücken gleichfalls stehen geblieben war, ohne sich nach ihm umzudrehen.

»Eine Beretta oder so. Und eine kugelsichere Weste. Könnt ihr mir das besorgen? Bis heute Abend?«

Colver spürte die Verunsicherung, die nach ihm griff, als der junge Mann nicht reagierte.

Hatte er sich getäuscht, als er die Limousine vor der Kirche mit der Gesandtschaft hier drinnen in Verbindung gebracht hatte?

Er zählte in Gedanken so ruhig wie möglich bis zehn. Dann wandte er sich langsam um und bekam gerade noch mit, wie man die Beifahrertür von innen aufstieß und sich der junge Mann mit der Hand am Türholm ins Polster sinken ließ.

Es dauerte eine Weile, bis die Limousine startete. Man erkannte von außen, dass die vier sich bei laufendem Motor unterhielten. Immer wieder sah man aus dem Fahrzeug zu ihm hinüber. Bevor der Wagen dann schlussendlich losrollte, nahm der Beifahrer die Sonnenbrille herunter und zeigte Colver durch das geschlossene Seitenfenster sein Gesicht.

Es war bestenfalls zu erahnen, aber der Anwalt beharrte vor sich selbst darauf, ein kurzes, kaum merkliches Nicken wahrgenommen zu haben. Und am Ende, als der Wagen schon beinahe verschwunden war, wollte er sogar noch mitbekommen haben, dass der junge Mann die Hand gehoben und vier Finger an die Scheibe gelegt hatte.

Vier Finger für vier Stunden.

Was sonst hätte die Geste bedeuten sollen?

So lange brauchte man für die Beschaffung der Waffe.

Colver schob die Sonnenbrille in die Stirn. Dann streckte er den Arm in die Luft, bis die Uhr am Handgelenk sichtbar wurde.

Also um sieben.

Er machte ein Gesicht, als hätte es eben in ihm heftig zu arbeiten begonnen.

Wenn er um drei Uhr nachts mit dem Auto aufbrach, konnte er gegen neun in der Früh in Montreux sein. Sechs Stunden. Für seine Hüfte würde das eine außerordentliche Belastung bedeuten – gerade nach den Exerzitien der gestrigen Nacht. Eine Überbeanspruchung. Und das ergab keine günstige Prognose für die kommenden Tage, wo er doch, wenn er an den flüchtigen Fotografen dachte, ausgerechnet dann auf die Beweglichkeit seiner Hüfte angewiesen sein könnte. Aber mit einer Waffe im Gepäck kam ein Flug nicht in Frage.

Auf dem Heimweg machte sich Colver Gedanken über das, was die Menschen *Zufall* nannten.

Konnte das, was ihm gerade in der Kirche zugestoßen war, als Zufall angesehen werden? Wohl kaum. Die Mafia oder die Abordnung davon war ja wie gerufen gekommen. Andererseits glaubte er auch nicht an die Vorsehung. Und was bedeutete am Ende schon *Zufall*. Doch lediglich, dass einem etwas *zugefallen* war. Mehr nicht. Daran war nichts Anstößiges. Ihm war eine Waffe zugefallen. Zumindest indirekt. Mehr bedeutete das Ganze nicht.

Ein Lächeln flog über sein Gesicht.

Eigentlich kaum zu glauben. Ihm war ganz nebenbei ein echter Coup gelungen.

Das Gebäude, in dem er wohnte, rückte näher.

Das Erste, was er zu erledigen hatte, war Bargeld zu besorgen. Zwölfhundert Euro würde er hinblättern müssen, schätzte er. Das waren die Preise auf dem Schwarzmarkt, wie man sie vor Gericht hörte. Er brauchte also Minimum Zweitausend. Das bekam er nicht am Automaten. Er musste zur Bank. Und dazu blieb ihm nicht mehr viel Zeit. Um sechzehn Uhr schloss die Filiale.

Im Hof stand das Fahrrad noch an dem Platz, an dem er es im Winter abgestellt hatte. Er prüfte die Luft in den Reifen und schob es ein wenig hin und her. Dann schwang er sich auf den Sattel. Anfangs noch recht ungelenk und wackelig, gewann er schließlich seine alte Sicherheit zurück und schoss auf dem Radweg in Richtung Sendlinger Tor.

Auch wenn Colver ein Auto besaß, war er leidenschaftlicher Radfahrer – und das seit seinem Studium. Nur in der Zeit bei der Versicherung hatte er damit pausieren müssen. Die Bürowelt gestattete es einfach nicht, dass man sich in ihr mit verschmutzten Hosenbeinen oder verschwitztem Hemd bewegte. Man musste aussehen wie unbenutzt. Wie die polierten Karossen in den Tiefgaragen. Und was war ein Büro anderes als ein Parkhaus? Man parkte Menschen vor Aufgaben, die die seltsame Eigenschaft besaßen, nie aufzuhören unerledigt zu sein. Schon von daher war er um seine zurückgewonnene Freiheit froh.

Nachdem er sich das Geld an der Kasse hatte bar auszahlen lassen, wechselte er fünfhundert Euro in Schweizer Franken um. In der Apotheke kaufte er Schmerzmittel.

Wieder zu Hause war die Reisetasche schnell gepackt. Neben der Wäsche und dem Kulturbeutel mit den Hygieneartikeln verstaute er noch das Protokoll, das ihm Richard gemailt hatte. Dann checkte er die Gültigkeitsdauer des Reisepasses.

Der Anwalt hob das Kinn in die Luft, legte den Kopf schief.

Wie lange war er schon nicht mehr im Ausland gewesen?

Lange. Sehr lange.

Er überlegte.

Seine letzte Reise hatte in Begleitung von Daniela und den Kindern stattgefunden. Er konnte sich an die gelb getünchte Villa im schweizerischen Brissago noch gut erinnern. Sie hatten sie ganz für sich allein, da die anderen beiden Etagen nicht von Gästen belegt waren. Vom Panoramafenster im Wohnzimmer aus hatte man einen Traumblick auf den Lago Maggiore. Jeden Abend waren sie über die Grenze nach Italien in das nur wenige Kilometer entfernte Cannobio gefahren, wo man deutlich günstiger als in der Schweiz einkaufen und zu Abend essen konnte. Auch den Monte Verità westlich von Ascona hatten sie zu viert besucht. Daniela hatte die Anlage unbedingt besuchen wollen. Sie war von den Licht-Luft-Hütten, den Freiluftduschen und den Geschichten über Vegetarier und Nudisten fasziniert. Das alles lag gute fünf Jahre zurück. Eigentlich waren sie glücklich gewesen, aber vielleicht täuschte er sich. Es musste nämlich kein ganzer Monat mehr vergehen, bis es zwischen ihm und Daniela zur Trennung kam.

Eine Art Sfumato umgab seinen Blick, als er sich die zehntägige Reise vor Augen rief.

Schließlich löste er sich von den auch nach dieser langen Zeit noch immer schmerzhaften Bildern in seinem Gedächtnis und kehrte in die Gegenwart zurück.

Er sah sich im Zimmer um.

Mit einmal kam es ihm kalt und traurig vor.

Manchmal war das Leben nur dazu da, als Erinnerung heraufbeschworen zu werden.

Tief holte er Atem. Immerhin war jetzt alles geregelt. Er beschloss, an den Schrank zu gehen und sich die Sachen zurechtzulegen, die er auf der Fahrt anziehen wollte. Dann warf er erneut einen Blick auf die Uhr.

In knapp vierzig Minuten wurde er unten bei der Schrägparkerbucht von der Mafia erwartet.

In Montreux war es so warm und sonnig, als würde sich hier der Tag fortsetzen, der gestern in München zu Ende gegangen war. Der Genfersee zu seiner Rechten glitzerte im Morgenlicht, und linker Hand erhoben sich die zweitausend Meter hohen schneebedeckten Gipfel der Waadtländer Alpen.

Mit seinem Peugeot näherte sich der Anwalt der Stadt vom Norden her. Das Navi lotste ihn durch den morgendlichen Verkehr im Zentrum und brachte ihn um Punkt neun Uhr zwölf ans Ziel – beinahe wie von dem Gerät vorhergesagt. Das Hotel an der Grand Rue hieß *Parc et Lac* und war ein Bau im Stil der Belle Epoque mit verglastem Vorbau und verschnörkelten Balkongeländern.

Nachdem er an der Rezeption das Formular ausgefüllt hatte, wollte er das Personal nach dem Zollkommissar fragen, was er jedoch unterließ, als er begriff, dass der verstümmelte Name *Lasse*

B. nicht ausreichen würde, um auf eine befriedigende Antwort hoffen zu dürfen. Er bezog das Zimmer, das er am Vorabend über ein Hotelportal gebucht hatte, und nahm als Erstes eine Dusche. Anschließend machte er sich auf den Weg in den Frühstücksraum. Es war noch früh und der Hunger groß. Seine stille Hoffnung, dass er vielleicht hier rein zufällig auf den Zollkommissar und seinen Begleiter traf, wurde vorhersehbar nicht erfüllt. Nach den gestrigen Ereignissen hätte das den Zufall selbst für seinen Geschmack allzu arg strapaziert.

Um kurz nach zehn saß er wieder in seinem Peugeot und programmierte das Navi.

In Montreux gab es nur eine einzige Adresse, wenn es um Veranstaltungstechnik ging. Das hatte er im Netz recherchiert. Lasse B. hatte davon gesprochen, dass der Fotograf barocke Inszenierungen liebte. Wenn es irgendwo in der Umgebung von Montreux einen Fotografen gab, dessen Markenzeichen aufwändig in Szene gesetzte Motive waren, dann war er unter Garantie hier Kunde.

Der Verleih lag zwanzig Minuten vom Hotel entfernt – in einem modernen Zweckbau an der Peripherie, zwischen Schnellrestaurants und Möbelhäusern.

Colver betrat eine mittelgroße Halle ohne Fenster, die von einer langgezogenen Theke abgetrennt wurde – das Lager jenseits davon, diesseits der Verkaufsraum. Nirgends war ein Mensch zu sehen. Allerdings drangen aus der Tiefe der Halle Geräusche zu ihm, die darauf schließen ließen, dass er nicht allein war: Stimmen, untermalt vom Quietschen eingerosteter Schiebetüren.

Als er geduldig darauf wartete, dass jemand kam, um ihn zu bedienen, verlor sich sein Blick zwischen den Metallregalen im Hintergrund. Bis unter die Decke stapelten sich Lampen, Reflektoren, Stative, Taschen, Kameras, Folien und andere Ausrüstungsgegenstände.

Colver lehnte sich leicht über den Tresen, um tiefer in die Halle spähen zu können. Mit geringem Erfolg.

Endlich tauchte jemand hinter einem schmutzigen Filzvorhang auf. Der Mann war vielleicht Anfang vierzig, hager und trug einen flammenden Bart. Er hörte sich geduldig Colvers Anliegen an.

Auf der Fahrt am Morgen hatte sich Colver in Gedanken eine Geschichte zurechtgelegt – die er dem Mann hinter der Bar nun präsentierte. Zu ihr inspiriert worden war er von einer Fotostrecke in einem Einrichtungsmagazin, das er im Wartezimmer seines Arztes Udo durchgeblättert hatte.

Während er an dem Mann vorbei in die Tiefen der Halle starrte, sprach er davon, dass es um das geheime Projekt eines internationalen Unternehmens ginge, eine heikle Angelegenheit. Man suche einen Profi, der mit hochwertigen, lebensecht wirkenden Tableaus Erfahrung habe – und der es gewohnt sei, diese mit hohem Aufwand und ungewöhnlicher Detailversessenheit zu inszenieren. Ob es von Seiten des Verleihs eine Empfehlung gebe? Man habe von einem deutschen Fotografen gehört, der sich mit Inszenierungen dieser Art auskenne. Ob der Betreffende ihm oder einem Kollegen vielleicht bekannt sei?

Der Mann sah Colver prüfend an. Dann richtete er die Augen zur Decke und überlegte. Seine Hand fuhr zum Kinn und strich den Bart glatt. Schließlich schüttelte er den Kopf.

»Tut mir leid.« Für einen Moment hellten sich seine Züge auf. »Aber warten Sie einen Moment. Ich frage noch bei den anderen nach.«

Der Mann mit dem roten Bart verschwand wieder hinter dem Vorhang.

Durch den Filz hindurch hörte der Anwalt jetzt, dass auf der anderen Seite telefoniert wurde. Endlich ließ sich der Hagere wieder blicken. Bedauernd schüttelte er ein zweites Mal den Kopf.

»Leider«, sagte er.

Colver war unschlüssig, ob er der Aussage vertrauen sollte oder nicht. Andererseits fiel ihm nichts ein, womit er seine Gegenwart in dem Verleih länger hätte rechtfertigen können. Er bedankte sich für die Auskunft und verschwand nach draußen.

In seinem Peugeot sitzend, die Hände am Lenkrad, sah man ihm plötzlich die Erschöpfung an. Er starrte durch die mit zerplatzten Fliegen übersäte Windschutzscheibe auf die Autobahntrasse, die sich in einiger Entfernung oberhalb der Stadt über die ganze Breite der Berghänge zog.

Von seinem Besuch bei dem Lichtverleih hatte er sich mehr versprochen. Zu viel, wie sich nun zeigte.

Ratlos wendete er den Peugeot und fuhr mit einer Staubfahne davon.

Später sah man Colver mit im Jackett vergrabenen Händen im Mittagslicht am Ufer des Genfersees spazieren.

Danach hockte er in den Foyers verschiedener kleinerer Hotels, warf sich unentwegt Erdnüsse in den Mund und gab vor, auf eine Verabredung zu warten.

Endlich, am Nachmittag, landete er vor dem Freddy-Mercury-Memorial und bestaunte die Geschmacklosigkeit der Bronze und die Unfähigkeit der Behörden.

Da klingelte es in seiner Tasche.

Er holte das Handy hervor und klappte es auf.

Es war die Stimme des Rotbärtigen, dem er noch seine Handynummer aufgedrückt hatte.

»Sie meinen Torben Barschat, den Fotografen. Der wohnt nicht weit von hier, vierzig Minuten. Oben in Rossinière.«

Bei dem Wörtchen *oben* glitt Colvers Blick zu dem gewaltigen Himmel hinauf, der die Stadt, den See, die Berge und sein mulmiges Gefühl in der Magengegend überspannte.

ZEHN

Nach zwei Stunden Autobahn machten sie kurz hinter Dresden das erste Mal Halt. Nadja musste aufs Klo, und so nahm Orlov die Ausfahrt, die zur Raststätte führte, und ließ den Outback vor eine der Zapfsäulen rollen.

»Lauf schon rüber. Wir treffen uns gleich im Meggie.«

Die Zapfpistole in den Tankstutzen einhängend, deutete er mit dem Kopf über seine Schulter. In etwa hundert Metern Entfernung war ein Schnellrestaurant zu erkennen, das hinter der Tankstelle auf einem künstlich aufgeworfenen Hügel lag.

»Ich stelle nur den Wagen auf dem Parkplatz ab.«

Während das Benzin in den Tank strömte, sah er Nadja hinterher, die mit ihrem Stirnband im kupferroten Haar, der petrolgrünen Bikerjacke aus Kunstleder und dem herausfordernden Gang die Blicke der anderen Kraftfahrer auf sich lenkte. Sie verschwand in einem schmalen Durchgang zwischen den Gebäuden, wo es offenbar zu den Toiletten ging.

In den zurückliegenden vier Monaten war es zwischen ihm und seiner Kantinenbekanntschaft zu einer Annäherung gekommen. Das passierte eher beiläufig und ohne Plan. In der Telefonzentrale lief man sich von Zeit zu Zeit über den Weg, und je regelmäßiger man sich dort über den Weg lief, desto selbstverständlicher wurden die Gespräche. Irgendwann war der Punkt erreicht, an dem die Begegnungen auf angenehme Weise Routinen auslösten, die ihnen Sicherheit vermittelten. Der Umgang mit Menschen stresste sie beide gleichermaßen.

Eines Tages, als sie sich mal wieder mittags zufällig trafen, wurde man sich zur beidseitigen Überraschung schnell einig, dass man nicht gemeinsam in der Betriebsküche essen wollte, sondern lieber außerhalb der Firma, in irgendeinem nahe gelegenen Restaurant.

Auf dem Weg zu dem Griechen, bei dem sie wegen dessen dick mit Schafskäse und Peperoni belegter Pizza fortan öfter landeten, amüsierte sich Nadja über den fehlenden Gurt auf Orlovs Seite.

»Das Piepen nervt.«

Nadja sagte: »Verstehe ich.«

»Nadja ist ein russischer Name.«

»Weiß nicht. Ich bin keine Russin.«

»Ich aber. Ich bin Russe. Ich mag Stalin.«

»Wer ist Stalin?«

Orlov sah seine Begleitung verständnislos an.

»Alle nennen mich Nadsch.«

»Nadsch«, wiederholte Orlov leise, als wollte er den neuen Namen erst für sich erproben.

Freimütig genossen sie es, der Firma entronnen zu sein – und der Klatschsucht der Kollegen. Das Gefühl der Verbundenheit, das dadurch entstand, machte den Entschluss im Handumdrehen zur Regel. Zusammen sah man sie in der Kantine nicht mehr.

Eines Nachmittags kam Nadsch mit einem Kaffeebecher in der Hand den Flur zwischen den Netzwerkschränken entlang. Ob sie auf der Suche nach ihm war, konnte Orlov nicht sagen – aber trotz der strengen innerbetrieblichen Regeln, die Privatgespräche während der Arbeitszeit auf ein Minimum beschränkten, konnte er auch nicht verhindern, dass er sich ihr in den Weg stellte und sie fragte, ob sie Lust habe, mit ihm später noch etwas trinken zu gehen.

Als sie zusammen das Gebäude verließen, war es schon spät,

nach zweiundzwanzig Uhr. Mit Orlovs Subaru fuhren sie zu der einzigen Bar, die es in dieser Gegend gab.

Auf hohen Drehstühlen am Fenster sitzend, jeder eine Flasche Bier vor sich, starrten sie auf die nächtliche, ausgestorbene Straße. Mit den Fußspitzen wippten sie ausdauernd zu der Musik, die aus den Lautsprechern kam. Kaum, dass sie miteinander mal ein Wort wechselten. Trotzdem kam Nadja am Ende einfach mit zu ihm, und sie verbrachten die Nacht zusammen. Er erinnerte sich noch, dass er sich am nächsten Morgen für die Unordnung, die bei ihm herrschte, geschämt hatte.

Sie tranken in der Küche Kaffee – im Stehen und aus Tassen, die er unter fließendes Wasser gehalten und schnell mit der Hand ausgespült hatte. Nadsch machte sich über die geblümten Plastikgardinen lustig, was er überhörte, weil er nicht wusste, was er auf ihre Bemerkung antworten sollte. Anschließend brachte er sie zur Telefonzentrale, wo ihr Auto stand. Während der Fahrt schwiegen sie ausdauernd.

Nie lud Nadsch ihn zu sich ein. Sie sahen sich nicht öfter als vorher. Alles blieb wie gehabt. Ob sie sich begegneten, bestimmte weiterhin der Zufall. Sie kamen gar nicht auf den Gedanken, sich über ihre Arbeitszeiten auszutauschen und Pläne zu schmieden. Die Telefonzentrale blieb das unverzichtbare und anerkannte Zentrum ihrer Verbindung. Das Einzige, was Orlov einmal unternahm, war, das Internet nach ihr abzusuchen. Ohne Erfolg.

Manchmal bekamen sie sich ein oder zwei Wochen lang nicht zu Gesicht. Keiner von ihnen machte Anstalten, die Beziehung zu vertiefen. Das Leben ging einfach weiter – mit dem einzigen Unterschied, dass Nadsch jetzt manchmal mit ihm schlief.

Orlov hatte Asjas Tod nie wirklich verwunden. Auch nach dreizehn Jahren nicht. Er hatte lange gebraucht, um sich nach ihrem Unfall überhaupt wieder einer Frau zu nähern, und wenn ihm das in der Folge hier und da gelang – was selten genug vorkam –, waren die spärlichen Kontakte, die daraus entstanden, meist nicht von nennenswerter Dauer.

Im Laufe der Jahre wurde er immer einsilbiger, verschlossener und unberechenbarer. Für jeden, der das zweifelhafte Vergnügen hatte, seine Bekanntschaft zu machen, war er eine Zumutung. Nur aus Anhänglichkeit oder Bequemlichkeit hatte es einmal so ausgesehen, als würde das Verhältnis länger als ein paar Wochen dauern. Aber dann kam der Moment, in dem etwas in ihm aufbrach oder mit ihm durchging und er vor Hilflosigkeit um sich schlug. Er litt darunter, dass niemand Asja ersetzen konnte. Er litt unter seiner Einsamkeit. Er fühlte sich wie eingesperrt, wie ausgestoßen, beides gleichzeitig. Eingesperrt in die Einsamkeit des eigenen Herzens. Er war unerreichbar.

So irrte er durch die Welt, verloren, trotzig. Was ihm Halt gab, waren das Darknet *Volk ohne Raum*, dem er schon deswegen unverbrüchliche Treue geschworen hatte, weil es ihn über erinnerbare Kanäle in Verbindung mit Asja hielt. Das war es, was ihm Halt gab – sowie die glorreiche heroische Vergangenheit Russlands bzw. das, was er dafür hielt. Manchmal, wenn er jenem Phantomschmerz erlag, der ihn glauben machte, unter Heimweh nach dem Weltreich zu leiden, wunderte er sich immer wieder, dass die alte Macht in zwei, vielleicht drei Tagen zusammengebrochen war. Er fragte sich, wie so etwas hatte passieren können. Nichts und niemandem konnte man trauen, nicht einmal der eigenen Stärke.

Umso erstaunter war er, als er sich eingestehen musste, dass es mit Nadsch irgendwie gut lief. Das grenzte für ihn an ein Wunder. Vielleicht lag es daran, dass sie ein ebensolcher Narr war wie er, ebenso eigenwillig und verschlossen; dass sie, was Gefühle, menschliche Wärme, Austausch anbelangte, genauso genügsam war wie er und mit Kontingenten auskam, mit denen sonst kein normaler Mensch klargekommen wäre. Vielleicht erging es ihr sogar ähnlich wie ihm und sie verschwieg halb bewusst, halb unabsichtlich, dass sie sich auf irgendeine rätselhafte Weise jemand anderem verbunden fühlte. Jemandem, von dem er keine Ahnung hatte. So, wie Nadsch von Asja nichts wusste. Irgendetwas musste es geben, was ihnen beiden die Möglichkeit ließ, miteinander auszukommen.

Am meisten verblüffte es ihn aber, als er sich eines Morgens Nadsch den Vorschlag unterbreiten hörte, mit ihm für ein paar Tage nach Italien abzuhauen.

Die ersten warmen Märztage in Berlin hatten in ihm den Wunsch geweckt, keine Minute länger auf den Frühling zu warten, sondern ihm gleich entgegenzufahren.

Offenbar vertrat er die Auffassung, sein Gegenüber von der Idee erst überzeugen zu müssen. Völlig wider seine Natur redete er wie ein Wasserfall, wenn auch stolpernd und ungeübt. Er wusste, dass er eigentlich zu viel redete, um überzeugend zu wirken, und damit er an Überzeugungskraft gewann, steigerte er den Redefluss noch weiter. Eine Menge Argumente klaubte er von überall her zusammen, doch empfand er das, was er vorbrachte, selbst als absurd.

Der ganze Aufwand wäre gar nicht nötig gewesen. Nadsch willigte ein, ohne jeden Vorbehalt, ohne Fragen zu stellen und ohne zu zögern. Einfach so. Und ohne zu schmunzeln. So kam es, dass sie sich beide jetzt, Anfang März 2011 und mitten in der Woche, auf einer Autobahnraststätte hinter Dresden wiederfanden.

Nachdem Orlov an der Kasse die Rechnung für die Tankfüllung beglichen hatte, kehrte er zu seinem Wagen zurück und lenkte den Subaru auf einen riesigen Parkplatz. Er stellte den Wagen in einer Bucht ab.

Mit dem Arm langte er nach hinten und zog vom Rücksitz seine

Jacke herüber. Gerade wollte er aussteigen, als er im Innenspiegel Nadschs Gestalt erkannte. In einiger Entfernung stand sie bei einem silberfarbenen SUV, dessen Schnauze zu ihm zeigte, und sprach durch das geöffnete Seitenfenster auf der Beifahrerseite mit jemandem im Innenraum.

Orlov kniff die Augen zusammen.

Außer dem Lenker konnte er niemanden sonst hinter der getönten Windschutzscheibe erkennen. Ohne mehr als ein paar magere Anhaltspunkte wie Haarschnitt und Silhouette zu haben, stand für ihn von Anfang an außer Frage, dass der Fahrer männlichen Geschlechts war.

Erst beim zweiten Blick fiel ihm auf, dass der SUV zur selben Marke gehörte wie seine eigene Kiste: zur Subaru-Familie. Es war allerdings kein Outback, der eher einem Sedan glich, sondern die sportlichere Version, ein Forester.

Orlov bewegte sich nicht aus seiner Position. Wie magnetisch haftete sein Blick an jener Gestalt, die der Spiegel ihm präsentierte. Nadsch war hier nur noch so groß, dass sie zwischen Zeigefinger und Daumen passte. Vielleicht schrumpfte sie bald zu einem Punkt im Nirwana. In ihm selbst aber dehnte sich Nadja aus – in jedem seiner Organe und in all seinen Gedanken.

Was ging dahinten in seinem Rücken vor sich? Machte irgendein Schwachsinniger seine Freundin an? Oder hatte sie den Wagen bloß mit dem seinen verwechselt und entschuldigte sich?

Orlov benahm sich in seiner Zelle merklich irritiert. Ständig justierte er am Innenspiegel herum, als könnte er die Gefährtin auf diese Art aus dem Glas entfernen.

Die Autos verwechselt?

Quatsch, das war unmöglich. Der Sedan war schwarz, nicht silberfarben wie der SUV, neben dem Nadsch meinte, sich aufhalten zu müssen. Die Farben konnte nicht mal ein Blinder verwechseln.

Orlov zögerte. Er war sich unschlüssig, was er tun sollte.

Dann klatschte er plötzlich die Hand auf die Hupe. Nichts geschah. Nur ein armseliges Klacken war zu hören. Die Jacke sank raschelnd in seinen Schoß, als er hektisch den Autoschlüssel ins Schloss fummelte und die Zündung betätigte. Dann hieb er erneut mit der flachen Hand gegen die Hupe.

Ein heller und quälender Ton explodierte draußen in der klaren und leidlich warmen Luft und pflanzte sich rasend schnell über den Asphalt fort, bis die dreißig, vierzig Meter überwunden waren, die Nadsch von demjenigen trennten, der das Signal ausgelöst hatte.

Orlov sah, wie seine Begleitung in der Ferne den Kopf herumwarf und mit einem schwer zu deutenden Ausdruck im Gesicht in seine Richtung starrte – auch dann noch, als er die Hand von der Hupe nahm. Zu seiner Verblüffung machte Nadsch keinerlei Anstalten, sich in Bewegung zu setzen. Keinen Zentimeter wich sie von der Stelle. Nach ein paar Sekunden nahm sie das Gespräch mit dem Lenker des SUV ungerührt wieder auf.

Etwas war nicht in Ordnung. Das spürte Orlov. Allerdings tat er sich schwer damit, den Herd dieser Unordnung zu lokalisieren.

Auf die Entfernung wirkte die Szene wie auf dem Straßenstrich.

Er musste herausbekommen, was da vor sich ging.

Ohne großes Aufsehen stieg Orlov aus dem Wagen. In der geöffneten Tür stehend, nahm er die olivfarbene Jacke vom Sitz und schlüpfte hinein – im Rücken den SUV mit seiner Begleiterin daneben.

Um einen irrigen Eindruck zu erwecken, ließ er mit ausgestellter Lässigkeit die Fahrertür sperrangelweit offen stehen, als er betont gleichmütig um den Subaru herum zur Heckklappe ging und diese öffnete. Man sollte glauben, dass er im nächsten Augenblick wieder hinter dem Steuer Platz nehmen würde.

Orlov suchte zwischen dem Gepäck nach seinem Rucksack, holte ihn hervor und zog den Reißverschluss auf. Sein Arm tauchte in das Dunkel und kramte eine Weile zwischen den Sachen herum, bis er endlich den Pointer zum Vorschein brachte. Er löste das Gerät vom Schlüsselclip und ließ es im Innenfutter seiner Jacke verschwinden.

Dann drückte er sanft die Heckklappe ins Schloss und ging auf der Fahrerseite zurück, aber nur, um den Wagenschlag mit einem Klaps gegen den Türrahmen zuzuwerfen.

Auf dem Absatz kehrtmachend, überquerte er daraufhin den Asphalt in Richtung Forester, wo Nadsch mit dem Fahrer weiter in ein Gespräch verwickelt war – unbeeindruckt vom Herannahen des Freundes.

Während er auf den Wagen zuging, erkannte er das Schweizer Kennzeichen. Neben dem weißen Kreuz auf rotem Grund standen die Buchstaben VD.

Orlov nahm das alles wahr und blieb dabei äußerlich kühl. Im Inneren jedoch kochte er vor Eifersucht.

Was hatten Nadsch und der Schweizer miteinander zu tun? Wer war der Mann? Kannten die beiden sich? Was war los?

Eines war Orlov klar: Welche Antwort er auf diese Frage auch immer bekommen würde – es änderte nichts daran, dass Nadsch ihn verraten hatte. Sie hatte ihn verraten, weil mittlerweile für jedermann unübersehbar feststand, dass sie sich auf jeden Typen einließ, der etwas von ihr wollte. Es brauchte nur einer zu winken, da stand sie schon parat. Sie war eine Nutte. Er hatte den Beweis vor sich.

Orlovs Stirn verfinsterte sich, als hätten die Zukunft und die Angst davor eben ihren langen Schatten auf ihn geworfen.

Inzwischen war er bis auf wenige Meter an Nadsch herangekommen, die immer noch so tat, als nähme sie keine Notiz von ihm.

Übertrieben laut sagte er: »Wir wollten eigentlich nicht ewig hierbleiben.«

Bevor die letzte Silbe seine Lippen in Richtung Forester verlassen hatte, hörte er den Motor starten.

Panik jagte gleich einer Fontäne siedend heißen Magmas in ihm auf. Und im Echo der Regung fuhr unwillkürlich seine Hand hoch zur Brust, wo sie sich des Pointers unter dem Stoff versicherte.

Was, wenn Nadsch einfach zu dem Typen in den Wagen stieg und beide auf und davon brausten?

Orlov überlegte noch, als er die Worte vernahm: »Passen Sie gut auf Ihre Freundin auf. Sonst schnappt sie Ihnen eines Tages jemand weg.«

Aus dem Halbdunkel des Innenraums schickte ihm der Fahrer des SUV ein mokantes Lächeln. Er hatte sich weit über den Beifahrersitz hinweg in seine Richtung gebeugt.

Orlov lebte schon lange genug in Deutschland, um halbwegs sicher feststellen zu können, dass der Mann keinen Schweizer Dialekt sprach.

Vielleicht Anfang oder Mitte vierzig war er von einem aufdringlich gewinnenden Äußeren. Mit seinen weichen Zügen und den gepflegten halblangen Haaren erinnerte er Orlov an einen Typus, den er nicht ausstehen konnte. So weich er daherkam, so gegenteilig war der Eindruck, den er vermittelte: Der Mann gehörte garantiert zu denen, die immer um jeden Preis gewinnen wollten.

Und als hätte der Fremde die Gedanken Orlovs mitbekommen, zog er sich in die Fahrgastzelle zurück und ließ den Forester einmal laut aufschnauben.

Mit einem Satz war Orlov bei Nadsch und legte ihr reflexhaft von hinten die Hand an die Schulter, als wollte er sie von einer Dummheit abhalten.

Man hörte den Fahrer drinnen lachen, bis das automatisch hochgleitende Seitenfenster das Lachen von der Außenwelt schroff abtrennte.

Der Forester rollte los, um gleich darauf stark zu beschleunigen.

Nadsch stand da und sah dem SUV verblüfft nach.

Entnervt schüttelte sie den Arm ihres Reisegefährten von der Schulter, drehte sich um und sagte mit unüberhörbar aggressivem Ton in der Stimme: »Der wollte Fotos von mir machen! Verstehst du, Shenja? Fotos! Der will, dass ich für ihn modele!«

Orlov reagierte nicht. Zerstreut sah er an Nadsch vorbei und verfolgte, wie der SUV über den Asphalt glitt und irgendwo am Horizont mit der Autobahn verschmolz.

Als er sein Gesicht in den leichten Wind hielt, sah er von ferne die Gestalt seines Vaters und hörte den Schuss eines Scharfschützengewehrs und das Aufflattern von Rebhühnern – und während er dieses sah und hörte, löste sich die Szene zu all den Augenblicken auf, in denen er das Gleiche gehört und gesehen hatte, verschmolz mit Vergangenheit und Zukunft zu etwas Ewigem, Unabänderlichem, Schicksalhaftem.

Dann, durch einen Abgrund von Zeit getrennt und doch ganz in seiner Nähe, das Knacksen der Zweige im Unterholz.

Unmittelbar daran anschließend schloss sich das Loch in seinem Bewusstsein, und es war wieder das langgezogene dunkle Kreischen der Autobahn zu vernehmen, das manchmal, bei bestimmten Autos, in helles Zirpen umschlug.

Es klang wie das ferne Echo metallischer Stimmen, wie die unverständlichen, in der Luft gefrorenen Befehle Außerirdischer.

Kurz darauf saßen er und Nadsch einander im McDonald's gegenüber – an einem der graubraunen Tische, die im Halbkreis aufgestellt waren. Vor sich das Tablett, verzehrte jeder von ihnen seinen Hamburger samt Beilagen – jeder in die eigenen Gedanken verstrickt. Verstrickt in eine Welt, die für einen Außenstehenden unbegreiflich war.

Beim Aufbruch sagte Orlov unvermittelt:

»Immer Autobahn – das macht mich fertig. Langweilig.«

Nadsch erwiderte nichts. Die Gereiztheit ihres Freundes war fast greifbar. Teilnahmslos sah sie zu, wie der Subaru die Autobahn verließ und Landstraße fuhr.

Hinter Freiberg brach Orlov das Schweigen und füllte den Raum zwischen sich und der Windschutzscheibe mit einer verspäteten Bemerkung.

»Komischer Typ.«

Nadsch hatte ihren Sitz zurückgestellt und vor sich hingedöst. Jetzt richtete sie sich auf, positionierte die Rückenlehne neu und sagte gähnend: »Er hat sich für mich interessiert.«

»Kanntest du ihn?«

»Den Typ? Nein, woher sollte ich?«

»Und was wollte er?«

»Er hat mich gefragt, ob ich Lust hätte, Fotos zu machen.«

»Fotos? Was für Fotos?«

»Modefotos. Er ist Modefotograf.«

Orlov schwieg. Im gleichmäßigen Verkehrsfluss der Bundesstraße fühlte er sich sicher.

»Ihm gefällt eben, wie ich aussehe.«

Orlov reagierte nicht. Er versuchte sich vorzustellen, wie die Arbeit eines Modefotografen aussah. Es gelang ihm nicht gut. Es gelang ihm überhaupt nie gut, wenn er versuchte, sich in einen anderen Menschen hineinzuversetzen. Was die anderen machten, dachten, fühlten, wie sie lebten, was sie arbeiteten, wofür sie sich interessierten, das blieb ihm zumeist ein Rätsel. Es war zu weit weg von dem, was ihn selbst umtrieb.

Zu weit weg.

Wieder bemühte er sich herauszufinden, worin seine Verschiedenheit gegenüber anderen Menschen eigentlich bestand und woher sie rührte.

Doch wie schon die Male zuvor vergebens.

Am Ende blieb nur der Zufall als letzte uneinnehmbare Macht. Alles andere wurde vorausgesehen, gelenkt, war rekursiv. Seitdem man aus der Zukunft lernte, überschätzte man die Möglichkeiten, die sich daraus ergaben – und es anscheinend ausschlossen, dass es zu blitzartigen Erscheinungen kam. Zumindest wirkten sie beherrschbar. Damit lieferte man sich dem Zufall jedoch geradezu aus.

Orlov bat Nadsch, ihm aus dem Vorrat einen Joint zu geben.

»Was? Im Auto?«

»Wird schon keiner die Nase zu uns reinhalten.«

Nadsch holte aus dem Handschuhfach das präparierte Brillenetui und entnahm ihm eine Zigarette. Sie steckte sich den Joint umständlich an, machte einen tiefen Zug und reichte ihn weiter.

Orlov öffnete per Knopfdruck das hintere Fenster einen Spalt.

Mode – wie fotografierte man die?

»Er sagt, dass er nicht einfach nur Fotos macht. Er erzählt Geschichten. Richtige Geschichten.«

Nadsch ließ sich den Joint geben und nahm einen weiteren Zug.

»Und was heißt das? Was heißt es, wenn er sagt, dass er mit Fotos Geschichten erzählt?«

»Ich weiß nicht.«

»Warum hast du dann zugesagt?«

»Zu was zugesagt?«

»Fotos zu machen.«

»Ich habe nicht zugesagt.«

Trotzig schloss Nadsch die Augen. Dann holte sie zu einem zweiten Anlauf aus.

»Sein ganzes Auto war voll mit Kostümen. Mit Folien, Stoffen, Perücken und Kostümen.«

Orlov schielte zu ihr hinüber.

»Hat er dir seine Karte gegeben?«

»Nein.«

»Du lügst mich an.«

»Shenja!«

Nadsch fauchte.

Wieder senkte sich nachdrückliches Schweigen über die beiden Insassen.

Nach einer ganzen Weile zerriss plötzlich ein Dauerhupton die Stille, die sich unter dem Fahrzeughimmel ausgebreitet hatte. Er stammte von einem Mercedes, der auf der Gegenfahrbahn auf sie zugerast kam. Nachdem die beiden Autos ziemlich knapp einander passiert hatten, wurde der Hupton schnell dunkler.

»Du fährst zu weit links.«

Nadsch war aus ihrer Gedankenwelt emporgetaucht und warf ihrem Nachbarn einen alarmierten Blick zu.

»Soll ich dich ablösen?«

Eine Zeitlang passierte nichts, bevor Orlov reagierte. Leise und nüchtern sagte er: »Ich fahre nicht zu weit links.«

Der Satz war noch nicht ganz zu Ende gesprochen, als erneut ein Dauerhupton in Sekunden bösartig anschwoll.

»Willst du uns umbringen?«

Nadsch hatte geschrien. Aufrecht hockte sie in ihrem Sitz und blitzte ihren Reisebegleiter an.

Orlov grinste. Und lenkte den Outback wieder über den Mittelstreifen, um mit zwei Reifen anhaltend auf der falschen Spur zu fahren.

Ein weiteres Fahrzeug näherte sich und betätigte die Lichthupe.

»Du bist ja verrückt. Lass mich raus! Ich will hier raus!«

Die Begleitung wurde panisch. Sie machte Anstalten, über die Sitzlehne nach hinten zu klettern.

»Bleib, wo du bist.«

Orlov sagte nur das. Es klang ungewöhnlich scharf. Er lenkte den Wagen zurück auf die eigene Spur.

Stur nahm er in den nächsten fünfzehn Minuten den Blick nicht mehr von der Straße.

Warum hatte Nadsch ihn angelogen?

Sie hatte ihn angelogen.

Auch zwei Stunden später hatte sich an seinem Urteil nichts geändert. Da befanden er und seine Begleitung sich auf der A9 und kurz vor Greding.

Ohne es anzukündigen, fuhr er von der Autobahn ab, um ein zweites Mal Rast einzulegen. Sie waren jetzt bald sechs Stunden unterwegs, und er hatte von der Fahrerei genug. Das Steuer an Nadsch zu übergeben, kam ihm nicht in den Sinn, gewiss nicht.

Obwohl der Innenraum des Subaru gegenüber dem Motorenlärm relativ gut abgedämmt war, hatte er, als er das Bein auf den Asphalt setzte, den Eindruck, dass ihm die Fahrtgeräusche in den Ohren klingelten.

Im Restaurant suchten sie sich mit den Tabletts einen Platz am Fenster und sahen nach draußen auf die Autobahn, über die in beide Richtungen unablässig dichter Verkehr floss. Lautlos. Man hörte kaum etwas. Stattdessen Besteckgeklapper, Stimmen, Kindergeschrei, das Geräusch der Registrierkassen. Es mussten Schallschutzfenster installiert sein. Es war merkwürdig, auf die Autobahn zu starren und akustisch von ihr nichts mitzubekommen. Als ob sich die Eigenschaften von den Dingen abgelöst hätten, Kulissen durcheinandergeraten wären. Nichts stimmte oder passte zueinander. Es war wie in einem Fotostudio.

Dann verschwand erst er, nachher Nadsch auf der Toilette.

Kaum war sie bei der Treppe angelangt, die hinunter zu den Sanitäranlagen führte, und im darauffolgenden Moment aus Orlovs Gesichtskreis verschwunden, ging alles ganz schnell. Er erhob sich und durchmaß im Eilschritt das Restaurant. Er stieg in den Outback, startete den Motor und lenkte den Wagen auf die Straße.

Mit einer Nutte fuhr man nicht in den Urlaub.

Es sei denn, man war bescheuert.

Es sei denn, man wollte dafür bezahlen, dass die Nutte es nebenbei auch mit anderen trieb, von denen sie sich ebenfalls bezahlen ließ.

Er wollte das nicht.

Mit einer Nutte wollte er nicht in den Urlaub fahren.

Gleich bei der nächsten Möglichkeit, die sich bot, zweigte er von der Autobahn ab und steuerte den Subaru auf einen kleinen Rastplatz. Es war die Aufregung, die den Harndrang auslöste. An einer unübersichtlichen Stelle hielt er an, stieg aus und pisste im Schutz des Wagens gegen einen rostigen Maschendrahtzaun, der das Wäldchen, das sich anschloss, von den zahllosen Autolenkern abschirmte, die hier im Lauf der Jahre alle aus demselben Grund anhielten.

Als er den Hosenlatz zuknöpfte, schoss ihm heiß das Blut durch die Adern. Seine Hand fuhr an die Stirn.

Er hatte den Laserpointer an der Raststätte liegen gelassen. Auf dem Spülkasten der Toilette. Er sah das Gerät vor sich, wie es einsam auf dem weißen Plastik neben der Taste lag und die neugierigen Blicke der nachkommenden Besucher auf sich lenkte.

Fluchend trat er gegen eine der Radkappen des Subaru.

Anschließend klemmte er sich wieder hinter das Steuer und raste in Richtung München. Er wollte weg von Nadsch, von seinem Job, weg von Berlin und von sich selbst.

In München wollte er sich ein Hotel nehmen und übernachten. Und vielleicht ein paar Tage bleiben.

Italien war von der Liste gestrichen.

ELF

Es roch nach feuchtem Holz und Schimmel.

Im Gegenlicht stand Colver in der Tür. Er machte ein paar Schritte in den Flur und ließ hinter sich die Tür offen stehen.

Nicht aus Sicherheitsgründen – falls er etwa gezwungen sein sollte zu fliehen –, sondern weil sich über Nacht seine Hüfte zurückgemeldet hatte. Er wollte sich jeden überflüssigen Schritt ersparen. Obwohl das Metamizol wirkte.

Er stand in der Diele eines Schweizer Chalets, das, wie man ihm gesagt hatte, Ende des 19. Jahrhunderts erbaut worden war. Das Material der Einrichtung war ein getreuer Spiegel der umliegenden Wälder: Fichte, Buche, Eiche, Kiefer, Erle. Angespannt lauschte er ins Innere des Hauses. Niemand schien anwesend zu sein.

Das Treppengeländer. Die wurmstichige Garderobe, an der Jacken und Mäntel hingen; die Vitrine, die Truhe. Ausgesparte Herzen oder ägyptische Kreuze in den Lehnen der Stühle.

Der Anwalt hielt sein Ohr in die Luft.

Im ganzen Gebäude herrschte eine unwirkliche Stille. Als seien die Bewohner nur eben etwas holen und gleich wieder zurück.

Er straffte den Sitz der schusssicheren Kevlar-Weste, die er unter dem leichten Mantel trug, und betrat die Küche.

Im nächsten Moment blieb er abrupt stehen. Reflexhaft hatte seine Hand nach der Glock gegriffen, die unter der Achsel im Schulterholster steckte.

Er lud die Pistole durch.

Irgendwo im Haus hatte es geknackst.

Die Hand am Ohr, lauschte er ins Treppenhaus. Dann entspannte er sich. Holz war bekannt dafür, dass es arbeitete.

Ein Lächeln flog über sein erlöstes Gesicht.

Ein bisschen zu theatralisch, wie er reagiert hatte. Aber in diesen Dingen verfügte er über keine Erfahrung. Noch bis vor kurzem wäre es ihm absurd erschienen, sich selbst in solcher Aufmachung vorzustellen.

Schusssichere Weste, Schulterholster.

Leicht amüsiert zuckte er die Schultern.

Auf dem Tisch in der Sitzecke sah er Tassen und ein halbvolles Glas. Auf dem Herd benutzte Töpfe. Die Spüle voller Abwasch.

Er nahm das Glas und hielt es sich unter die Nase. Holundersaft. In den Tassen kleine Lachen von Tee. Die Kanne war in der Mitte einer dicken Keramikkachel platziert. Mit dem Finger berührte er den Porzellanmantel. Er war kalt.

Es musste schon einige Zeit her sein, dass die Bewohner das Haus verlassen hatten.

Um die Hand für das Geländer frei zu haben, schob er die Waffe zurück ins Holster. Langsam und unter spürbaren Schmerzen stieg er die Treppe hoch in den ersten Stock.

Schon auf dem Absatz war zu erkennen, dass man oben von einem erstaunlichen Szenario erwartet wurde.

Er bemühte sich, keine Geräusche zu machen, aber das ehrwürdige Holz machte ihm einen Strich durch die Rechnung. Es knarzte unüberhörbar bei jeder Stufe.

Oben wurde der Anwalt von dem Anblick, der sich ihm bot, förmlich gezwungen, für einen Moment innezuhalten. Er nahm die Brille ab und putzte die Gläser am Mantel.

Zweireihig hingen Kostüme in prachtvollen Farben dicht an dicht bis zur Hälfte des Flurs von der Holzdecke. Phantasiekleider, irgendeinem vergangenen Jahrhundert nachempfunden, die Schnitte kompliziert und aufwändig. In manchen steckten Lichter, die die Roben von innen beleuchteten. Auf dem Boden stapelten sich Perücken.

Ein bizarrer, irrealer Anblick.

Zunächst stand Colver einigermaßen ratlos auf dem Absatz, bis er die Stative entdeckte, die überall herumstanden. Ganz zweifellos handelte es sich hier um das Set eines Fotoshootings.

Sein Blick wanderte zur freien Hälfte des Flurs, wo er bei einer Tür endete, die nur angelehnt war. Aus dem Inneren fiel schwach bläuliches Licht auf die Schwelle.

So leise wie möglich näherte sich der Anwalt und trat dicht an das Türblatt heran.

Mit angehaltenem Atem spähte er durch den Spalt in den Raum. Die Fensterläden waren geschlossen.

Colver lauschte in das Dunkel. Es war nichts zu hören – keine Atemzüge, keine Geräusche, nur das Knistern der Lampe, die hinter der Tür irgendwas im Zimmer anstrahlte, etwas, das er nicht sehen konnte.

Sachte versuchte er, die Tür ein Stück weiter aufzudrücken.

Quietschend schwang sie auf und gab den Blick frei auf reflektierende Alukoffer, aufgespannte Schirme unterschiedlicher Größe, Kopflampen, Stative.

Alles in bläuliches Licht getaucht.

Die Ausrüstung, die Torben Barschat sich geliehen hatte.

Mutig geworden, drückte er mit der einen Hand die Tür weiter auf und tastete mit der anderen innen an der Wand nach dem Schalter.

Er funktionierte nicht.

Vorsichtig setzte er einen Schritt in das Zimmer. Dann einen zweiten und dritten.

Der Geruch wurde scharf und erinnerte an Lattich und Ammoniak.

Plötzlich hielt er inne.

Er spürte genau, dass es außer ihm noch jemanden im Raum gab.

Würde er die Hand jetzt in Richtung Holster wandern lassen, könnte das lebensgefährlich für ihn sein.

Er behielt sie dort, wo sie sich befand. Sie schwebte vor seinem Bauch in der Luft.

Sein Herz schlug so stark, dass es unmöglich für ihn war, in die Stille hineinzuhören. Er vernahm nur das dumpfe, heftige Pochen der Schläfen.

Weder zu hastig noch zu ängstlich drehte er sich aus der Taille heraus um. Lautlos – trotz der Schmerzen, die ihm die Bewegung verursachte.

Er sah sofort, dass der Zollkommissar nicht mehr am Leben war.

In eine Decke gehüllt, mit hängendem Kopf und zusammengesunkenem Körper, lehnte Lasse B. in einer Ecke des Sofas. Am Boden ein großer, mit Zigarettenkippen gefüllter gläserner Aschenbecher. Daneben zwei Röhrchen, in denen die Reste einer unbekannten Substanz golden schimmerten. Als er vorsichtig daran roch, sagte ihm sein Instinkt, dass es sich um eine illegale Substanz handelte.

Die Leiche wirkte wie Staffage. Nur zu dem Zweck platziert, um aller Welt zu bestätigen, dass ein Sofa normalerweise zu jenen Möbeln zählte, das den Besitzer zu überleben pflegte.

Bevor er sein Telefon aus dem Mantel holte, lauschte er, ob sich irgendwo im Haus etwas rührte.

Nichts.

Die Stille kam ihm jetzt gespenstisch vor, als würde sie lautlos aus allen Richtungen durchkreuzt – von Geistern und Engeln oder verstorbenen Seelen oder was auch immer.

Er rief bei der Nummer an, die ihm von einem Vertrauten des Kommissars mit den Worten übermittelt worden war: »Für den Fall der Fälle.«

»Ich habe ihn gefunden«, sagte er, sobald das Telefon beim Zoll abgehoben worden war. Eine Pause unterstrich die Bedeutung dessen, was nun folgte.

»Er ist tot.«

Und während er dem Beamten die ganze Geschichte erzählte, wanderten seine Gedanken die Jahre zurück zu dem Moment, als im Frachtraum eines Containers vor den Füßen des Kommissars eine Leiche lag – die Leiche eines Nordafrikaners, der zwischen lauter Bananenpaletten erstickt war.

Und nun, nach vollen sechs Jahren, hatte es den damaligen Einsatzleiter erwischt: Lasse B.

Jetzt waren es nicht die Füße des Kommissars, sondern seine, vor denen eine Leiche lag.

Fast monoton erzählte er das alles in die gespannte Stille des Hörers, vollkommen ruhig, leise, beinahe brutal, als wollte er die geistige Elastizität seines Gegenübers testen.

»Wo befinden Sie sich?«

»Das habe ich Ihnen doch schon gesagt.«

»Dann sagen Sie es noch einmal.«

Er sah den Beamten vor sich – wie er hinter einem fremden Schreibtisch stand, den Kopf schief, über die Augen mit einem Kollegen kommunizierend, der davorsaß und über einen weiteren Apparat mithörte.

»In Rossinière.«

»Wiederholen Sie.«

»In der französischen Schweiz. Am Genfersee.«

Er musste seine ganze Kraft aufbieten, um die Litanei der Fragen, die man nun an ihn richtete, zu erdulden. Bei der Treppe stehend ließ er endlich die Hand mit dem Telefon sinken.

Zu jeder Wahrheit gab es eine Gegenwahrheit.

Als Anwalt war ihm das bekannt.

Aber diese Geschichte, die vor sechs Jahren begonnen hatte, schien in immer weitere Geschichten zu zerfallen. Als würde sie von einer bislang unbekannten Form von Radioaktivität zersetzt.

Seine Miene ließ erraten, dass er angestrengt nachdachte.

Immerhin hatte er eine gewisse Hellsicht bewiesen. Und als wäre diese Einsicht das Signal, löste er sich aus der Starre und ging durch das Zimmer, um entgegen den Dienstvorschriften sämtlicher europäischer Staaten Läden und Fenster zu öffnen.

Der penetrante Geruch im Raum setzte ihm zu.

Über der Silhouette der Berge schwebte der beginnende Nachmittag als kleine Goldmünze.

Tief atmete er durch.

Der Plan des Kommissars, einen Lockvogel einzusetzen, hatte funktioniert. In gewisser Weise. Denn Lasse B. hatte nicht damit gerechnet, dass er selbst es sein würde, dem die Rolle zugefallen war.

Zufall.

Und als holte ihn dieser Gedanke wieder zurück in die Gegenwart, stand ihm mit einmal vor Augen, welchen Gefahren er sich hier aussetzte.

Er warf einen misstrauischen Blick durch den Raum.

Das Chalet befand sich, wie er noch herausgefunden hatte, seit einigen Jahren im Besitz Barschats. Alles war angeblich über Anwälte und Treuhänder gelaufen.

Im Moment sah es aber nicht danach aus, dass der Eigentümer

je wieder hierher zurückkommen würde. Aber das hatten Lasse B. und sein Begleiter vermutlich auch gedacht.

Überhaupt: Wo war der Begleiter? Wo war seine Leiche?

Im Gegenlicht wirkte die Stille im Haus fast stofflich – so stofflich wie der Staub, der vor dem Glas im Sonnenlicht tanzte, als handelte es sich um einen Schwarm ionisierter Teilchen.

Die Dielen knarzten, als er zurück zum Sofa ging.

Das Gesicht des Zollkommissars wirkte, als sei er eingeschlafen – eingeschlafen, während er einer seltsamen Geschichte gelauscht hatte.

Ein großer dunkler Fleck auf der Baumwolldecke verriet, woher der beißende Ammoniakgeruch stammte.

Auf dem Holz am Boden hatte sich eine winzige Pfütze Urin gebildet.

Colver musste sich zusammennehmen, um der Leiche nicht die Decke wegzuziehen.

Bevor die Spurensicherung nicht da gewesen war, durfte er nichts anrühren. Auch wenn es ihn in den Fingern juckte. Er hatte ohnehin schon viel zu eigenmächtig gehandelt.

Erneut näherte er sich dem Gesicht von Lasse B., als könnte ihm dessen starrer, beinahe erstaunter Ausdruck verraten, was vorgefallen war.

Im Mundwinkel klebte getrockneter Speichel.

Durch die Tür fiel sein Blick auf die Kostüme. Offenbar hatte der Fotograf noch Zeit gefunden, an einem Set zu arbeiten.

Der Anwalt richtete das Kinn in die Höhe. Er legte den Kopf in den Nacken und versuchte, es sich vorzustellen. Er schickte der magischen Staffel draußen einen zweiten, skeptischen Blick.

Um frische Luft zu schöpfen, ging er zurück an das geöffnete Fenster und stützte sich in den Rahmen.

Er sah auf den Lac de la Tine und den breiten Sattel des Dent de Corjon, der sich hinter dem See bis auf fast zweitausend Meter erhob.

Die warme Luft brachte einen Geruch mit sich, der unmissverständlich den Frühling ankündigte. In der Ferne erkannte er Einsatzfahrzeuge, die rasch näher kamen. Zwei VW-Busse – und vorneweg ein PKW. Blaulicht. Ohne Martinshorn.

Die Spurensicherung rückte an. Man hatte die örtlichen Einsatzkräfte verständigt.

Er konnte sich das gönnerhafte und zugleich herablassende Lächeln der Schweizer Beamten ausmalen. Ärger stand bevor. Wie war er dem Mann auf die Schliche gekommen? Und warum hatte er eigenmächtig gehandelt, statt die Polizei zu unterrichten?

Colver beugte sich über die Brüstung, um den Vorplatz des Chalets zu inspizieren. Da sah er, dass neben seinem Peugeot ein SUV parkte, der vorhin noch nicht da gestanden hatte.

Oder?

Ein silberner Subaru Forester.

Fieberhaft arbeitete es in seinem Kopf.

Nein, ein Irrtum war ausgeschlossen. Vorhin war der Peugeot das einzige Fahrzeug auf dem Vorplatz gewesen.

Die Hand fuhr zum Holster. Sich vom Fenster abwendend, durchquerte er raschen Schritts das Zimmer. Aber er kam nur bis zur Mitte.

Im Rücken hörte er, wie eine Autotür kraftvoll ins Schloss gezogen wurde, wie der Motor aufheulte und Kies unter durchdrehenden Reifen wegspritzte.

Das Nächste, woran er sich erinnerte, war das Prasseln der Schweizer Funkgeräte.

ZWEITER TEIL

ZWÖLF

Am Himmel ließ sich die Sonne blicken, und Orlov, der zu Fuß im Alten Botanischen Garten unterwegs war, nahm auf der steinernen Umfassung des Neptunbrunnens vor dem Justizpalast Platz und tippte eine SMS in sein Telefon. Die Luft hier in München war erheblich wärmer, als sie es in Berlin gewesen war, sodass er meinte, sich der Jacke entledigen zu können.

Es war kurz nach fünf. Nadschs Koffer auf der Post aufzugeben, hatte eine Menge Zeit gekostet. Da ihm ihre private Anschrift nicht im Gedächtnis haften geblieben war, hatte er ihn kurzerhand an die Telefonzentrale adressiert.

Nach Auskunft der Schalterbeamtin, die die Banderole umständlich an den Tragegriff befestigt hatte, sollte der Koffer übermorgen, spätestens in zwei Tagen bei der Zieladresse ankommen.

Es handelte sich um genau diese Information, die er Nadja nun am trockenen Brunnen via Kurzmitteilung übermittelte – ruppig und grußlos. Dabei sah er auf dem Display, dass sie in den vergangenen Stunden zig Mal probiert hatte, ihn zu erreichen. Eine Nachricht hatte sie ihm nicht auf die Box gesprochen.

Zur Sonne schielend, die ihre Strahlen flach durch die Baumkronen schickte, holte er sich die Szene vor Augen: Nadsch, am Bordstein der Parkbucht stehend, wo er den Subaru geparkt hatte, ungläubig, fassungslos, nur allmählich begreifend, dass ihr Begleiter sie sang- und klanglos sitzengelassen hatte.

Er konnte sie förmlich fluchen hören.

Die derbe Art, in der sie sich hörbar äußern konnte, wenn ihr etwas nicht passte oder absolut unverständlich blieb, war ihm noch bestens von jenem Tag her vertraut, an dem sie sich auf dem Firmenparkplatz kennengelernt hatten, damals, als ihr Auto nicht anspringen wollte.

Nadsch. Nadja.

Als er die SMS noch einmal gewissenhaft geprüft hatte, schickte er sie auf den Weg. Danach schaltete er das Telefon vollständig aus und schob es in die Hosentasche.

Und nun?

Am Brunnen hockend und auf eine leere Zukunft ohne Anspruch auf Glück oder ein Wunder blickend, begann er, sich verlassen und unwohl zu fühlen.

Während sein angespannter Blick die Umgebung scannte, dämmerte ihm so klar wie selten die Erkenntnis, dass er offenbar zu einer Einsamkeit verurteilt war, aus der ihn niemand je würde retten können. Wahrscheinlich war er der einsamste Mensch der Welt.

Was sollte er jetzt mit sich anfangen?

Ihn überkam die düstere Ahnung, dass im Verlauf der Berliner Jahre, die er weitgehend in der verzweifelten Gesellschaft seiner selbst verbracht hatte, das Gefühl der Isolation übermächtig geworden war – so übermächtig, dass er eines Tages daran zugrunde gehen würde.

Abgesehen von den paar Leuten aus der Blogger-Szene schien nach dem Tod Asjas einfach niemand in der Lage zu sein, an ihn heranzukommen. Die Gegenwart hielt niemanden für ihn parat, mit dem er auskam, für ihn es gab nur die Vergangenheit, den Austausch mit Stalin und dem Weltreich. Vielleicht noch die Zukunft, aus der die Außerirdischen kamen. Ein sonderbarer Zustand, den er da ertragen musste – und der in dem Augenblick, als ihm das jetzt mit erstaunlicher Deutlichkeit zu Bewusstsein kam, akut wurde und eine solch groteske Form annahm, dass er sich für einen Moment von der eigenen Person abspaltete und, als bliebe er am Brunnen zurück, verfolgen konnte, wie die andere mit schnellen Schritten über den Sand des Platzes eilte, direkt auf das Gebäude jenseits der Straße zu, das sich mit einschüchternder Breite vor seinen Augen erhob.

Vorhin, auf dem Weg von der Autobahn ins Zentrum, als er in einen zähen Stau geraten war, war er an einer Postfiliale vorbeigekommen. Beim Anblick der mit Reklame beklebten Fenster hatte er begriffen, dass sich hier eine Gelegenheit bot, Nadschs Gepäck loszuwerden. Ihn drängte es, seinen fahrbaren Untersatz ebenso wie sich selbst von allem zu reinigen, was noch an Nadsch und die gerade erloschene gemeinsame Zukunft erinnerte – ihr Gepäck, ihr Geruch und all ihre Gedanken, die Polster und Fahrgastraum mit sich imprägniert hatten. Dieser Wunsch nach einem schnellen und bezahlbaren Purgatorium setzte sich in ihm fest und verwandelte den Stau, je länger er sich hinzog, in eine unerträgliche Qual.

Nachdem er eine Parklücke ausgespäht hatte, die es ihm erlaubte, aus dem Stau auszuscheren, konnte er seinem immer heftiger werdenden Drang endlich nachgeben. Und so übergab er eine Viertelstunde später den Koffer an die Postbedienstete, die ihn am Schalter in Empfang nahm. Die Paketstelle verließ er mit dem Gefühl, von einer zunehmend unerträglichen Last befreit worden zu sein.

Zurück auf der Straße entdeckte er, dass sich der Stau von vorher wie durch ein Wunder in nichts aufgelöst hatte.

Nachdem er wieder hinter dem Steuer hockte, suchte er planlos, ohne das Navi zu konsultieren, nach einer Tankstelle. Während das Wasser über die Scheiben floss und die Bürsten, Rollen, Düsen und Textilstreifen die Karosserie bearbeiteten und reinigten, saß er untätig hinter dem Lenkrad, sodass seine Gedanken ungestört zu dem Schweizer Fotografen wandern konnten.

Wieder allein zu sein – verraten –, schmerzte ihn mehr, als er es sich eingestand. Er war traurig, und die Trauer, die sein Inneres unaufhaltsam knetete, beschwerte, grau und pappig werden ließ, ergriff von ihm Besitz. Er bäumte sich dagegen auf, wehrte sich gegen seine Gefühle, indem er die Hände an das Steuer klammerte und die Arme durchdrückte, sodass er sich in den Sitz presste. Hilflos wie er war, unternahm er alles, was ihm einfiel, um über den Umweg des Physischen gegen die inneren Gravitationsfelder anzugehen, die ihn zu sich hinabziehen wollten. Je trauriger er wurde, desto aggressiver reagierte er. Etwas in ihm, das ihn an den kleinen Shenja erinnerte, der er einst gewesen war, sehnte eine Welt herbei, die sich von der unterschied, in der er sein Leben verbrachte – eine Welt, der er vertrauen konnte und wo er keine Angst haben musste, getäuscht zu werden oder in eine Falle zu laufen.

Wieso hatte er ausgerechnet die erste Raststätte hinter Dresden nehmen müssen? Warum war er nicht einfach ein paar Kilometer weitergefahren? Zu einer Station, wo Nadsch von keinem Fotografen erwartet worden wäre.

Er wusste es nicht.

Es war der Zufall, der über magische Kräfte verfügte und für Überraschungen sorgte, für Offenbarungen, positiv wie negativ. Nur wusste das keiner. Jedenfalls taten alle so, als gäbe es ihn nicht.

Wieder sah er vor sich, wie Nadsch am offenen Seitenfenster des SUV stand und Verhandlungen führte.

Wie eine Prostituierte.

Der Gedanke wühlte ihn so sehr auf, dass es ihm, bevor seine Gefühle gleichsam überkochten, nur mit Mühe gelang, sie herunterzukühlen und die Kontrolle zu behalten.

Nervös dasitzend, unruhig, fahrig, suchte er angestrengt nach dem Schlüssel, der ihm das Geheimnis enthüllte, das in dem Zusammentreffen zwischen Nadsch und dem Fremden lag; der ihn über das Geheimnis von Willkür und Freiheit aufklärte, über das von Treue und Verrat und über den Sinn der Existenz; und während all diese Fragen und Aufregungen in ihm auftauchten und ihn bedrängten, begann es in seinem Kopf unhörbar zu bitzeln – ein Bitzeln, das von seinem Hinterkopf in den Nacken ausstrahlte und von dort in die Wirbelsäule bis hinunter zum Steißbein. Er wusste, dass er in einem Zustand war, in dem ihm jeder Moment Stimmen zu Gehör bringen konnte.

Plötzlich, völlig unvorbereitet, schob sich eine Halluzination vor seine Wahrnehmung – eine Halluzination, die ihm etwas offenbarte, was sein Verstand bislang noch nicht zu erkennen vermocht hatte: dass die Stimmen der Außerirdischen nirgendwo sonst als in der Materieverteilung des Universums gefroren sein konnten, im ständigen Tauziehen, das zwischen den Galaxien, Galaxienhaufen und komplexen Superclustern ausgetragen wurde und das die wabenartige Struktur aus Filamenten und Voids geschaffen hatte.

Es war ein eigenartiger Moment. Statt in einer Waschstraße schien er sich auf einer Startbahn ins Unwirkliche zu befinden, auf dem Sprung in den Hyperraum. Ohne es richtig zu merken, lockerte er den Griff seiner Finger, bis der Leib sich sanft losmachte und stumm durch das Universum trieb – jenes Universum, das er in sich trug und das einem ausgedehnten und verwickelten Schmerz ähnelte.

Da gab das Laufband dem Auto einen Schubs und beförderte es durch den Plastikvorhang nach draußen.

Der Ruck war geeignet, den Fahrer aus seiner Betäubung zu reißen und in die Gegenwart zurückzuholen.

Nachdem Orlov sich gefangen hatte, suchte er besorgt den Innenspiegel nach Anzeichen dafür ab, dass der nächste gewaschene

Wagen mit der Schnauze die Plastikbahnen durchbrach und auf ihn auffuhr. So beeilte er sich, den Motor zu starten und den Subaru, bevor er angerempelt wurde, auf der gegenüberliegenden Seite des geteerten Platzes in Sicherheit zu bringen. Als er dort mit laufendem Motor unschlüssig herumstand und auf etwas wartete, von dem er nicht wusste, was es sein sollte, entdeckte er weiter hinten eine Galerie von SB-Waschboxen, die ihm in seinem Säuberungswahn gerade recht kamen. Im Schritttempo steuerte er darauf zu. Beim Näherkommen sah er, dass die meisten leer waren. Unter einem gewölbten Glasdach mit Aluminiumverstrebungen reihten sie sich aneinander, unterteilt nur von transparenten Plexiglasscheiben. Sie begrenzten das Gelände gegenüber einem baumlosen, grasbewachsenen Hügel.

Lässig manövrierte er den Outback in eine freie Box, stieg aus und ging zunächst über den Platz zurück zur Toilette hinter der Tankstelle, wo er sich gründlich die Hände wusch. Kein Stäubchen sollte mehr an ihm haften, das mit Nadsch in Kontakt gekommen war.

Wieder beim Wagen nahm er, nachdem die Fußmatten ausgeklopft waren, den Saugarm von der Aufhängung und warf eine Münze in den Apparat. Dann machte er sich unter dem kontinuierlichen Lärm der Ansaugdüse über den Innenraum her. Sorgfältig fuhr er über die Sitzbezüge und tauchte in die Ritzen. In den Fußräumen fuhr er mit der Düse über den teppichverkleideten Boden, die Seitenwände und Einbuchtungen. Später sah man ihn auf dem Fahrersitz knien, wo er mit der einen Hand den Schlauch nachzog und mit der anderen den Himmel auf der Beifahrerseite reinigte. Wäre er beobachtet worden, hätte man ihn für einen ziemlichen Spießer halten müssen.

Obwohl die bezahlte Mietzeit noch nicht zur Gänze aufgebraucht war und der Staubsauger weiter seinen Dienst verrichtete, legte er den Schlauch zurück auf die Aufhängung, wo das Ende sich wie der Kopf eines künstlichen Reptils benahm und selbsttätig noch eine Zeit weiterbewegte – sich dauerhaft weigernd, vom Einsaugen der Luft in das schlitzartige Maul abzulassen. Doch Orlov hörte den Lärm, den der Apparat machte, gar nicht.

Der Turbinenlärm wurde ihm erst wieder bewusst, als die Zeituhr das Gerät abschaltete – was der Spiralschlauch mit einem letzten verzweifelten Kopfnicken quittierte –, weshalb ihm jetzt der Staubsaugerlärm aus der benachbarten Box auffiel.

Im grün gefärbten Glas, das ihn von der Nachbarbox separierte, erkannte er einen älteren Mann und zwei Jugendliche, die sich an dem Auto in ihrer Mitte zu schaffen machten. Aus dessen Innerem drangen die Klänge eines Radios.

Während der vermutliche Vater in der Fahrgastzelle mit dem Staubsauger hantierte, hatte der halbwüchsige Sohn einen Eimer neben sich, in den er von Zeit zu Zeit einen Lappen tauchte. Mit viel Seifenlauge, die in Strömen über die Reifen lief und sich am Boden sammelte, schrubbte er die Felgen. Die Tochter, die vielleicht etwas jünger als ihr Bruder war, bewegte sich gebeugt um das Auto herum und kümmerte sich mit einem Ledertuch um Zierleisten und Scheinwerfer.

Es war das Bild reinster Idylle, dessen er ansichtig wurde – ein Bild, das ihm allerdings einen schmerzhaften Stich versetzte.

Trotzdem war er wie in Bann geschlagen. Als der Sohn, nachdem er seine Tätigkeit beendet hatte, aus dem Kofferraum ein Skateboard holte, klang diese Faszination nicht ab, sondern erhöhte sich noch um eine Reihe von Prozentpunkten – und das, obwohl er den Anblick skatender Jungs von Berlin her kannte, wo er ihn kaltließ. Mit einer seltsamen, geradezu unwirklichen Spannung verfolgte er, wie der Junge nach kräftigem Pushen auf die weite, geleckte Asphaltfläche rollte und dort enge Kurven fuhr, andauernd die Fußstellung änderte und eindrucksvolle Tricks vollführte.

Je länger er zusah, desto vehementer wurde allerdings der Eindruck, dass da jemand vor seinen Augen geheime Nachrichten in den Teer ritzte, Informationen, Codewörter, Koordinaten, alles in der flüchtigen Schrift von in der Luft gemalten Figuren, sodass von oben, von einem Raumschiff aus, die Instruktionen entschlüsselt werden konnten. Und wie er hinaufsah, um den Himmel nach dem Raumschiff abzusuchen, das den Verdacht bekräftigte, kippte plötzlich das Bild – und er erlag dem zwanghaften Eindruck, auf dem Platz nicht den Agenten einer außerirdischen Zivilisation zu beobachten, sondern selbst dieser Agent zu sein, jener Außerirdische und Fremde, der unter Beobachtung stand.

»Simon!«

Orlov hörte die Stimme aus der Nachbarbox.

Er nahm die Augen vom Innenspiegel, in dem er dem Jungen bei seinen Kunststückchen aufmerksam zugesehen hatte, und drehte den Kopf zur Seite. Nebenan winkte der Vater den Sohn heran.

Orlov begriff, dass drüben zum Aufbruch gedrängt wurde. Und tatsächlich rollte wenig später der Peugeot rückwärts aus der SB-Box.

Im Anbetracht dessen, was er gesehen hatte und was zwei Meter neben ihm vor sich ging, vernahm Orlov eine Stimme im Kopf, von der ihm befohlen wurde, es dem Nachbarn nachzutun. Und so verließen wenig später zwei Wagen kurz hintereinander das Tankstellengelände.

Er klemmte sich an die Stoßstange des Peugeot. Offensichtlich nahm dessen Lenker Kurs auf das Zentrum. Und es dauerte nicht lange, da legte ihm das spürbar gewachsene Verkehrsaufkommen den Gedanken nahe, dass man im Zielbereich angekommen war. Der Break verlangsamte das Tempo, weil der Fahrer ersichtlich seine Aufmerksamkeit der Suche nach einem Parkplatz widmete.

Orlov sah sich genötigt, ebenfalls nach einer Parkmöglichkeit Ausschau zu halten, was zur befürchteten Folge hatte, dass er das Observationsobjekt aus den Augen verlor. Als er irgendwann ratlos am Bordstein stand, warf sich die Frage auf, in welche Richtung er sich wenden sollte. Der Peugeot war nirgends zu entdecken. So kam es, dass er schlussendlich am Jupiterbrunnen im Alten Botanischen Garten landete.

Und jetzt, da er überzeugt war, auf dem Bürgersteig drüben den Vater des Jungen, der Simon gerufen wurde, erkannt zu haben, allein und ohne seine beiden Sprösslinge, jetzt, da er vom Brunnenrand aufgesprungen war und über die vierspurige Straße hetzte, auf den Justizpalast zu, von dem er zu diesem Zeitpunkt noch nicht wusste, dass es der Justizpalast war, jetzt hatte er die verrückte und jeder Plausibilität entbehrende Vorstellung, dem Ziel nahe zu sein.

Dem Mann folgend, betrat er durch eine in dem mächtigen Portal eingelassene Tür das Gebäude, lief vor in die Zentralhalle, die ihn mit einer imposanten Treppenanlage konfrontierte; sah sich unentschlossen um – und hörte nur noch, dass sich irgendwo im Labyrinth der Gänge, das sich über drei Stockwerke verteilte, knarzend eine Tür schloss. Der Mann aber, den er bis hierher verfolgt hatte, blieb spurlos verschwunden.

Während er in seiner übergroßen Jacke wie ein Schuljunge wirkte, der mit hängenden Schultern in der Halle stand und hoch zur Glaskuppel starrte, deren helles graues Licht sich auf dem gekachelten Boden spiegelte, spürte er die Enttäuschung, die sich unaufhaltsam in ihm ausdehnte – und schnell in eine elende Übelkeit verwandelte. Und noch ehe er sich dessen richtig bewusst werden konnte, schoss diese säuerliche Übelkeit in ihm hoch, füllte seinen Mund, und es gelang ihm gerade eben, unter eine der Treppen zu flüchten, um sich in einer halbwegs abgelegenen Ecke schwallweise zu erbrechen.

Als Orlov am folgenden Morgen die Augen aufschlug, hatte er keine Vorstellung davon, wo er sich befand. Die Heizung machte die Luft in dem kleinen Zimmer stickig, und in seinem Kopf brodelte ein Gemisch aus Schuldbewusstsein und Hass. Immer noch lag eine leichte, aber spürbare Übelkeit auf seinem Magen. Er schloss die Augen wieder und weigerte sich, seine Umgebung als das anzuerkennen, was sie war: die Wirklichkeit.

Er brachte es fertig, bis weit in den Nachmittag liegen zu bleiben – im Wechsel von Dämmer und Schlaf und bestrahlt von einem tonlos laufenden Fernseher. Einmal wurde er kurz in seiner Lethargie gestört, weil es an der Tür klopfte. Was er ignorierte. Im Anschluss daran fiel es ihm schwer, abermals einzuschlafen, und so rauchte er einen Joint, der ihn schleunigst in den Schlaf schickte. Als er irgendwann später zu Bewusstsein kam, schaffte er es endlich, sich zu erheben und ins Bad zu gehen. Im Spiegel ein müdes Gesicht hinter Bartstoppeln. Sein Rasierzeug hatte er vergessen.

Schließlich sah man ihn die Treppe herunterkommen und zur Rezeption gehen, wo er den Portier nach einer Apotheke fragte. Mit dem Plan und der Adresse in der Hand verließ er das Hotel, das er sich am Vorabend in der Nähe des Bahnhofs gesucht hatte.

Obwohl er seit den Berliner Klinikaufenthalten wusste, dass es angesichts seiner Probleme nicht ratsam war, ohne ärztlichen Beistand Medikamente einzunehmen, besorgte er sich welche – angeblich harmloses Zeugs. In einem türkischen Imbiss kippte er daraufhin einige Gläser Raki, um den üblen Geschmack im Mund loszuwerden und die betäubte, pelzige Zunge ins Leben zurückzurufen. Sodann holte er seinen Wagen aus der Hotelgarage und cruiste ziellos durch die verregnete Stadt.

Der Cocktail aus Medikamenten, Alkohol und Marihuana tat seine Wirkung – und brachte ihn dazu, mitten auf dem leeren Oberwiesenfeld, um das er ein paarmal einen desolaten Kreis geschlagen hatte, den Wagen abzustellen, um zu Fuß über den regennassen Lehm zu trotten, ruhelos hin und her, die Bavaria im Blick. Da war es bereits Nacht.

Das nächste Mal, als er eine Uhr wahrnahm, war es drei Uhr morgens, ein paar Minuten später. Drei Uhr morgens am dritten März. So leuchtete es grünlich von der Digitalanzeige am Armaturenbrett ins Halbdunkel. Er lag im Auto, die Lehne des Fahrersitzes war heruntergelassen, und starrte schräg nach oben durch die Windschutzscheibe in eine sternenlose Nacht, die ihn mit einem Schlag nüchtern fühlen ließ. Auch die Übelkeit war verflogen.

Nach dem Hebel an der Seite tastend, ließ er die Rücklehne langsam hochkommen. Da entdeckte er auf der gegenüberliegenden Straßenseite zwanzig oder dreißig Meter vor sich eine Gestalt, die aus der Unterführung auf ihn zukam.

Orlov ging mit dem Oberkörper vor zum Armaturenbrett, auf das das Licht einer Straßenlaterne fiel. Nachdenklich bewegte er den Kopf nach links und rechts und sah sich die Gegend an. Der Ort, an dem er sich befand, war ihm gänzlich fremd. Er hatte auch keinen Schimmer, wie er hierhergekommen war.

Wenn er ehrlich zu sich war, wusste er überhaupt nur eines hundertprozentig.

Die Gestalt da vorne kannte er.

DREIZEHN

»Der Professor kommt gleich.«

Bei diesen Worten schenkte die Sekretärin der verlassenen Bibliothek ein ebenso ungefähres wie schwankendes Lächeln, legte die Hand an die Klinke und ließ den Anwalt allein.

Kaum, dass die Tür zu war, senkte sich Ruhe über den Raum.

Aufgepflanzt vor einem quer zu ihm stehenden Konferenztisch mit geraden Beinen, sah Colver sich zwei hohen, mehrfach unterteilten Fenstern gegenüber, die fast bis unter die Decke reichten. Das helle Licht des Vormittags, das durch das blitzsaubere Glas fiel, verlieh der Bibliothek mit ihrem dunklen Holz aus Nussbaum einen imposanten, gravitätischen Anstrich.

Unterhalb der Fenster standen jeweils vier Stühle, eng nebeneinander, sodass sie sich an Schultern und Hüfte berührten. Es waren die gleichen Stühle, wie sie den gesamten länglichen Raum dominierten, dekorativ und akkurat über die strategischen Punkte verteilt – Stühle aus poliertem Nussbaumholz mit Armlehnen und breitem, durchbrochenen Rückenteil. Zusätzlich zur stoischen Fenstergarde fand man je zehn von ihnen an beiden Seiten des Tischs, jeweils drei in den Ecken und je zwei parallel zu den verglasten Bücherschränken, die rundum die Wände flankierten. Er stellte sich vor, wie gediegen man in ihnen saß, in dem beschwichtigenden Gefühl, keine unüberlegten Entscheidungen zu fällen. Ein bisschen fühlte er sich in ihrem Anblick an einen Gerichtssaal erinnert, wenn üble Strafsachen verhandelt wurden und man die Stühle in der Rolle von Wachpersonal sah.

Rechter Hand, an der schmalen Seite des Raums, entdeckte er eine einfache Resopaltür, die halb offen stand und den Blick in eine Art Magazin freigab, auf gähnend leere Metallregale.

Unschlüssig, wohin er sich in dem menschenleeren Raum wenden sollte, ging Colver um den Tisch herum zu einem der Fenster, öffnete einen Flügel und sah hinunter in den begrünten Innenhof. Aus einem der vielen umliegenden Zimmer drang das Klappern von Geschirr zu ihm.

An diesem Donnerstag, dem letzten Tag im Juni, war die Luft sommerlich warm, und zwischen den blühenden Bäumen sah man schmiedeeiserne Gartenmöbel, weiß lackierte Holzbänke und Klinikpersonal, das in weißen Kitteln von einem Haus zum nächsten hetzte. Hin und wieder konnte man auf den geteerten Wegen zwischen den Grünanlagen Patienten erkennen, die im Bademantel unterwegs waren oder im Hemd ohne Sakko, um im Garten jenseits aller medizinischen Routinen Erholung zu suchen. Die müden, schmutzigen, verwirrten Menschen standen in brutalem Kontrast zu den modernen und glatten Skulpturen, die die grünen Inseln dazwischen besiedelten und den pharmakologischen Triumph ebenso stumm bejubelten wie den Kunstverstand der Ärzte.

Gleich gestern nach seiner Rückkehr aus Rossinière und nach einem ausführlichen Telefonat mit Bremerhaven hatte Colver in der Psychiatrischen Universitätsklinik angerufen, um sich einen Termin geben zu lassen. Er wollte mehr über den Typus des Attentäters erfahren.

Zwar hatte er den Polizeischutz abgelehnt, den man ihm freundlicherweise angeboten hatte, aber auf den Moment, in dem er unweigerlich dem flüchtigen Fotografen gegenüberstehen würde, wollte er sich vorbereiten. Denn das stand für ihn jetzt außer jeden Zweifel: Der Mörder von Lasse B. und vermutlich von dessen

Begleitung war auch der Mann, der im März den Anschlag auf ihn verübt hatte. Er brauchte ihn gar nicht durch ganz Europa zu jagen. Im Gegenteil: Der Fotograf würde aus freien Stücken zu ihm nach München kommen. Und er würde wissen, wie man ihn ausfindig machte und erledigte – und er würde hoffen, dass er es diesmal richtig bewerkstelligte.

Colver bewegte die Schultern und atmete tief durch.

Nachdem die Zentrale ihn ohne Resultat durch die halbe Klinik vermittelt hatte, zeigte schließlich jemand Erbarmen und nahm sich seines Anliegens an – ein gewisser Professor Böhme, Oberarzt, wie ihm mitgeteilt wurde – ohne das Fachgebiet zu erwähnen, für das der Mann ausgebildet war.

Nachdem Böhme die Ausführungen des Anwalts am Telefon mit gleichmütigen und höflichen Hmhms kommentiert hatte, willigte er mit der Einschränkung ein:

»Aber nicht am Telefon.«

Zur Verblüffung seines Gesprächspartners schlug der Arzt einen Termin gleich am nächsten Tag vor – in der Bibliothek der Klinik, um elf Uhr nach der morgendlichen Besprechung mit den Kollegen, wenn's passt.

Untergebracht war die Bibliothek der Psychiatrischen Universitätsklinik am Beethovenplatz, im zweiten Stock des wuchtigen, mit Erweiterungsbauten versehenen Gebäudes, das im Stil der Gründerzeit erbaut und nach dem Arzt Emil Kraepelin benannt war. Mit dem Rad von der Gotzinger Straße keine Viertelstunde entfernt.

Und nun, einige Minuten nach elf, wartete der Anwalt am offenen Fenster der Bibliothek geduldig auf den Professor, sah hinaus in die Wipfel der Bäume, von da in den klaren Himmel, atmete die milde süßliche Luft ein, lauschte dem Vogelgezwitscher und blickte zu dem Gebäudeflügel hinüber, der von rechts in sein

Blickfeld ragte – all das nahm er wahr und begriff doch nichts davon. Stattdessen hatte er nämlich wieder das hagere, von dünnen blauen Äderchen durchzogene Gesicht des Schweizer Kommissars vor sich, der ihm in dem kargen, abgedunkelten Zimmer irgendwo in Vevey bei einer Karaffe Wasser und zwei Gläsern am Tisch gegenübersaß, ihn misstrauisch beäugte und nicht lockerließ.

Stunden war das so gegangen. Dem eidgenössischen Beamten war anzusehen, dass er der Geschichte, die ihm hartnäckig aufgetischt wurde, auch jetzt keinen größeren Glauben schenkte als zu Anfang – aber er konnte ihrem Erzähler leider auch nicht nachweisen, dass sie erfunden war. Zu allem Überdruss hielt man den Fotografen, der sich in dem silbernen Subaru Forester noch schnell erfolgreich aus dem Staub hatte machen können, sogar für einen Komplizen.

Colver, am Fenster der Bibliothek, hielt das Gesicht in die Luft und schmunzelte in sich hinein.

So schnell kam man vom Regen in die Traufe.

In den Grundzügen stimmte die Geschichte ja, die er zum Besten gegeben hatte.

Was hatte er erzählt?

Dass der Zollkommissar ein alter Freund war, von dem er vergangenen Freitag völlig überraschend einen Anruf erhalten habe, in dem ihm mitgeteilt worden sei, dass man in großen Schwierigkeiten stecke. Nur das, kein Wort zu Details. Er solle einfach nur kommen, falls er es einrichten könne, hatte der Anrufer gebeten, und er, Colver, habe keine Sekunde gezögert, dem Freund zu Hilfe zu eilen, mehr nicht – sei das nicht selbstverständlich?

Nichts geahnt habe er von dessen Amtsmissbrauch und weiteren illegalen Aktivitäten, nicht das Geringste, so hatte er gegenüber dem Schweizer Kommissar ergänzt. Aus Andeutungen, die

Lasse B. dann noch am Telefon gemacht habe, habe er lediglich folgern können, dass es gefährlich werden konnte, weshalb er sich entschlossen habe, eine Waffe mit sich zu führen.

Colver rekapitulierte die Szene Wort für Wort.

Im Rücken die Bibliothek und das in ihr versammelte Wissen über die Krankheiten der Seele entsann sich der Anwalt, dass der funkelnde Spott in den Augen des Schweizers unmissverständlich zum Ausdruck brachte, dass dieser über die Spielarten menschlicher Charaktere und Schicksale Bescheid zu wissen meinte – und ihn deshalb im Grunde für erledigt hielt.

Irgendeine, wie Colver in der bibliophilen Stille jetzt vermutete, dumpfe Rache dafür, dass er sich von dem Mann nicht hatte festnageln lassen.

Und dann war das Verhör am nächsten und übernächsten Tag prompt mit dem gleichen unerträglichen Eifer fortgesetzt worden.

Anders, als es im Chalet für ihn ausgesehen hatte, war Lasse B., wie der Anwalt am darauffolgenden Montag erfuhr, keineswegs an einer Überdosis Opium gestorben, sondern vergiftet worden – mit Rizin, das man dem Tabak beigegeben hatte. Das Opium sollte nur helfen, den Mord zu vertuschen.

Im Lauf des Nachmittags kam dann vom Bremerhavener Zoll aber doch noch die Erlösung – nämlich in Form einer mündlichen Bestätigung, dass der Verdächtige tatsächlich am letzten Freitag bei der Dienststelle von Lasse B. angerufen und besorgt nach dessen Verbleib gefragt hatte.

Da der Tatbestand des unerlaubten Waffenbesitzes nicht ausreichte, um den Anwalt länger in Vevey festzuhalten, ließ man ihn am Mittwochmorgen endlich widerwillig ziehen. Sogar die Glock bekam er ausgehändigt – allerdings unter strengen Auflagen und ohne Magazin. Vielleicht hatte man Mitleid mit ihm und drückte beide Augen zu. Auf seinem Schreibtisch mit Blumen im Lauf wäre die Pistole ein *Poser*, wie sein Sohn es ausdrücken würde.

Zu diesem Zeitpunkt fehlte übrigens vom Assistenten des Zollkommissars weiterhin jede Spur.

Während Colver mit Blick in den Klinikgarten solchen und ähnlichen Gedanken nachhing – noch weitgehend damit beschäftigt, seinen Abstecher nach Montreux und das, was er erlebt hatte, zu verdauen –, kam der Professor zur Tür herein, nur am unvermeidlichen Schleifen der Sohlen über das Linoleum vernehmbar.

»Nehmen Sie doch Platz«, hörte der Anwalt im Rücken die Aufforderung – und fuhr merklich zusammen.

Colver schloss von der angenehmen Erscheinung des Arztes und seiner freundlichen Stimme auf eine gewisse Gutmütigkeit. Er sollte sich täuschen.

Der Mann hatte dichtes, zurückgekämmtes weißes Haar, war gebräunt, als käme er geradewegs von einer Segeltour. Natürlich trug er den obligatorischen weißen Kittel. Trotz seines jugendlichen Aussehens durfte er die sechzig überschritten haben.

Beim Konferenztisch stehend, rückten er und der Professor die Stühle und setzten sich nacheinander über Eck.

Der Arzt legte den Arm auf die Tischplatte und musterte seinen Gast eindringlich. Dann eröffnete er ohne Übergang das Gespräch.

»Sie befürchten also, dass Ihnen jemand auf den Fersen ist?«

Colver überhörte den leichten Spott in der Frage.

»Und dass dieser Jemand vorhat, ein Attentat auf Sie zu verüben?«

Der Anwalt verzog keine Miene, sondern ließ den Professor weiterreden.

»Und das befürchten Sie, weil dieser Jemand bereits versucht hat, Sie zu töten. Das Attentat scheiterte. Ist das richtig?«

Der Angesprochene nickte.

»Und nun wollen Sie wissen, was es mit einem Menschen auf sich hat, der ein Attentat oder einen Mord begeht oder begehen will, obwohl es ihm an einem irgendwie nachvollziehbaren Motiv fehlt.«

Bei diesen Worten trat eine kaum verhohlene Aggressivität zutage.

Colver erinnerte die Art, wie der Arzt seine Fragen stellte, an das Verhör in Vevey. Man versuchte, den Spieß umzudrehen. Ihm wurde mulmig zumute.

Es entstand eine kurze, aus Gründen der Dramaturgie gesetzte Pause.

Dann seufzte Böhme hörbar, bevor er die Ellenbogen aufstützte und die Fingerspitzen gegeneinanderlegte.

»Ich sage Ihnen: Nichts hat es damit auf sich. Wir – und damit meine ich Sie und mich und alle anderen in dieser Stadt und überall sonst – brauchen kein Motiv, um von solchen Wünschen durchquert zu werden. Wir sind fähig dazu. Fähig zu einem Mord. Das ist alles. Und weil wir dazu fähig sind, setzen wir das auch gelegentlich in die Tat um. Mit oder ohne Grund, einfach so. Aus Übermut. Aus Langweile. Aus Bosheit.«

Der Anwalt bewegte keine Miene.

Ungewöhnlich scharf formulierte der Arzt sein Resümee.

»Jedenfalls hat eine sinnlose Tat nicht zur Voraussetzung, dass man das seelische Gleichgewicht verloren hat. Nein, ganz und gar nicht. Attentäter sind keine Patienten.«

Colver blieb stumm. Er wurde den Eindruck nicht los, dass ihm der Arzt eine Strafpredigt hielt.

»Eher gilt das Gegenteil: Wer psychische Probleme hat, ist für Mord oder Gewalt gewöhnlich nicht besonders gut disponiert. Ein Psychotiker kann keine Attentate planen und ausführen. Depressive ebenso wenig. Zwar töten hin und wieder Schizophrene, aber dies geschieht ausschließlich im Kreis ihres Wahngeschehens.«

Der Professor holte Luft. Er holte zum entscheidenden Schlag aus.

»Und jetzt spitzen Sie die Ohren: Wir alle – Sie und ich – leben in Wahnwelten. Auch die Psychiatrie agiert in ihrer eigenen Wahnwelt. Der Unterschied liegt bloß darin, wie gut die Gründe sind, die wir uns zurechtlegen, um die Wahnwelt, die wir gerade bewohnen, zu verteidigen. Die Welt, in der Sie und Ihre Kollegen sich bewegen, ist nicht weniger eine Wahnwelt als die meine oder die eines Schizophrenen. Was wir für die wirkliche Welt halten, ist nichts anderes als – Wahn.«

Der Professor macht eine bedeutsame Pause.

»Jeder lebt in seinem eigenen. Dazwischen, zwischen diesen Welten, gibt es keine zwingenden Verbindungen – außer der Tat selbst.«

Der Arzt begann, sich in Rage zu reden.

»Wer ein Attentat verübt, muss krank sein. So lautet die Botschaft, die man auf allen Kanälen serviert bekommt. Aber lassen Sie es sich von mir gesagt sein, noch einmal: Ein Attentäter oder Mörder ist kein Patient. Jedenfalls so wenig, wie wir selbst welche sind.«

Der Mann schnappte nach Luft.

»In der Öffentlichkeit wird das gern anders dargestellt. Man glaubt lieber an eine heile Welt. Und die Medien bedienen diesen Wunsch mit immer größerer Perfektion und Lüge. Übrigens ist man ja auch bei Gericht bemüht, nach passenden Entschuldigungen zu suchen. Stimmt's? Das dürfte Ihnen als Rechtsanwalt bekannt sein.«

Colver verweigerte die Zustimmung, die der Arzt mit funkelnden Augen erheischte.

Um den sicheren Sieg gebracht, fuhr dieser nach einem Moment des Schweigens fort.

»Purer Wahn. Nichts als Wahn.«

Hörbar ließ der Arzt Luft entweichen. Seine Stimme wurde ruhiger.

»Ich wollte Ihnen das nicht am Telefon erzählen. Sie hätten es nicht ernst genommen. Sie hätten weiterhin versucht, über die Psyche eines Verbrechers aufgeklärt zu werden.«

»Man kann sich also vor so jemandem nicht irgendwie schützen?«, brach es aus dem Anwalt heraus. Am Keuchen seines Gegenübers merkte er, dass dieser, der sich ihm wieder zugewandt hatte, sehr erregt war.

»Vor so jemandem? Wie meinen Sie das? Vor so jemandem wie Ihnen oder mir oder irgendwem sonst? Doch. Kann man. Indem man den gesunden Menschenverstand benutzt.«

Colver glaubte aus der Art, wie der Psychiater das Wörtchen *gesund* aussprach, Hohn herauszuhören und sah ihn verständnislos an.

»Dass der Mensch böse sein kann, dass er manchmal sogar böse sein *will*, das passt nicht zu unserem Selbstbild. Doch das Bild, das wir von uns haben, entspricht nicht der Wirklichkeit. Was wir für die Wirklichkeit halten, gleicht eher einem Bild des Seinsollens. Es *soll* so sein, dass wir nicht böse sind oder sein können. Aber bedauerlicherweise *ist* es nicht so.«

Nach all dem, was der Anwalt am vergangenen Wochenende mitbekommen hatte, neigte er dazu, den Arzt in seinem negativen Weltbild zu bestätigen. Das verblüffte ihn.

»Niemand will verletzt werden. Und als Verletzung begreift man es heutzutage schon, wenn man mit der Wahrheit konfrontiert wird. Das ist das Ungeheuerliche. Wir leben im reinsten Irrationalismus!«

Böhme sah Colver an, als müsste dieser im nächsten Augenblick ein Erweckungserlebnis haben.

Der Arzt hatte sich bei den letzten Worten mit beiden Armen auf den Tisch gestützt und vom Stuhl erhoben. Nun blickte er auf Colver herab.

Bevor er sich der Tür zuwandte, fügte er seinen Ausführungen noch drei kurze Sätze hinzu: »Herr Colver, es hat mich ehrlich gefreut, Sie kennenzulernen. Danke für Ihren Besuch. Auf Wiedersehen.«

Einigermaßen konsterniert blickte der Anwalt dem mit fliegenden Schößen enteilenden Professor hinterher.

Erst, als die Sekretärin wenig später den Kopf durch die Tür steckte, um herauszufinden, ob die Bibliothek leer war und wieder abgesperrt werden konnte, richtete er sich mühsam und mit steifen Knien auf und verließ den Raum – den Raum, das Stockwerk und Minuten später auch das Kraepelin-Gebäude, und zwar durch den Haupteingang.

Als Colver unter dem Vorbau stand und geschwächt in die Sonne blinzelte, um kurz darauf sein Fahrrad aufzusperren, das an der Mauer lehnte, die die Auffahrt vom Trottoir trennte, musste er beinahe laut auflachen.

Es war schwerlich zu bestreiten.

Man hatte ihm eine Abfuhr erteilt.

Zur Feier von Simons achtzehntem Geburtstag war verabredet worden, sich am späten Nachmittag auf der Terrasse der Goldenen Bar zu treffen, die ganze Familie einschließlich Daniela.

Seine Ex war in blendender Form, und das stimmte ihn verdrießlich. Schon zu der Zeit, als sie noch mit ihm verheiratet gewesen war, hatte es ihn geärgert. Für ihn war ihr Getue aufgesetzt, nur dazu da, um die sieben Jahre zu betonen, die sie voneinander trennten. Immerhin hatte sie es seinerzeit nicht unterlassen können, bei jeder sich bietenden Gelegenheit darauf anzuspielen. Als ob in dem Alter, in dem sie beide waren, sieben Jahre von Bedeutung gewesen wären. Die Biologie von Mann und Frau war nun mal verschieden. Doch jetzt, bei einer der seltenen Gelegenheiten, zu denen die ganze Familie zusammenkam, musste er feststellen, dass offenbar nicht einmal fünf Jahre Trennung ausreichten, um die ehemalige Gattin von diesem unerfreulichen und hartnäckigen Trip abzubringen.

Gerade diskutierte Daniela mit Simon und Katharina irgendeine anstehende Sache durch, als Colver an den Vibrationen in der Hosentasche bemerkte, dass ihn jemand zu erreichen versuchte. Sich mit schuldbewusstem Blick aus dem Schalenstuhl erhebend, entfernte er sich vom Tisch und ging vor zum Geländer, von dem aus man über den Parkplatz, den Eisbach und in den Englischen Garten blicken konnte.

Falls einer der Gäste an der Bar unter dem Portikus oder von den Sitzgrüppchen aus, die über den freien Teil der Terrasse wild verteilt waren, den Anwalt beobachtete, hätte er meinen müssen, der Mann lausche endlosen Vorwürfen, die ihm am Telefon von seiner Geliebten oder seinem Geschäftspartner gemacht wurden. Wie versteinert lehnte Colver am Eisengeländer, mit gesenktem Kopf, die Augen nach innen gerichtet, den Apparat ans Ohr gepresst, statisch, straff, schmallippig.

In Leipzig war der getürmte Fotograf der Drogenfahndung zufällig in die Fänge gegangen. In der durch Bandenkriege prominent gewordenen Eisenbahnstraße. Die Polizei hatte von langer Hand einen Deal eingefädelt, auf den von Seiten der Pusher eingegangen worden war – überraschenderweise mit Barschat als einem der Hauptakteure. Als er festgenommen wurde, stand er, der ohnehin einen einigermaßen verwahrlosten Eindruck machte, unter Drogeneinfluss – und sein SUV war bis unters Dach vollgestopft mit Kostümen, die aus dem Fundus der Leipziger Oper stammten. Offenbar hatte er Verbindungen in das Haus. Und zur Russenmafia, die um die Vorherrschaft in der Eisenbahnstraße kämpfte. Am Morgen nach der Festnahme hatte er ein Geständnis abgelegt.

Nach Angaben der Hamburger Beamtin, die Colver am Telefon über die Ergebnisse informierte, die die Fahndung nach dem Zollkommissar ergeben hatte – in dem irrigen Glauben, weitere Details in Erfahrung bringen zu können –, ging sowohl der Mord an Lasse B. wie an dessen Begleiter auf das Konto von Barschat. In einem Waldstück nahe dem Chalet hatte er Letzteren mit einem Kopfschuss aus geringster Entfernung getötet.

Die schüchterne Hoffnung, die im Anwalt aufglomm, dass damit auch das Attentat auf ihn kurz vor der Aufklärung stand, wurde von der Beamtin aber gleich wieder zunichtegemacht. An den Toten auf dem Bananendampfer wollte der Fotograf sich nämlich nicht erinnern können. Ebenso wurde von ihm vehement bestritten, sich im März in München aufgehalten und auf den Anwalt einen Anschlag verübt zu haben. Hoch und heilig sollte er beteuert haben, in seinem ganzen Leben noch nie in München gewesen zu sein.

Colver vernahm jedes Wort so, als würden sie ihm gleich einer bitteren Medizin einzeln in die Ohren geträufelt. Und an jedes der Worte knüpfte sich eine Vorstellung, eine Erinnerung, eine Mutmaßung – wobei jede der Mutmaßungen und Erinnerungen im selben Moment erlosch, wo sie vor ihm auferstand. Als hätte sie jemand mit einem brennenden Streichholz versengt. Was er sich an Motiven und Argumenten im Lauf der letzten Monate zurechtgelegt hatte, zerfiel vor seinem inneren Auge zu Staub. Er hatte das Gefühl, dass das, was er eben noch für sein Leben gehalten hatte, nichts weiter war als ein Haufen kalter Asche.

Als er das Telefon zuklappte und im Futter des Sakkos verschwinden ließ, glänzte auf seiner Oberlippe der Schweiß. Er stieß sich vom Geländer ab und ging bis unter den Portikus, wo sich zwischen zwei Säulen die Bar in einem glitzernden Halo aus Stimmen und Gläserklirren eingenistet hatte. Er wusste nun, dass er auf gar keinen Fall seine Familie in den Schlamassel mit hineinziehen durfte; dass er, wollte er niemanden gefährden, eine Auszeit mit unbestimmter Frist nehmen und sich von seinen Kindern wie von seiner Ex fernhalten musste.

Als man ihn nach seinen Wünschen fragte, bestellte er drei trendige Cocktails und schärfte dem Kellner ein, wo die Gäste saßen, zu denen die Getränke gebracht werden sollten. Dann bezahlte er, bedachte den Tisch, um den seine lachende, ahnungslose Familie vereint war, mit einem scheuen Blick und verschwand im Innern des Lokals – den Anschein erweckend, als wollte er auf die Toilette. Durch eine Seitentür, von der er von einem früheren Besuch im Haus der Kunst wusste, dass sie aus Feuerschutzgründen unverschlossen blieb, gelangte er in den hinteren Flügel.

Voller schwerer Gedanken passierte er in der monumentalen Ausstellungshalle die großformatigen Gemälde, die an den weißen und kahlen Wänden hingen und deren Motive allesamt auf dem Kopf zu stehen schienen. Da kam es ihm plötzlich vor, als hingen nicht die Bilder verkehrt herum, sondern als seien es die Gesetze oder Gewohnheiten der Welt, die auf dem Kopf stünden; als habe sich das, was in den vergangenen Monaten geschehen war und was sich seit einer Handvoll Tagen zu lichten beginnen schien, unversehens wieder verdunkelt und in ein undurchdringliches und unverständliches Mysterium verwandelt.

VIERZEHN

Es war gegen Mittag und Orlov schlief fest, als er von einem Geräusch an der Tür geweckt wurde.

Während er unter der Decke reglos blieb, hob er eins seiner Lider zur Hälfte an – und hoffte insgeheim darauf, dass sich das Geräusch nicht wiederholte. Mit dem anderen, geschlossenen Auge weilte er noch im Treppenhaus der Kolomenskaya, wo ihm gerade Asja begegnet war. In Strümpfen hatte sie ihn, der von unten heraufkam, oben vom Absatz aus angestarrt, um sogleich, nachdem sie die Frage verneint hatte, ob sie jemand gesehen hätte, geräuschlos in der Wohnung zu verschwinden, in die sie mit ihren Eltern und ihrem Bruder vor wenigen Wochen erst eingezogen war. Dabei hatte sie die Tür einen deutlichen Spalt offen gelassen – unbestreitbar eine wortlose Einladung an ihn.

Jetzt, im Bett, den Kopf ins zerknautschte Kissen grabend, entsann er sich, die Tür sachte weiter aufgedrückt zu haben. Mit einem Fuß trat er in den dämmrigen Flur, ängstlich und irritiert von dem fremden Geruch, der ihm entgegenschlug – genauso wie von dem monotonen Ticken einer Standuhr, die selbst aber nirgendwo zu entdecken war. Einen zögerlichen Blick zu Asja werfend, die am anderen Ende in einer Nische zwischen Zimmertür und einem Mauervorsprung verharrte, näherte er sich, angelockt von der vertraulichen Miene, die sie im Halbdunkel erkennen ließ. Auf einem Teil ihres Gesichts sammelte sich das Licht vom jenseitigen Küchenfenster.

»Horch mal.«

Sie legte das Ohr an den Mauervorsprung, um es ihm vorzumachen.

»Du kannst Stimmen hören.«

Verblüfft sah er sie an. Er war elf oder zwölf und noch unsicher, wenn es darum ging zu entscheiden, was alles sein konnte und was nicht.

Im Bett fühlte er wieder die Kälte, die sich von der Wand auf sein Ohr übertragen hatte, als er es an die Tapete legte, darauf gefasst, jeden Augenblick ausgelacht zu werden.

Offenbar verbarg sich hinter dem Gemäuer ein stillgelegter Kamin, der nur noch als Abzugsschacht genutzt wurde. Ob es Stimmen waren, die er vernahm, oder ob es bloß der Wind war, der durch den Schacht pfiff, das vermochte er nicht endgültig zu entscheiden.

»In welche Klasse gehst du?«

Dem Echo dieser einen Frage hinterhersinnend, die im Hohlraum des Kamins gefangen schien mitsamt dem kompletten Traum, den er träumte und in dem auf irgendeine rätselhafte Weise die ganzen Jahre mit Asja Platz fanden, formte sich in seinem Bewusstsein die Erkenntnis, dass hier der Auftakt lag für den lange unbemerkt gebliebenen Bund, den sie miteinander geschlossen hatten, Asja und er. Dass er sich eineinhalb Jahrzehnte später so genau an diese Szene erinnern konnte, als hätte er sie gestern erlebt, sprach für sich und ließ ihn für den Moment die Orientierung in Raum und Zeit verlieren, sodass er beinahe das fortgesetzte Klopfen an der Wohnungstür überhört hätte – fester jetzt, unnachgiebiger.

Er dachte darüber nach, ob es möglich sein konnte, dass während seiner Abwesenheit schon wieder ein Monatsanfang herangerückt war und Günter vor der Tür stand, um die Hand aufzuhalten. Doch während die Gestalt prompt vor seinem Auge erschien, so, als stünde sie wirklich an der Wohnungstür – das spärliche, an den Schädel geklebte Haar, der immer selbe, verwaschene Trainingsanzug, im Mundwinkel Speichel und den Ausdruck von Gewinnsucht –, erinnerte er sich, Günter vorsorglich, noch bevor überhaupt feststand, ob Nadsch mit ihm mitkommen würde, die Miete für den März entrichtet zu haben.

Wer klopfte also? Wer konnte etwas von ihm wollen?

Die Frage beunruhigte ihn.

Die Polizei?

Hatte man ihn unbemerkt die ganze Strecke von München nach Berlin beschattet?

Voller widerstreitender Gefühle schlug Orlov die Decke zurück, setzte sich auf und schlurfte zur Tür. Unterwegs griff er, noch halb vom Schlaf und seinen Träumen benommen, nach Jeans und T-Shirt und schlüpfte hinein.

Nachdem er heute Vormittag endlich in seinen vier Wänden eingetroffen war, von den zurückliegenden Ereignissen und der aufgekommenen Panik erschöpft, ausgelaugt von der nächtlichen Fahrt und den Tabletten, die er eingeworfen hatte, war er nur noch imstande gewesen, ins Bett zu kippen – ohne Energie, um noch eine Dusche zu nehmen. Und weil in seinem Kopf, angeregt von den zurückliegenden Ereignissen, Triumphgefühle mit Verfolgungswahn in harten Schnitten abgewechselt hatten, eine Auseinandersetzung, die durch nichts besänftigt werden konnte, hatte ihn seine völlige körperliche Entkräftung in einen psychotischen, fiebrigen Schlaf geschickt.

Doch jeder Schritt, der ihn jetzt näher zur Tür brachte, nahm ihm die Benommenheit und gab ihm Kraft zurück. Seine Panik verflüchtigte sich.

Was konnte man ihm schon anhaben? Es ging doch gar nicht um seine Person, die war vollkommen unwichtig. Er war nur Resonanzkörper und Verstärker für die Stimmen in der Luft, die ihm den Auftrag erteilt hatten. Der reine Fakt, dass sich die Begegnung mit dem Mann wiederholt hatte, der ihm in der Waschstraße in München über den Weg gelaufen war, hatte bewirkt, dass sie aufgetaut waren.

Ein Knistern und Bitzeln in den Tiefen der Zeit – das kannte er schon.

Man konnte ihm nichts anhaben.

Er stand bei den Außerirdischen unter Schutz.

Nur kurz streifte er in Gedanken die Kammer und die Frage, ob er sich bewaffnen sollte.

Er entschied sich dagegen.

Ihm konnte nichts passieren.

Um seine Person ging es nicht.

Sie war nur der Resonanzkörper.

Bevor Orlov die Tür, die über keinen Spion verfügte, öffnete, angelte er sich noch schnell die Trainingsjacke, die im Flur an einem der Metallregale hing, fuhr hinein und zog den Reißverschluss bis unters Kinn.

Vor ihm stand eine junge Frau, deren Gesicht von ihrem Haar im Gegenlicht madonnenhaft umrahmt wurde. Die Lippen ließen ein leicht verächtliches Lächeln erahnen.

»Ich habe dein Auto gesehen.«

Nadsch sprach leise. In ihrer Stimme lag Verunsicherung.

Orlov brachte keinen Ton hervor. Er wirkte wie versteinert. Er hatte Nadsch völlig aus dem Gedächtnis gestrichen. Mühsam musste er sich die Details erst in Erinnerung rufen.

»Du?«

Ratlos musterte er die Gestalt, die in knallengen Jeans und hohen Pumps vor ihm stand.

»Hast du was angestellt?«

Die Frage kam so überraschend, dass er vor Schreck unwillkürlich ins Halbdunkel des Flurs zurückwich.

In der nächsten Sekunde begriff Orlov allerdings, dass von den Bewegungen seines Kiefers, der ohne sein Zutun zu mahlen angefangen hatte, die Antwort vorweggenommen wurde – und dass dabei ein Zug an ihm enthüllt wurde, der Nadsch verdächtig vorkommen musste, wenn es ihm nicht gelang, ein etwas schiefes Lächeln an ihre Stelle setzen.

»Wie kommst du darauf?«

»Du bist so schreckhaft.«

Orlov zog die Augenbrauen argwöhnisch über der Nasenwurzel zusammen, bevor er sich ruppig abwandte und im Flur verschwand.

Mit keinem Wort ging er auf ihre Bemerkung ein.

Im Glauben, dass ihm Nadsch folgen würde, betrat er die Küche und setzte Kaffeewasser auf. Während er in die Stempelkanne Kaffeepulver löffelte, säuberte die Gefährtin, die inzwischen nachgekommen war und ihre Lederjacke über die Stuhllehne gehängt hatte, in der Spüle zwei mit Comicfiguren bedruckte Becher unter fließendem Wasser.

So standen sie da, Orlov gegen das Spülbecken gelehnt, Nadja mit dem Hintern halb auf dem Tisch, und schlürften im freudlosen Licht des späten Vormittags das heiße Gebräu in sich hinein. Als ob zwischen ihnen nichts vorgefallen wäre, huldigten beide sofort wieder ihrer Gewohnheit, sich gegenseitig ausdauernd anzuschweigen. Dann fing Nadsch ohne Vorankündigung an, ihre Bluse aufzuknöpfen – und sie wechselten das Zimmer.

In dem kleinen Raum mit Fenster zum Hof war die Raufasertapete unterhalb der Decke mit gelblichen Flecken gesäumt, was auf einen längst in Vergessenheit geratenen Wasserrohrbruch in der Wohnung darüber hindeutete. Platz gab es nur für das Bett mit dem breiten Holzrahmen sowie eine Kleiderstange auf Rollen, an der auf billigen Drahtbügeln alles Mögliche wild durcheinanderhing.

An der Wand ein riesiger Flachbildschirm.

Es war ein schneller, heftiger Fick, und als er vorbei war, hing an Nadschs linker Fessel noch die Jeans, verdreht, die Nähte nach außen gewendet.

Orlov grinste und sagte, dass er Lust habe, einen Joint zu rauchen.

»Du solltest mal die Bettwäsche wechseln.«

Und während die Gefährtin noch damit beschäftigt war, mit der Ferse des einen Beins die Hose vollständig über den Fuß des anderen zu streifen, zog er sie voller Ungeduld vom Bett, um das Laken, das sich von der Matratze ohnehin halb gelöst hatte, ganz abzunehmen und die Knöpfe der Bezüge von Kissen und Decke aufzufummeln.

Später schliefen sie mit ineinander verkeilten Beinen ein und erwachten erst wieder, als es draußen bereits dämmerte. Mit Heißhunger hockten sie zwischen den Kissen und beschlossen, mit dem Wagen zu jenem Griechen in der Nähe der Telefonzentrale zu fahren, bei dem es ihrer beider Ansicht nach mit ihnen richtig losgegangen war.

Als sie das Lokal betraten, taten sie das wie zwei, die einen gemeinsamen Ort ihrer Jugend aufsuchen. Zielstrebig nahmen sie ihre gewohnten Plätze ein, Orlov mit dem Rücken zum Fenster. Für die Bestellung brauchten sie die Karte nicht zu studieren. Natürlich schmeckte ihnen die dick mit Schafskäse und Peperoni belegte Pizza – sie schmeckte ihnen so gut, dass sie während des Essens keine Zeit zum Reden fanden.

Danach, beim zweiten Bier, stellte Nadsch die Frage, die ihr schon die ganze Zeit auf dem Herzen lag:

»Wo hast du dich die Tage versteckt?«

Orlov sah über sein Glas hinweg zu ihr hinüber.

»Spielt das eine Rolle?«

»In Berlin bist du nicht gewesen.«

»Woher willst du das wissen?«

»Ich habe dein Auto nicht gesehen.«

»Vielleicht habe ich es woanders geparkt.«

Danach trat für ein paar Momente Stille ein.

Nadsch blickte in ihr Bier. Sie wusste nicht mehr weiter und verstummte.

Orlovs Miene hatte sich, als seine Begleitung damit anfing, verfinstert. Doch nun hatte sich sein Gesicht aufgehellt. In einem deutlich weniger pampigen Tonfall sagte er: »Drück es einfach weg.«

Um seinem Satz Nachdruck zu verleihen, hob er sein Glas in die Luft und stieß mit ihm gegen das ihre.

Eine Spur zu heftig.

»Pass auf.« Nadsch sagte das in den Tisch.

»Hast du Lust auf einen Film?«

Überrascht hob Nadsch das Kinn. Sie nickte.

Auf der Rückfahrt durch die nächtliche Stadt verlor die Verstimmung zwischen ihnen schnell an Bedeutung. Die Lichter in den Straßen fesselten ihre Aufmerksamkeit.

Nach einer Weile merkte Orlov, dass sich in ihm das fast unbezwingbare Verlangen festsetzte, zu überprüfen, ob seine Tat irgendwelche Reaktionen ausgelöst hatte. Im Netz wollte er danach recherchieren.

Er brauchte den Beweis.

Gedankenversunken steuerte er den Wagen zu der Videothek, in der er sich hin und wieder Pornos auslieh und von der er wusste, dass sie freitags bis Mitternacht geöffnet war. Nachdem er den Wagen im gelben Licht, das durch das Ladenfenster auf den Bürgersteig fiel, zum Halten gebracht hatte, bat er Nadsch bei laufendem Motor, hineinzugehen und sich ein paar Filme auszuleihen. Dabei griff er in das Innenfutter seiner Jacke, holte die Geldbörse hervor und entnahm ihr seine Clubkarte, die er ihr reichte.

Nadsch fügte sich widerstandslos seinen Worten, stieg aus und verschwand mit dem harten Klacken ihrer Stöckel in der Videothek.

Während er auf ihre Rückkehr wartete, nutzte er die Zeit, um mit dem Zeigefinger aus dem Menü des Telefons den Getränke-Notdienst aufzurufen und eine Kiste Söhnlein Brillant an die Adresse seiner Wohnung zu ordern.

Es war kalt geworden und hatte zu regnen angefangen, und er spürte, dass sich Müdigkeit in ihm ausbreitete. Nadsch, mit ein paar Videos auf dem Schoß auf dem Beifahrersitz, musste seine Stimmung subkutan erfasst haben, denn sie riss plötzlich den Mund auf und gähnte.

Endlich fanden sie eine Lücke, wo man den Outback parken konnte. Beim Einschlagen des Lenkrads fiel sein Blick auf eine schemenhafte Gestalt an der Straßenecke gegenüber, groß und hager, die in eine Art Kutte gehüllt war und ihn, obwohl er eigentlich nichts erkennen konnte, an Rjabow erinnerte, seinen alten Klassenlehrer.

Doch als ihm sein Manöver die Gelegenheit gab, ein zweites Mal hinüberzusehen, war die Stelle, an der Rjabow gerade aufgetaucht war, leer.

Nadsch schien von alldem nichts mitbekommen zu haben. Sie stieß die Wagentür auf, stellte ein Bein auf die Straße und eilte stöckelnd und wie auf Eiern zum Hauseingang, wo sie vor dem Regen Schutz suchte.

Von der Erscheinung noch einigermaßen verstört, kam Orlov heran und schloss die Tür auf.

Während Nadsch im Bad die Zähne putzte, klingelte es. Die Kiste mit dem Sekt wurde von einem jungenhaften Pakistani zu ihm nach oben in den zweiten Stock gebracht.

In der Küche räumte Orlov die sechs Flaschen in den Kühlschrank. Gleich darauf besann er sich jedoch eines Besseren, entkorkte eine Flasche und füllte die beiden Becher, die noch von vorhin in der Spüle standen, mit dem perlenden Hellgelb.

Vorsichtig balancierte er seine Fracht ins Schlafzimmer. Als Nadsch unbekleidet dazutrat, reichte er ihr wortlos einen der beiden Becher und stieß mit ihr an.

Irgendwann in der Nacht, noch halb von dem Sekt betrunken, den sie in sich hineingeschüttet hatten, wählte er sich auf seinem kaputten Drehstuhl ins Darknet ein, wo er sich bis in die Tiefen zur Netzrepublik *Volk ohne Raum* klickte. Hier traf er erfahrungsgemäß immer jemanden, der irgendwo in der Heimat hinter dem Rechner saß.

Rasch gelang es Orlov, Hilfe zu organisieren, sodass es nicht lange dauerte, bis die ersten Meldungen, die ihm zugespielt wurden, auf seinem Bildschirm aufpoppten. Stets war von Fahrerflucht die Rede, immer ging es um den Raum München. Einer der Freunde schaffte es sogar, in den Server der bayerischen Polizei einzudringen, leider ohne Ergebnis. Keine der Meldungen, die er zu Gesicht bekam, schien sich auf den Vorfall, der ihn interessierte, zu beziehen. Auch hatte er einige Mühe, der Neugier seiner Helfershelfer Zügel anzulegen.

Als er zwei Stunden später enttäuscht den Rechner ausschaltete und nach nebenan schlich, fand er Nadsch schlafend bei laufendem Fernseher vor. Sie musste in seiner Abwesenheit aufgewacht sein und den Apparat eingeschaltet haben.

Am folgenden Morgen erzählte sie ihm, dass er in der Nacht laut gesprochen habe. Sogar geschrien. Genaueres konnte sie aber nicht sagen.

In der Küche nahmen sie im Stehen den obligatorischen Kaffee zu sich.

Da fing sie plötzlich wieder an: »Bei dir hat die beiden Nächte kein einziges Mal Licht gebrannt.«

Bevor der Angesprochene etwas entgegnete, trat eine kurze Pause ein.

Dann schoss es mit ungewöhnlicher Schärfe aus ihm heraus: »Habt ihr euch schon verabredet?«

»Wer?«

Nadsch wirkte aufrichtig überrascht.

»Na, du und der Fotograf.«

Orlovs Worte klangen so unversöhnlich wie definitiv. Für eine weitere Reaktion gab es keinen Platz mehr.

Mit gespieltem Überdruss wandte er sich ab, leerte den Becher und stellte ihn in die Spüle.

Auf dem Weg in sein Büro hörte er Nadsch in seinem Rücken sagen: »Darf ich noch bleiben?«

Ohne anzuhalten, zuckte er die Schultern.

Die Stimmung war gekippt.

Vor dem Rechner sah er sogleich nach Post. Die oberste Mail war eine halbe Stunde alt. Sie enthielt nichts außer einem Bildschirmfoto. Es zeigte den Polizeibericht aus dem aktuellen *Münchner Merkur*, wo es hieß: Am gestrigen Tag sei gegen halb vier morgens in Altsendling nahe des Schlachthofs der Rechtsanwalt Ewart C. von einem unbekannten Fahrzeug angefahren und schwer verletzt worden. Der Lenker habe Fahrerflucht begangen. Der Anwalt sei bewusstlos. Die Polizei fahnde mit Hochdruck nach dem Täter.

Orlov löschte die Mail und trat wie benommen in den Flur, als er jäh aufschreckte, weil er Nadsch vor dem offenen Waffenkämmerchen stehen sah.

»Was machst du denn mit dem ganzen Zeug?«

Nadsch blickte ihn mit einer Mischung aus Verwunderung und Misstrauen an. Die Erkenntnis, die ihn in genau jenem Moment, als er die Worte seiner Freundin vernahm, mit Millionen von Neuronen überschwemmte, stammte aus einem unbekannten Teil von ihm, einer Ecke, die er bislang noch nicht an sich kannte.

»Nichts«, murmelte er beiläufig, denn in Gedanken war er schon weit voraus, ein halbes Jahr oder vier Monate – war wieder in München, in einer kleinen Pension mitten im Sommer, wo er Abend für Abend in einem durchgeschwitzten Hemd auf dem Bett lag, die Augen geschlossen, um zum wiederholten Mal Schritt für Schritt den Plan durchzugehen, bevor er gegen Mitternacht aufbrach und seine Tat an diesem oder an einem anderen Tag vollendete.

DRITTER TEIL

FÜNFZEHN

Colver ließ den Break unter das weit gespannte Dach der Tankstelle rollen und stoppte an einer der Zapfsäulen, wo er den Motor abstellte.

Es war schon spät, und weil um diese Zeit auf den Straßen nicht mehr viel los war, gab es keinen Anlass, das Auto bis vor zur Werkstatt rollen zu lassen. Abgesehen von der Tanksäule, neben der der Peugeot stand, waren alle anderen unbesetzt. Und das waren immerhin sieben. Sollte das nicht genügen?

Es sah jedenfalls so aus, als würden schwerlich heute noch auf einen Schlag so viele vorbeikommen und nach Sprit verlangen, dass die Kapazität der Tankstelle an ihre Grenzen stieß und sich eine Schlange bis hinunter auf die Straße bildete. Er konnte den Wagen hier also unbesorgt stehen lassen, auch wenn er drinnen länger brauchen würde.

Ein paar Kilometer weiter schrak zur selben Zeit Orlov vom Kissen hoch. Er hatte laut gesprochen. Dabei war außer ihm niemand im Zimmer. Er wälzte sich zur Seite und schleuderte dabei unabsichtlich die Fernbedienung zu Boden.

Als der Anwalt hinter sich die Wagentür ins Schloss warf, erschnupperte er den Geruch von Benzin und Teer, der die Luft tränkte.

Aus Hunger hatte er sich hierher verirrt, in dieser behaglichen, von einem heftigen Regenguss angenehm heruntergekühlten Nacht. Er brauchte dringend etwas zwischen die Kiemen – ein Sandwich, Erdnüsse, Dauerwurst, egal. Der Kühlschrank zu Hause war leer, er hatte den ganzen Tag irgendwelche Fälle bearbeitet, um sich von dem ungelösten Rätsel seines eigenen abzulenken, und war eigentlich todmüde, aber sein knurrender Magen hatte ihn aus der Wohnung getrieben.

Und wo sonst bekam man um Mitternacht noch was zum Futtern her?

Es war die einzige Tankstelle im Umkreis.

Das Kissen im Rücken, saß Orlov bei offenem Fenster auf dem Bett, nackt, den Laptop auf dem Schoß, und versuchte, Nadschs Account zu hacken.

Das Licht im Zimmer war gelöscht, der Bildschirm warf grünliches Licht auf sein Gesicht.

Was er in die Tastatur auch eingab, seine Versuche schlugen fehl.

Mit dem Finger bohrte er hartnäckig im Bauchnabel, als fände sich dort eine Lösung.

Langsam ging Colver im Kassenraum an den Regalen entlang, als er im Rücken hörte, dass sich die Automatiktür zu beiden Seiten öffnete. Sogleich zuckte seine rechte Hand hoch zur Achsel, dorthin, wo die Glock im Holster steckte. Er war misstrauisch geworden und ging ohne Waffe nicht mehr aus dem Haus. Ein neues Magazin zu besorgen, nachdem es ihm die Schweizer, um ihrer Pflicht halbwegs Genüge zu tun, abgenommen hatten, war kein Problem. Obwohl es Wochen zurücklag, hatte er noch die Polizistin im Ohr, die zu ihm meinte, dass der Begleiter des Zollkommissars von dem Fotografen im angrenzenden Wald von Rossinière regelrecht hingerichtet worden war.

Sich umdrehend sah er, dass mit dem warmen Luftstrom eine junge Frau hereingeweht kam, die vor zur Kasse ging und Zigaretten verlangte. Im Rücken des jungen Kassierers gab es eine ganze Wand davon. Er reichte der Frau eine Schachtel. Gleich danach war sie wieder draußen und auf dem Fahrrad auf und davon.

Es war ein Phantom, vor dem er auf der Hut war, aber obwohl er das wusste, wusste er zugleich, dass es noch seine Zeit dauern würde, bis er sich seiner entledigt haben würde – von der Angst, dass der Attentäter plötzlich auftauchte.

Dabei saß Barschat in Dresden in U-Haft. Und hatte außerdem für die Nacht vom 2. auf den 3. März ein hieb- und stichfestes Alibi – für genau jene Nacht, in der man ihn mutwillig angefahren hatte.

Ein Alibi.

Angeblich.

Nach einer Weile klappte Orlov den Laptop zu und starrte zum Fenster in den dunklen und diffusen Nachthimmel.

Von irgendwo kam das Knattern eines Hubschraubers an sein Ohr, bis es sich wieder in Luft aufgelöst hatte.

Er wusste, dass er gleich losmusste.

»Wie geht's denn so?«

Der Pächter kam von hinten zu seinem Kollegen in den Kassenraum. Er kannte Colver, der seit Jahren seinen Peugeot zu ihm brachte, wenn Reparaturen anstanden, Bremsen, Stoßdämpfer, Batterie wechseln oder Lämpchen austauschen, das Übliche.

»Kann nicht klagen.«

Auf ein Gespräch wollte der Anwalt sich nicht einlassen. Er drehte den Kopf nur kurz vom Regal weg und entschuldigte sich mit einem müden und unverbindlichen Lächeln.

Während Orlov sich im Dunklen anzog, fasste er den Entschluss, die heutige Nacht unterhaltsamer zu gestalten, als es die vorangegangenen Nächte für ihn gewesen war. Wenn er gleich aufs Neue seinen Wachposten bezog, wollte er die Stunden, die ihn bis zum Morgengrauen erwarteten, nicht wieder ganz ohne Gesellschaft zubringen müssen.

Er hatte auch schon ein Bild im Kopf, wo er das, was er brauchte, herbekam.

Unentschieden drehte sich der Anwalt von den Regalen mit den Snacks weg, um sich aus dem Automaten einen Kaffee zu ziehen. Mit dem randvollen Plastikbecher balancierte er an der Kasse vorbei zum Panoramafenster, das die gesamte Ladenfront verkleidete und vor dem sich die Tankstelle in ihrer zementenen Pracht ausbreitete – bleich und komödiantisch.

Das Getränk auf dem Brett abstellend, das vor dem Fenster für die Breite eines Meters den Tresen mimte, schwang er lässig ein Bein über den Hocker, unbedacht, denn er handelte sich damit prompt einen stechenden Schmerz in der Hüfte ein.

Die Neonlampen unter dem Dach, vor denen ein paar Mücken tanzten, tauchten alles in ein fahles, graublaues Licht. Selbst sein dunkler Peugeot wirkte blass. Nirgends war jemand zu sehen. Er fühlte sich wie in einem Bild von Edward Hopper.

Während Orlov die Allee zu seinem Auto entlangschritt, kamen ihm Zweifel. Nicht zum ersten Mal empfand er seine Mission als etwas, das stetig schwieriger zu erfüllen war. Und das, obwohl man gerade erst den 21. Juli schrieb.

Seit gut einer Woche lag er erfolglos auf der Lauer. Das war nicht sonderlich lange, aber es ermüdete ihn und zehrte an seinen Kräften. Er hatte mit einem schnelleren Erfolg gerechnet.

Vielleicht war es einfach Zufall gewesen, dass ihm der andere in unmittelbarer Nähe der Unterführung begegnet war – vielleicht benutzte er normalerweise nie diesen Weg. Und nie so spät in der Nacht. Andererseits lag sein Büro ganz in der Nähe.

Orlov erreichte den Subaru, der vor einer Batterie Glascontainer parkte, stieg ein und startete den Motor. Als er rückwärts auf die Straße rangierte, zuckte er mit den Schultern.

Und wenn schon.

Ihm blieb gar nichts weiter übrig, als das fortzuführen, worauf er sich eingelassen hatte. Es gab keinen anderen Weg. Definitiv nicht. Die Wiederholung selbst erforderte dieses Vorgehen.

In der Wiederholung blieb man gefangen – blieben er und der andere unentrinnbar einander ausgeliefert.

Unentrinnbar.

Colver trank seinen Kaffee mit einem Schluck aus. Er war ein Kaffeejunkie. Das Koffein zeigte bei ihm erstaunlicherweise zweierlei Wirkung. Wenn er munter werden wollte, wurde er munter, und wenn er zu Bett gehen wollte, machte es ihn bettreif.

Und jetzt war es endlich so weit, dass er ins Bett gehen konnte, ohne durch irgendwas vom Schlaf abgehalten werden zu können.

Nicht einmal von der Frage, ob der Fotograf log und einen Komplizen hatte oder ob von ihm ein Auftragskiller bezahlt worden war.

Auf dem Weg zur Großmarkthalle, in deren unmittelbarer Nähe die Unterführung zu finden war, fuhr Orlov zunächst die Isar entlang. Plötzlich sah er vor sich im Laternenlicht ein Tier auf der Straße. Bäuchlings lag es mitten auf der Fahrbahn, das Hinterteil plattgefahren.

Er fuhr langsamer, bremste ab und stieg bei laufendem Motor

aus, um es sich genauer anzusehen. Mit dem Fuß berührte er den Kadaver. Es handelte sich um einen Marder. Sein braunes Fell war weiß gefleckt.

Orlov hob den Kopf und sah zwischen den Bäumen das Isarwasser glitzern. Von seinem Vater wusste er auch, dass Marder gern entlang von Flüssen lebten.

Der Anwalt ließ sich an der Kasse den Schlüssel geben und verschwand auf die Toilette um die Ecke.

Während Orlov weiterfuhr, überlegte er sich, wie der Marder den Aufprall wohl erlebt hatte. Ob das Tier sofort tot gewesen war oder ob es die Kollision mitbekommen hatte.

Gemäß dem Polizeibericht hatte der andere keine genaue Aussage treffen können. Was er zu Protokoll gegeben hatte, war lediglich, dass es ein PKW gewesen war, der ihn angefahren hatte. Er hatte nicht einmal das Fabrikat angeben können.

Orlov dachte an den Marder, der ahnungslos in sein Unglück gelaufen war, an den heftigen Schlag, den es gegeben hatte; an den grellen Blitz im Kopf des Tieres; an das Erlöschen des Lebensfunkens.

Colver war zu seinem Platz am Fenster zurückgekehrt. Sein Blick fiel auf die Kugel aus Plexiglas, die neben der Kasse stand und Rubbellose feilbot. Er erhob sich sogleich, um sich ein Los auszusuchen, beugte sich zur Kugel vor, langte in das Gefäß und angelte sich einen der Papierstreifen. Mit einem Centstück rubbelte er die betreffende Stelle frei. Niete.

Im selben Augenblick, als er den Subaru von der Straße auf das Gelände der Tankstelle lenkte, hatte Orlov die Gestalt am Fenster erkannt. Für einen langen, aber nicht messbaren Moment seinen Sinnen misstrauend, brachte ihn der Anblick völlig aus der Fassung.

War das ein Gespenst, was er da sah?

Nein. Und wieder nein. Es war der andere. Leibhaftig. Er konnte es kaum glauben.

Breitbeinig hinter dem Tresen auf einem Hocker sitzend, nahm Colver in kurzen Abständen kleine Schlucke aus einem Pappbecher.

Orlov bekam einen euphorischen Schub.

In der beiläufigen Art, wie ihm die Szene vor Augen geführt wurde, lag etwas Unheimliches, das er nicht näher zu benennen wusste.

Während Colver trank und nach draußen starrte, schoss ihm schon das Adrenalin ins Blut. Der Anwalt verstummte innerlich völlig.

Wie in einer Überblendung sah er wieder die beiden Scheinwerfer vor sich, die plötzlich im Dunkel aufgeflammt waren; die sich einen ausdehnungslosen Moment lang im regennassen Pflaster spiegelten, bevor er, zu Fuß aus der Unterführung kommend und jäh aus den Gedanken gerissen, in ihren gebündelten Strahl geriet. Einen Strahl, den die Brillengläser wie Linsen ins Überdimensionale verstärkt hatten, sodass er geblendet wurde, die Arme hochriss, der Körper zur Seite geschleudert wurde und er sein Bewusstsein verlor und die Erinnerung an all das …

In Orlov hallte ein kranker, stummer Jubel wider.

In Anbetracht der Lage fiel es ihm schwer, sich zu konzentrieren. Es war zu laut in seinem Schädel.

Ruckartig wie ein Vogel warf er den Kopf hin und her, um sich einen Überblick zu verschaffen, und registrierte jetzt auch den Peugeot, der vorne an einer der Zapfsäulen parkte.

Es war der, den er vom März her kannte, von der SB-Waschbox, von seinem letzten Aufenthalt in dieser Stadt.

Zu Anfang war ihm der Break gar nicht aufgefallen.

Fassungslos starrte Colver durch seine Brille in die Scheinwerfer, die auf ihn zukamen; genau wie an jenem Donnerstag vor vier Monaten, als er von dem Wagenlenker, der sich mit der Absicht trug, ihn zu töten, angesteuert worden war, touchiert, angefahren, bis sich gleich darauf alles in einem einzigen gleißenden Lichtmeer auflöste.

Die Verblüffung darüber, was sich vor seinen Augen abspielte, raubte ihm den Verstand. Er schnappte nach Luft und griff mit der Hand nach dem Brett vor sich, als wollte er sich daran festhalten.

Für fünfzehn, zwanzig Sekunden verlor der Anwalt die Orientierung, vergaß, wo er war und welche Konsequenzen er zu ziehen hatte.

Orlov ließ den Wagen an der Zapfsäule so weit vorrollen, bis der Kühler mit dem des Peugeot auf gleicher Höhe war. Dann riss er mit einem Ratsch die Handbremse hoch.

Er beugte sich vor, um durch sein Seitenfenster und die Fenster des benachbarten Peugeot hindurch zur Theke zu blicken, hinter der der andere hockte. Der Tresen hinter dem Ladenfenster schnitt oberhalb des Rumpfes sein Sichtfeld ab.

Aus der Perspektive des anderen betrachtet, musste der etwas höhere Peugeot, der unterhalb seines Fensters stand, nun fast vollständig ihn und den Subaru verdecken.

Während der Motor im Leerlauf vor sich hin blubberte, drückte Orlov die Tür von innen auf, sprang auf den Beton und lief zum Kofferraum.

Es fiel ihm nicht gleich auf, dass er angefangen hatte, im Stillen zu beten.

Er betete nie. Doch jetzt betete er. Er betete dafür, dass er alles richtig machte.

In keinem Moment fragte er sich, ob ihn der andere hinter dem Fenster vielleicht erkannt hatte.

Die Jarygin PJa lag friedlich hinten unter der Abdeckung. Mit geübtem Griff holte Orlov sie hervor, schraubte routiniert den Schalldämpfer auf und entsicherte die Pistole.

Keine halbe Minute später gab er kurz hintereinander zwei gezielte Schüsse ab. Mit dem ersten zerstörte er den Sicherungskasten, der an einem der inneren Betonpfosten befestigt und offensichtlich für die Neonlampen unter dem Dach zuständig war. Als die Kugel mit einem dumpfen Schlag das Blech zerfetzte, senkte sich Halbdunkel über die Tankstelle.

Mit dem zweiten Schuss löschte er die Leuchtreklame an der Straße aus.

Glassplitter regneten auf das Trottoir.

»Licht aus!«

Colver brüllte.

Gleichzeitig riss er die Glock aus dem Holster, schmiss sich auf den Boden und robbte zu einer Eistruhe, um hinter ihr Deckung zu finden. Dabei verlor er seine Brille. Er tastete noch nach ihr. Doch ohne Erfolg.

Der Pächter und der Kassierer waren beim ersten Schuss getürmt. Die Tür zum Kassenraum hatten sie zügig hinter sich versperrt. So, als hätten sie es mehrfach geübt. Der Anwalt hatte gehört, wie der Schlüssel herumgedreht worden war.

Im nächsten Moment ging überall das Licht aus, hinter der Theke, in den Truhen und Kühlschränken, an der Decke. Auch die Bildschirme über der Kasse erloschen.

Colver schob zaghaft den Kopf vor und spähte zur Tür.

Ohne Brille sah er alles nur verschwommen. Doch zumindest gewöhnten sich seine Augen langsam an die Dunkelheit.

Orlov hatte inzwischen neben dem Eingang Posten bezogen. Dort presste er sich mit dem Rücken gegen die Wand. Er zögerte, einen Schritt nach vorn zu machen.

Konnte es sein, dass die automatisch zu den Seiten gleitende Tür noch funktionierte, obwohl man den Hauptstromschalter umgelegt hatte?

Was, wenn er einen Schritt vorsetzte und auf die Induktionsschleife trat, ohne dass etwas geschah?

Und wenn schon. Der andere hatte ja keine Waffe.

Was sollte also passieren?

Mit dem Schalldämpfer berührte er ganz sachte das Glas der Tür, sodass die Kugel imstande war, sich quer zur Scheibe in das Silikat zu fräsen, und drückte den Abzug.

Es knirschte gedehnt, fast wie in Zeitlupe, bevor das Sicherheitsglas mit einem Knall in tausend Stücke barst und zu Boden prasselte.

Die Arme schützend vors Gesicht gehoben, machte Orlov unverzüglich einen Satz durch den leeren Aluminiumrahmen in den Kassenraum.

Der zweite und dritte Schuss ging im Geprassel der Scherben unter. Sie stammten aus der Waffe des Anwalts.

Bei seiner Aktion hatte er einen leeren Plastikkanister umgestoßen, der nun polternd über die Steinfliesen in Richtung Eingangsbereich rutschte, wo er von einer Salve des Verrückten durch den ganzen Raum gepustet wurde.

Der Anwalt überlegte nicht lange. Beinahe gleichzeitig feuerte er mehrfach aus der Rückenlage in das Ladenfenster, das er mehr erahnte als vor sich sah und das in Sekunden und mit bedrohlicher Lautlosigkeit schneeweiß wurde und über die ganze Front hinweg in sich zusammensackte.

Obwohl praktisch blind, schnellte er ohne weiteres Zögern in die Höhe, um seinen beiden Kugeln ins Nichts hinterherzuspringen – mit einer um ein Haar missglückten Flanke über den Tresen.

Hauptsache raus!

Schmerzhaft hart landete er auf den Scherben vor dem Kassenraum, knickte mit dem linken Bein ein, rutschte aus und hinterließ eine Blutspur auf dem Boden. Dennoch stand er gleich wieder auf und suchte humpelnd Deckung – mit der einen Hand an der Hüfte, der anderen an der Karosserie, von der er sich um den Wagen herumführen ließ.

Die nächste Kugel, die ihm galt, streifte das Dach. Mit einem singenden Geräusch wurde sie über seinen Kopf hinweg in die Nacht dahinter abgelenkt.

Dass der andere im Besitz einer Waffe war, verblüffte Orlov.

Ein bewaffneter Gegner veränderte die Situation.

Ob er von ihm erwartet worden war? Aber das konnte er sich nicht vorstellen.

Geduckt sprintete er in die enge Gasse, die zwischen Theke und

Zigarettenwand zur Kasse führte, weil er hoffte, von dieser Position aus den anderen hinter seinem Peugeot erledigen zu können.

Allerdings war er hier völlig ungeschützt, falls der andere auf die Idee kommen sollte, aus seiner Deckung heraus auf ihn zu schießen.

Nicht mal mehr die Panoramascheibe war intakt, um das Innen vom Außen zu trennen. Sie befanden sich jetzt beide in derselben Welt.

Sollte der andere nur wagen, den Kopf zu zeigen. Er würde ihm einen neuen Scheitel ziehen.

Aber nach ein paar Sekunden begriff Orlov, dass von dem anderen, sosehr er den Hals auch recken und sich mühen mochte, nichts mehr zu sehen war.

Ein Luftzug wehte da durch das zerstörte Ladenfenster und strich wie zum Trost über Orlovs schweißnasses Gesicht.

Er wusste nicht, wie er es geschafft hatte, dass er noch am Leben war. Der Anwalt stand hinter dem Betonpfosten, der zu den beiden Autos an den Zapfsäulen der nächstliegende war, und machte sich aus Verdacht schmal. Der Schmerz in seiner Hüfte brannte höllisch.

Der Typ, der es auf ihn abgesehen hatte, musste völlig durchgeknallt sein.

Ohne Brille blieb ihm nichts anderes, als abzuwarten, was weiter passierte.

Als Orlov, der unter dem Peugeot hindurchgesehen hatte, wieder in die Höhe ging, war von seinem Gehirn unter der Schädeldecke der einzig richtige Schluss gezogen worden.

Der andere war aus seiner Deckung abgehauen. Hinter dem

Break gab es nichts mehr, was Wärme ausstrahlte – außer der Luft und der Nacht. Ansonsten nur Leere.

Fieberhaft suchte er mit seinen Blicken das schattige Halbdunkel zu durchdringen, das sich vor ihm und dem Kassenraum ausbreitete.

Der andere war noch auf dem Gelände.

Er witterte es.

Im Schutz des Halbschattens gelang es Colver trotz seiner Blindheit, noch einmal die Position zu wechseln.

Eine Hand halb vor sich ausgestreckt, verschwand er in die Waschgarage, verschwand hinter dem metallenen Bügel, der normalerweise über die Fahrzeuge hinweglief, wenn ein Reinigungsprogramm geschaltet war.

Er saß in der Falle. Was draußen im Umfeld der Garage passierte, bekam er von hier nicht mit.

Drohender Gefahr vollkommen ahnungslos entgegenwarten zu müssen, war nicht besonders vorteilhaft.

Er musste hier wieder raus und zurück hinter den Pfosten.

Die Glock vor dem Bauch, trat er hinter dem Bügel hervor und schlich entlang der Metallführung am Boden bis zum Eingang. Dort verharrte er und lauschte in die Nacht, bevor er über den betonierten Platz hechtete.

Ich muss den anderen auslöschen, repetierte Orlov in Gedanken, die Stimme der Außerirdischen deutlich im Ohr.

Während er die Zapfsäulen zwischen Peugeot und Subaru zur eigenen Deckung nutzte, versuchte Orlov sich von der gesamten Anlage in Ruhe ein Bild zu machen.

In der einen Hand die Pistole, hielt er in der anderen eine Stabtaschenlampe. An der Kasse hatte er sie unter der Theke entdeckt und mitgehen lassen, bevor er durch die kaputte Scheibe einfach nach draußen spaziert war.

»Auslöschen«, wiederholte er leise, während er jetzt vor einer der Kühlerhauben niederkniete und das Magazin wechselte, die ausgeschaltete Lampe mit dem Glas nach unten neben sich auf dem Beton.

Asja hatte ihm erklärt, was man tun musste, um die Stimmen zu hören, damals, in der Metrostation, bei den toten Gleisen, in fast völliger Dunkelheit. Er fühlte noch ihre kalte Hand, die die seine gesucht hatte.

Plötzlich erhob sich Orlov, kam wie jemand aus der Deckung, der sich absolut sicher war, dass ihm keine Kugel der Welt, die auf ihn abgefeuert wurde, etwas anhaben konnte, kniff die Augen zusammen und sah sich um.

Am anderen Ende des Gebäudes war sein Blick auf die Waschanlage gefallen. Das offene Tor zog ihn magnetisch an.

Mit erhobener Waffe und knirschenden Scherben unter den Füßen schlich er an der Wand entlang. Vor einem kleinen vergitterten Fenster blieb er stehen. Dahinter lag der Kontrollraum. Er hob den Kopf und sah, dass er von dort durch eine offene Tür in die Waschanlage spähen konnte.

Er ging in die Hocke, schaltete im Schutz der gewölbten Hand die Taschenlampe ein und ließ sie über den Boden bis vor den Eingang der Waschgarage kullern.

Metallisch hallte es durch die Nacht.

Der Anwalt vernahm das Geräusch und ahnte den Lichtstrahl, der sich über den Boden bewegte.

Die Halogenlampe leuchtete vielleicht ein Drittel der Waschanlage aus. Durch das Gitter des Fensters starrend, wartete Orlov darauf, in dem Streifen Helligkeit etwas anderes als Metall und Ölspuren zu erkennen.

Wenn er gehofft hatte, dass der andere aus Panik auf die Stablampe ballern würde, hatte er sich getäuscht.

Nichts geschah.

»Suchen Sie mich?«

Colver, der am Knirschen der Schritte einigermaßen verlässlich hatte ermessen können, worauf der Typ sich zubewegte, setzte mangels Alternativen alles auf eine Karte. Seitlich trat er halb hinter dem Pfosten hervor, bei dem er Zuflucht gesucht hatte.

Der junge Mann in Kapuzenshirt und Laufschuhen stand in vielleicht vier Metern Entfernung und kehrte ihm den Rücken zu. Nur erahnen konnte der Anwalt, dass er die Pistole mit beiden Händen über der Mitte seines Körpers hielt.

Kaum zu erklären, wie es der Anwalt schaffte, das Entsetzen der Person wahrzunehmen, das eigentlich unterhalb der Wahrnehmungsschwelle lag – vielleicht beschwor er es auch einfach nur herauf mit seiner Erfahrung, seiner Kenntnis der menschlichen Psyche.

Jedenfalls nahm er es wahr.

Orlov reagierte auf die Äußerung des Anwalts mit einem Beben, das von oben bis unten durch den drahtigen Körper lief. Im nächsten Augenblick ging er in die Knie, wirbelte herum und legte die Finger an den Abzug, bereit, seine Mission zu beenden.

Doch bevor das geschah, drückte Colver viermal hintereinander ab.

SECHZEHN

Attentäter waren keine Patienten.

Vor sich ein halbvolles Whiskyglas, saß der Anwalt allein an einem kleinen runden Tisch vor der holzvertäfelten Wand und beobachtete die Kellner hinter dem Tresen, die mit ausgestelltem Eifer Gläser putzten. Er war froh, sich in der einzigen Bar der Stadt zu befinden, die es sich zur Aufgabe gemacht hatte, ihre Gäste um diese Zeit in Ruhe zu lassen.

Wenn er an die Episode bei der Tankstelle zurückdachte, sah er sich moralisch in die Enge getrieben.

Er hatte ein Menschenleben ausgelöscht.

Der Anwalt griff nach dem Glas, leerte es in einem Zug, winkte dem Kellner und bestellte ein neues.

Auch ein oder zwei Wochen nach dem Duell machte er sich Vorwürfe, gegenüber Shenja Orlov die Nerven verloren zu haben – gegenüber einem achtundzwanzigjährigen Jüngling, der ursprünglich aus Moskau kam und seit elf Jahren in Berlin lebte, wo er anfangs in psychiatrischer Behandlung gewesen war. Ein einziger Schuss in Hinterteil oder Oberschenkel wäre vermutlich ausreichend gewesen, um den Attentäter außer Gefecht zu setzen. Das traute er sich auch ohne Brille auf der Nase zu. So aber war Shenja Orlov sofort tot gewesen. Dass sein Tod ihm den Attentäter nähergebracht hatte und in seinem Inneren gewiss bis ans Ende lebendig halten würde, war von bitterer Ironie.

Er hob den Arm in die Höhe, sodass dem Kellner, der zwischen den Tischen hindurchging, ein flüchtiger Seitenblick genügte, um zu verstehen, dass nur ein weiteres volles Glas den Abend dieses einsamen Gesichts hinten am Tisch retten konnte.

Orlov.

Colver horchte auf den Klang des Namens, auf das stumme Echo in seinem Kopf. Dabei rief er sich die Gestalt desjenigen ins Gedächtnis, der diesen Namen trug.

Ja, der junge Mann war in psychiatrischer Behandlung gewesen – aber was bedeutete das schon?

Ein Attentäter war kein Patient.

Immer wieder musste er an die Worte des Psychiaters denken.

Er wie alle anderen Menschen waren Geschöpfe, die in Wahnwelten lebten – jeder in seinem eigenen Universum, unendlich allein.

Der Anwalt nahm die Brille ab, legte sie auf den Tisch und rieb sich die Augen.

Er hatte den Fehler gemacht, wie ein Anwalt zu handeln – wie ein Anwalt oder Detektiv oder Forscher, der nach der Quelle fahndete, nach dem Erreger, der Ursache, dem Motiv.

Aber mit dieser geläufigen Art des Handelns hatte er nur sein eigenes Vorurteil bestätigt – nämlich, dass es überhaupt eine Spur gab.

Doch es gab keine Spur.

Das Einzige, was Wahnwelten miteinander verband, war die Tat selbst. Sonst nichts.

Die wirkliche Welt bestand aus Wahn, Fels und Nacht.

Und dazwischen das blanke Nichts.

Nichts von einer Spur.

Colver nahm die Brille vom Tisch und rückte sie sich wieder auf die Nase.

Bei der Durchsuchung von Orlovs Festplatte hatte er einen Einblick in einen seltsamen Kosmos gewonnen – einen Kosmos mit zehn oder mehr Dimensionen. Man hatte krudes Zeugs gefunden, stalinistische Propaganda, nationalistischen Kram, geklautes Datenmaterial, Unmengen Sci-Fi-Spiele, Artefakte des Darknets. Ein Waffennarr war er außerdem, wie die Razzia in seiner Berliner Bleibe gezeigt hatte. Außerdem hatte er aus seinem Heimatland regelmäßig Geldanweisungen über Western Union bezogen.

Vieles an Orlov blieb rätselhaft.

Am rätselhaftesten aber blieb, warum er sich ausgerechnet ihn zum Opfer auserwählt hatte.

Der Anwalt hatte irgendwo in einem versteckten Winkel seines Inneren keinen Zweifel, dass es dafür Gründe gab – aber es waren Gründe, die von seinem Verstand nicht als solche erkannt wurden.

Darin lag das Problem.

Gründe hatten den Nachteil, dass es sie nicht einzeln gab. Es gab sie nur als Folge. Ein Grund folgte auf den anderen. Alle zusammen bildeten eine Kette, die sich durchs Universum zog. Was aber, wenn diese Kette gebrochen war, geknickt wie ein Holzstöckchen, das man ins Wasser hielt. Es kam auf die Welt an, in der man lebte. Nur außerhalb des Wassers gab es den Knick, im Wasser gab es schlicht keinen.

Was, wenn das unumstößliche Gesetz der Folge eine Lücke aufwies, eine unvorhersehbare Abzweigung nahm?

Dann sah es so aus, als läge in der Tat selbst das Motiv.

Colver fuhr sich mit der Hand über die Stirnglatze, die im gelben Licht der Spots glänzte, als sei sie poliert worden.

Klang doch als Erklärung nicht schlecht?

Die Gedanken kehrten zu Orlov zurück.

Dass er dessen Tod verschuldet hatte, war nicht der einzige Aspekt der Geschichte, mit dem Colver haderte. Der zweite, ironische war, dass er damit ausgerechnet denjenigen erledigt hatte, der die Wahrheit kannte – die ganze Wahrheit.

Niemand sonst würde sie herausbekommen können.

Niemand.

Denn sie war eine, die nur in Orlovs Kopf existierte. Existiert hatte.

Jetzt gab es beide nicht mehr. Den Russen und die Wahrheit.

»Bringen Sie die Flasche.«

Während er mit den Augen dem Kellner folgte, der in Richtung Bar verschwand, wanderte er in der Vorstellung die Jahre zurück – wanderte bis zu dem Toten auf dem Bananendampfer, zu Lasse B. und der Versicherung, für die er gearbeitet hatte. Von da liefen seine Gedanken wieder vor zum Attentat, das man auf ihn verübt hatte, weiter zum Krankenhausaufenthalt im März und zu den hilflosen Vermutungen, die er angestellt hatte, zur mühsamen und von seinem Unvermögen getrübten Rekonvaleszenz; wanderten weiter zum Anruf des Zollkommissars und in die Schweiz, zum Chalet des Fotografen; und erreichten so endlich die Begegnung mit Shenja Orlov an der Tankstelle.

Nie würde er herausbekommen, wie all das zusammenhing – falls es zusammenhing.

Zwei Schicksale, deren Wege sich gekreuzt hatten – ähnlich zweier Galaxien, die ineinandergestürzt waren und deren Spiralarme trotzdem immer noch viel zu weit auseinanderlagen, als dass sie aufeinander wahrnehmbaren Einfluss ausüben konnten.

Für einen menschlichen Verstand war der Einfluss viel zu fein, um ihn zu fassen.

Und das machte ihn verrückt.

Mit jedem weiteren Schluck, den er sich ins Glas goss, breitete sich in ihm die Ahnung aus, dass die Vergangenheit nie vergangen war, sondern dass das, was man Zusammenhänge nannte oder

Muster, eine Illusion war, die nur deshalb entstand, weil ein Tag vor sechs Jahren so nahtlos an den heutigen Tag anzuschließen schien wie an den gestrigen oder vorvorgestrigen – so nahtlos wie an jeden anderen Tag, der für ihn noch kommen mochte oder schon gekommen war.

Der Kellner schlenderte vorbei und sah nach dem Rechten.

Colver hob das Glas und prostete ihm in der Annahme zu, dass sein verzerrtes Lächeln lässig wirkte.

Etwas anderes hatte sich inzwischen ergeben: ein anderes interessantes Detail, wie ihm die Polizei mitgeteilt hatte.

Auf einer Raststätte bei Dresden waren sich Orlov und Torben Barschat über den Weg gelaufen. Angeblich rein zufällig. Das mochte glauben, wer wollte. Jedenfalls wurde es von Orlovs Freundin behauptet, die zu Protokoll gegeben hatte, dabei gewesen und von dem Fotografen aus dessen Auto heraus angemacht worden zu sein, als sie von der Toilette kam. Weder sie noch ihr Exfreund, wie sie sich beharrlich ausdrückte, wenn sie Orlov meinte, seien dem Fotografen je zuvor begegnet, beteuerte sie.

Gab es in alldem irgendeine Logik?

Welche?

Barschat hatte die Angaben der Freundin vage bestätigt. So, als befürchtete er, dass man ihm eine Falle stellen wollte.

Hatten Orlov und sein Mädchen etwa den Dealer auf dem Rastplatz getroffen, um von ihm Stoff zu kaufen? Und als Gegenleistung hatte Barschat dann von Orlov verlangt, für ihn als Killer zu arbeiten?

Klar, dass dann alle den Mund hielten.

Der Anwalt nahm das Schüsselchen, schüttete ein paar Erdnüsse in seinen Handteller und warf sie sich ungeschickt in den Mund. Ein paar verfehlten ihr Ziel und landeten auf dem Boden.

Während er angestrengt kaute, fragte er sich, ob es zwischen den Erdnüssen irgendeinen Zusammenhang gab, der erklärte, warum sie alle sich ausgerechnet jetzt und gleichzeitig in seinem Mund befanden und von seinen Zähnen zermalmt wurden.

Kausalzusammenhänge waren immer willkürlich hergestellt.

Er nahm das Glas und starrte hinein, als fände sich im Goldgelb des Whiskys am Grund eine überzeugende Erklärung.

Leider fand sich keine.

Und doch verhielt es sich so.

Mit einem kräftigen Schluck spülte er den salzigen Nussbrei in den Magen hinunter.

Wenn er über all das, was in den vergangenen Monaten vorgefallen war, halbwegs ehrlich nachdachte, musste er zugeben, dass es anfing, ihn zu beunruhigen.

War das alles nicht reichlich trostlos? Ohne jeden Sinn?

Sich im Sessel kurz aufrichtend, straffte er das Kreuz.

Irgendetwas musste er übersehen haben.

Colver nahm das Glas, setzte es an die Lippen und benetzte sie mit dem Geschmack von Sherry, Fenchel und würziger Eiche.

Er hatte das Auffällige studiert – und dabei vergessen, sich auch um das weniger Auffällige zu kümmern, um die Dinge im Halbschatten, um das Beiläufige, das, was kontingent war, zufällig.

Aus der Ferne warf ihm der Kellner einen fragenden Blick zu.

Noch eine?

Der Anwalt schüttelte den Kopf.

In der Flasche auf seinem Tisch befanden sich noch locker zwei Fingerbreit Single Malt.

Wieder sah er wie in Draufsicht die Fragmente, in die sein Leben zerfiel; sah die Teile eines riesigen Puzzles, dessen einziger Fehler es war, dass es in der Realität nicht existierte.

Am Nebentisch klimperte jemand nervtötend mit Schlüsseln in der Hand.

Colver wandte sich absichtlich in die Gegenrichtung und lächelte aufmunternd in eine Runde, die aus einer großen und vermutlich äußerst rechtschaffenen Rechtsanwaltskanzlei hierher geflüchtet war. Man erkannte das am Auftritt der Teilnehmer, an den großsprecherischen Reden, an den manikürten Händen und der Unerfahrenheit in den Gesichtern.

Eine Zeitlang saß er da und ließ es geschehen, dass sich lähmende Dunkelheit oder Müdigkeit in ihm ausbreitete und für wenige klare Momente wieder verzog.

Aus einem Grund, den er nicht weiter identifizieren konnte, fiel sein Blick irgendwann später zum Eingang, wo erstaunlicherweise Alex aufgetaucht war und ihn anstrahlte. Sie kam vom Tango, wofür er sich an diesem Abend nicht hatte erwärmen können.

Er erhob sich, schwankte, war überrascht, wie betrunken er war, taumelte auf seine Freundin zu, blieb stehen, um das Gleichgewicht zu bewahren, und fuhr, als er vor ihr stand, mit der Hand verlegen hinter den Kopf.

Als wartete er auf die Erlaubnis einer höheren Instanz, sagte er zunächst nichts, gar nichts, bevor er plötzlich anfing, Alex wild zu beschimpfen. Weil dabei die Erinnerung an die gewesenen Jahre wieder in ihm hochschoss, an all das, was ihm abhandengekommen zu sein schien, fing er an, immer ungerechter zu werden und davon zu reden, sich von ihr trennen zu müssen, einfach, um dem Wahn zu entkommen, dem sie alle erlagen; dieser hermetisch abgedichteten Gummizelle, die sie, ohne dass es einer begriff, gefangen hielt, einfach raus, weg, irgendwohin – doch war er nicht betrunken genug, um darüber hinwegzusehen, dass er gar nicht wegkam, weil es keinen Ort gab, zu dem er hingehen konnte.

Er hatte es einfach versäumt, den Punkt zu finden, der überall die Spitze des Ganzen trug.

Etwas Unverständliches lallend, stürzte er an einer blamierten

Alex vorbei, stürzte in den Gang, der sich an die rechteckige Öffnung anschloss und auf harten, hämmernden Steinfliesen zum Ausgang führte, wo er in der Tür verschwand, die sich, nachdem sie versuchsweise die Nacht und die ihren Auftritt herbeisehnende Zukunft begrüßt hatte, gleichgültig und wie gedehnt hinter ihm schloss.